La escuela de los niños invisibles

SHAUN DAVID HUTCHINSON

La escuela
de los niños invisibles

Traducción de **Francesc Reyes Camps**

NUBE **DE TINTA**

La escuela de los niños invisibles

Título original: *School for invisible boys*

Primera edición en España: marzo, 2024
Primera edición en México: junio, 2024

D. R. © 2024, Shaun David Hutchinson

Esta edición ha sido publicada por acuerdo con Donald Maas Literary Agency Through International Editors y Yañez' Co.
Publicado en Estados Unidos por Labyrinth Road, una editorial de Random House Children's Books, una división de Penguin Random House LLC, Nueva York.
Labyrinth Road y el colofón son marcas comerciales de Penguin Random House LLC.

D. R. © 2024, Penguin Random House Grupo Editorial, S. A. U.
Travessera de Gràcia, 47-49, 08021, Barcelona

D. R. © 2024, derechos de edición mundiales en lengua castellana:
Penguin Random House Grupo Editorial, S.A. de C.V.
Blvd. Miguel de Cervantes Saavedra núm. 301, 1er piso,
colonia Granada, delegación Miguel Hidalgo, C.P. 11520,
Ciudad de México

penguinlibros.com

D. R. © 2024, Francesc Reyes Camps, por la traducción

ISBN: 978-607-384-589-2

Impreso en México – *Printed in Mexico*

Dedicado a todos los bibliotecarios y maestros
que hicieron posible que este chico se sintiera visto

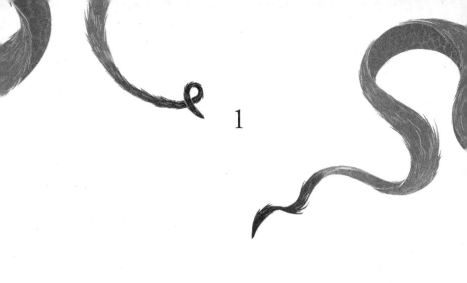

1

Me encantaba correr. Nunca me sentía tan libre como cuando corría contra el viento con el sol en la cara y sin un lugar especial al que ir.

Pero correr huyendo de mi ex mejor amigo porque se le había metido en la cabeza hacerme un nudo con las piernas no me hacía la misma gracia.

—¡Cuando te atrape, te machacaré, Hector!

Pensé en tres o cuatro contestaciones que gritarle, pero no podía desperdiciar fuerzas si quería mantenerme por delante de Blake Nesbitt. A él también le gustaba correr, y lo conocía lo suficiente como para saber que era algo más rápido que yo.

Todo había empezado en el vestidor. Acababa de quitarme el uniforme de la escuela y ponerme la ropa de deporte cuando Blake me atacó sin motivo. Me sorprendió tanto que caí hacia un lado, lo que fue providencial para evitar el puñetazo. ¡No podía creer que quisiera pegarme! Nunca había visto que intentara pegarle a nadie. Volteé a ver a los demás chicos en busca de ayuda, pero todos miraban a otro lado, demasiado asustados como para interponerse entre Blake y yo. En vista de que no podía esperar ayuda, me escurrí hacia la puerta.

En cuanto estuve fuera, esprinté como un loco hacia la pista de atletismo, buscando un lugar en el que esconderme. No podía dejar que Blake me atrapara, si quería sobrevivir. Podía correr hacia las gradas, pero eso no iba a darme mucha protección, o podía probar a ir hacia los árboles del final de la pista, pero si el entrenador me encontraba allí, Blake pasaría a ser el menor de mis problemas.

Había otro lugar en el que podía esconderme. Más allá de la pista estaba la antigua rectoría, un edificio de dos pisos con ventanas mugrientas que gritaba «¡Soy una casa encantada!». Era el último vestigio que quedaba en pie de la primera escuela católica de Saint Lawrence, construida en la década de 1950. Según los rumores, por la rectoría se paseaba un fantasma, y yo esas cosas me las creía, lo mismo que la mayoría de chicos de Saint Lawrence. En circunstancias normales, no me habría acercado a más de diez metros de ese lugar, pero esperaba que el miedo que Blake tenía a los fantasmas lo hiciera desistir de seguirme. Cuando llegué a la casa, me detuve para recuperar el aliento.

¡Hector! ¡Por aquí!

Ahí sí que dejé de respirar. El aire caliente y húmedo se hizo gélido. Se me puso la piel de gallina en los brazos y se me erizaron los vellos de la nuca. Miré alrededor para cerciorarme de que ningún otro chico me estaba haciendo una broma. Pero no, estaba solo ahí detrás de la rectoría, y no reconocía aquella voz. Me rechinaba en los oídos, y sentía como un dolor en el cerebro.

¡Date prisa, Hector!

Me estaba imaginando cosas. Tenía que ser eso. Porque la alternativa era que el fantasma de Saint Lawrence me estaba hablando. Y sabía mi nombre.

Un grito desde la pista me sacó de mi estupor. Blake se acercaba. No sabía qué hacer. ¿Seguir a un fantasma al que no podía ver o arriesgarme a enfrentarme a mi examigo? No tenía ni idea de lo que quería de mí el fantasma, pero las intenciones de Blake estaban muy claras.

¡Por aquí, Hector!

Escogí al fantasma.

Rápidamente, pero con mucho sigilo, fui hacia la parte posterior del edificio, pegadito a la pared. Cuando se había fundado Saint Lawrence, la rectoría era el lugar en el que vivían los curas. Ahora, la escuela la usaba para almacenar mesas, libros de texto, equipamiento deportivo y todo el material que no necesitaban en el edificio principal. Nunca había estado allí. Los estudiantes lo teníamos prohibido. Derrick Boyd juraba que se había metido una vez y que había visto arañas tan enormes como balones, escurriéndose por todas partes, y que en las paredes crecía una capa negra y gruesa de moho. Según Derrick, además, su hermana era una androide, sus padres eran falsificadores de arte internacional y él había capturado un tiburón blanco un día que pescaba en la playa, así que dudaba que realmente hubiera estado alguna vez en la rectoría.

Tampoco parecía que yo fuera a conocer esos interiores. La puerta estaba cerrada, y aunque empujara con fuerza, no se movía lo más mínimo.

—Si hay alguien ahí, que me deje entrar, ¡por favor!

Unas persianas cegaban las ventanas de la planta baja, tal vez para mantener alejados a los intrusos como yo.

Según parecía, no había remedio para mí. Yo era como ese pan tostado demasiado quemado que no puedes salvar por mucho que lo embadurnes de crema de cacahuate. Sentí que me ahogaba una oleada de desesperación. Era como si alguien hubiera aspirado toda la alegría de mi cuerpo y me hubiera dejado vacío. Lo más sensato era darme por vencido. Blake tenía todas las de ganar, así que... Hasta el año pasado yo había sido más alto que él, pero en verano había ganado unos cuantos centímetros, con lo que me había dejado solo con el título de enano de la clase de sexto.* Ahora él era más grande, más fuerte y más rápido que yo. Lo mejor que podía hacer era rendirme.

Se oyó un clic, y cuando miré, vi que la puerta se había abierto.

—Pero ¿qué...?

Volví a agarrar la manija.

—¡Estás muerto, Hector!

Blake Nesbitt apareció de pronto por la esquina. No me lo pensé dos veces: corrí. Pero esta vez no tan rápido como habría sido deseable. Blake me atrapó antes de que pudiera alcanzar la pista. Se abalanzó contra mí por detrás y caímos en la hierba. Apenas tuve tiempo de girarme y quedar boca arriba cuando él se sentó a horcajadas sobre mí y empezó a darme puñetazos en el estómago y las costillas. Me sorprendía tanto que me estuviera pegando de verdad que tardé un momento en recordar que tenía que defenderme.

—¡Ya sé que fuiste tú, Hector! —Blake escupía las palabras con tanta rabia que me las proyectaba como balas.

---

* En Estados Unidos, el sexto grado corresponde al primer año de la educación secundaria y se hace a los once años. *(N. del T.)*

Quería zafarme de él, pero corría mejor de lo que peleaba, y ya ves lo bien que me había ido corriendo.

—¡Yo no hice nada!

No tenía ninguna posibilidad de escapar, así que hacía lo que podía para protegerme la cara.

—¡Me quemaste el proyecto de ciencias! —gritó Blake—. ¡La Musser me puso un cero porque no le entregué nada!

Los chicos de las clases este y oeste de sexto se reunieron a nuestro alrededor para ver cómo Blake me golpeaba. Algunos incluso lo animaban. Yo mantenía la esperanza de que Alex, Gordi o Evan pararan la pelea, pero no los vi por allí.

Blake me hundió la rodilla en la cadera.

—¡Admítelo! ¡Admite que me quemaste el proyecto de Ciencias!

Blake Nesbitt vivía a unos cuantos edificios de mi casa, de modo que me había resultado fácil ir hasta allá, saltar la valla del jardín, donde había pintado el diorama de Ciencias y lo había dejado secando, y prenderle fuego. Había sentido que se hacía justicia al ver que los dinosaurios se convertían en charcos de plástico al pie del volcán de papel maché que había hecho Blake. Y por mucho que tuviera un buen motivo para destruir su trabajo, en un rincón de mi corazón me sentía culpable por que la coronel Musser lo hubiera cateado.

—¡El trabajo era tan malo que quizá se haya incendiado a sí mismo!

Sí, bueno, no tan culpable...

Blake echó atrás el brazo para lanzarme otro gancho cuando una manota lo agarró por la muñeca y lo levantó, separándolo de mí. Retrocedí, dolorido, pero intacto.

El entrenador Barbary se cernía sobre nosotros, mirándonos como Zeus desde el Olimpo, dispuesto a desintegrarnos con un rayo.

—¡Tienen exactamente tres segundos para explicarme qué ocurre aquí! ¡De otro modo, desearán no haber nacido!

Hombre, para eso ya era un poco tarde, ¿no?

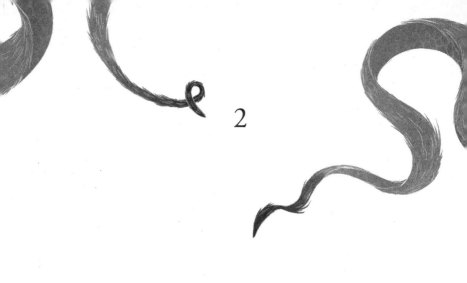

2

El entrenador Ulysses Eugene Barbary probablemente se había empezado a afeitar a los seis años. Todos los días se ponía una playera de poliéster y unos shorts también de poliéster de por lo menos una talla más pequeña que la suya, unos calcetines blancos hasta la rodilla y unos tenis deportivos, con un silbato alrededor del cuello. Del escote le salía una espesa mata de pelo que se juntaba con la poblada barba, y sus brazos musculosos eran más gruesos que mi pecho. ¿Se escondería algún oso entre las ramas del árbol genealógico del entrenador Barbary?

—Les hice una pregunta, chicos, y estoy esperando una respuesta. —Aquella voz era un gruñido áspero y grave—. Rápido.

Miré un momento a Blake. Tenía los ojos clavados en el suelo y los labios apretados. Él había empezado la pelea, pero yo no creía que fuera buena idea decírselo al entrenador. Era algo entre Blake y yo, y conservaba la esperanza de que él también lo entendiera así.

El entrenador Barbary pasó a mirarme de forma muy intensa.

—En pie, Griggs.

Me dolía al respirar, e hice una mueca mientras me incorporaba.

—Aguántate —dijo el entrenador—. Tengo un sobrino de dos años que podría pegar mucho más duro que Nesbitt.

Los otros chicos se rieron.

El entrenador Barbary se alzaba sobre Blake y sobre mí, emitiendo vibraciones tan malas como las de un padre enojado al volante durante un viaje.

—Pues muy bien. Si no quieren hablar, chicos..., entonces van a correr...

—¡No hay derecho! —dijo Blake por fin.

—Y si ninguno de los dos me cuenta quién empezó la pelea, seguirán corriendo cada día, hasta que uno se decida a hablar. —El entrenador cruzó los brazos sobre el pecho—. Vamos. ¡A correr!

A pesar del dolor, salí tras Blake a ritmo de *jogging* por la pista de atletismo y bajo el sol abrasador de Florida. A cada dolorosa zancada recordaba que el entrenador me castigaba básicamente por haber sido utilizado como saco de boxeo. Pero no había manera de decirle nada. Si el entrenador Barbary tenía algo de humanidad, la guardaba oculta bajo los dedos de sus pies infectados por hongos.

Las piernas de Blake, más largas que las mías, le daban una pequeña ventaja, y pensaba que me iba a dejar atrás. En lugar de eso, cayó ante mí. Irradiaba odio, lo transmitía como una torre de radio, y yo no disponía de los medios adecuados para cambiar de onda.

Como ya dije, Blake había sido mi mejor amigo.

Estaríamos en mitad de cuarto* cuando mi madre volvió a casarse. Mi padre nuevo tenía dos hijos —dos y tres años mayores que yo— que iban a Saint Lawrence, y mi madre había decidido que, aunque yo no fuera católico, sería conveniente que fuéramos a la misma escuela. Así que me arrancó del mundo que me era familiar y me soltó en medio de ese planeta alienígena sin chicas, en el que se suponía que iba a ir a misa y a llevar un uniforme horrible. Por si ser el nuevo fuera poco, la gran mayoría de chicos de Saint Lawrence ya se conocía, y no tenían ningún interés en conocerme a mí.

Blake había sido la excepción. A los dos nos gustaban los cómics y estábamos obsesionados con juegos de rol como *Dragon Quest* o *Final Fantasy*. Me presentó a algunos de sus amigos y se ofreció a enseñarme cómo funcionaba todo aquello y cómo podía mantenerme a salvo. La verdad es que luego era él quien nos metía en líos, pero a mí no me importaba. Pasamos el resto del año y el verano siguiente juntos. Blake fue mi primer amigo íntimo real. Nunca había encontrado a nadie con quien pudiera hablar de cualquier cosa, por molesta que fuera. Él siempre me escuchaba y no se reía nunca. Nos hicimos inseparables. Pensaba que íbamos a ser mejores amigos para siempre.

Hasta hacía dos semanas.

—Tú empezaste —le dije.

Blake soltó un bufido.

—Si me dejas en paz, yo te dejo en paz —le dije—. ¿Okey?

Pero el desdén de su actitud era venenoso. Era algo impropio de mi mejor amigo.

* En Estados Unidos, el cuarto grado es el penúltimo año de la educación primaria y se hace a los nueve años. *(N. del T.)*

—No, no es suficiente. Cuando acabe contigo, Hector, te habrás arrepentido de haber encendido ese cerillo.

Y pegó un acelerón, con ganas de poner tierra de por medio.

—Lo hice con un encendedor —dije.

Pero Blake ya estaba demasiado lejos.

3

Sentado atrás en la patrulla de mi padrastro, pensaba en cómo se había complicado tanto todo. Mi hermanastro Jason, a mi lado, contaba una historia con salsa saliendo por la nariz de alguien, y le hacía tanta gracia que roncaba. Jason estaba en octavo* y se parecía a su padre, con la cara redonda y pecosa, aunque con todo el pelo en la cabeza. Su voz me hacía desear no tener oídos. Sí, intentaba ignorarlo para poder pensar en lo que había ocurrido en la rectoría. La puerta tenía el cerrojo, y luego ya no. El fantasma debía de haberla abierto. Pero ¿por qué lo haría? ¿Por qué iba a ayudarme?

—Hector se metió en una pelea en Educación Física.

Oír mi nombre me sacó de mis pensamientos. Volteé hacia Jason y lo miré rabioso:

—¡Cállate!

* En Estados Unidos, el octavo grado es el último año de la escuela secundaria y se hace a los trece años. *(N. del T.)*

Pop me miró por el espejo retrovisor mientras conducía. No ponía toda la atención a la carretera, y eso que cambiábamos de carril constantemente.

—¿Y ganaste?

Al principio me resultaba raro llamar a mi padrastro por su nombre,* pero tampoco me sentía cómodo llamándolo «papá». Mi padre vivía en Texas. Solamente me tocaba pasar con él parte del verano y otros días de vacaciones, pero no quería que pensara que alguien lo sustituía, así que seguí llamando Pop a mi padrastro.

Iba a contestar cuando Jason se me adelantó:

—Me dijeron que le lloró al entrenador Barbary.

Cerró las manos y se las puso en los ojos fingiendo que estaba berreando.

—¿Es cierto eso? —preguntó Pop.

—No —dije.

Mi padrastro volvió a mirarme por el retrovisor.

—¿No, no te metiste en ninguna pelea? o ¿no, no le lloraste al entrenador?

—No fue ninguna pelea —le dije—. Solo una discusión entre Blake y yo.

Jason me dio con el puño en el brazo. Él y Pop a eso lo llamaban «jugar», pero jugar con mis otros amigos no me dejaba esos moretones.

—Me dijeron que el entrenador les hizo dar varias vueltas.

Tenía comprobado que ir a la misma escuela que mi hermanastro era una desventaja, porque resultaba imposible mantener los secretos. En cuanto a las ventajas, todavía no había descubierto ninguna.

* Pop suena como *pap*, apócope de «papá». *(N. del T.)*

—Creía que tú y Blake eran amigos —dijo Pop.

—Ya no —expliqué bajando la cabeza.

—Tienes que aprender a defenderte, Hector —dijo mi padrastro.

—¡Ja, ja! —soltó Jason—. Mejor le iría si aprendiera a correr más rápido.

Apreté la mochila contra mi pecho y no abrí la boca hasta que Pop se pasó la calle de mi profesor de piano.

—Oye, ¿adónde vas? Hoy me toca clase, ¿recuerdas?

—Tenemos que recoger las botas nuevas de Jason antes del entrenamiento de beisbol.

Sentía que me faltaba el aire en aquel coche.

—No puedo perderme esa clase.

—Tranquilízate. Tu mamá llamará y se lo explicará a tu profesor.

Jason me dio un codazo.

—¡El gran pianiiista! —dijo burlón antes de echarse a reír.

—Pero...

—Ya está hecho, deja de lloriquear.

Pop tenía muy claro que el entrenamiento de beisbol de Jason era más importante que mi clase de piano, y eso yo no podía cambiarlo.

—Okey, pero al menos yo sí practico en mis clases, no como otros que no se levantan de la banca… —murmuré lo bastante fuerte para que mi hermanastro me oyera.

Jason esperó a que Pop estuviera distraído para darme tan fuerte como pudo en el muslo. Me mordí el labio y contuve las lágrimas.

—Duele, ¿eh? —susurró. Y luego, más alto, añadió—: Oye, papá, igual deberíamos llevar a Hector a su clasecita. Le sabe tan mal que está llorando.

Pop negó con la cabeza.

—Aguántate, Hector. Los chicos de nuestra familia no lloran.

Pero yo quería llorar. Yo quería gritarles y que me escucharan. Quería que me dejaran en paz. Quería que dejaran de tratarme como si yo fuera el problema. Pero no lo hice, porque solamente habría empeorado las cosas. En lugar de eso, me sequé las lágrimas y miré hacia adelante, para no ver la expresión satisfecha de Jason.

—Sí, señor —dije.

4

Lo único que había hecho fue preguntarle a Blake si quería ser mi novio.

Él, yo y el resto de chicos con los que solemos ir íbamos caminando por el estacionamiento del comedor en dirección al edificio principal después de la comida. Alex Lee estaba intentando organizar una reunión de toda la noche para su cumpleaños, aunque todavía faltaban unos meses, y Greg McAllister estaba explicando algo que nadie escuchaba. Yo me fui rezagando con Blake hasta que estuve seguro de que los demás no podían oírnos, y entonces se lo pregunté.

Lo había estado pensando, y tenía sentido. Ya éramos mejores amigos. De toda la gente que conocía, Blake era la persona con la que más me gustaba pasar el rato. Eso de ser novios me parecía coherente. Ya sé que la mayoría de chicos prefiere una novia, pero yo no había tenido ninguna, y no veía nada de malo en que Blake y yo nos hiciéramos novios. Además, él tenía dos mamás, así que no me entraba en la cabeza que pudiera verlo como algo tan raro. Lo peor que podía pasar, pensaba, era que me dijera que no.

Blake se detuvo y me miró. Se le torció el labio y se le juntaron las cejas. Me miraba como si fuera un monstruo. Nunca antes me había mirado así, y hacía que me sintiera peor que aquella vez que había comido camarones en mal estado y me había pasado dos días vomitando.

Me llamó friki, aunque «friki» no fue exactamente lo que dijo. Ni siquiera mis hermanastros usaban aquella palabra que Blake me había dicho. Volvió a decirla, y añadió que quería que me mantuviera apartado de él. Que ya no éramos amigos.

Al día siguiente, seguía rehusando hablarme, y el resto de amigos también me ignoraba. Le rogué a Blake que me dijera por qué estaba tan enojado, pero él continuó llamándome eso y rechazó contestar a mis preguntas.

Al principio me sentí solo, pero luego empecé a enojarme. No había hecho nada malo, y Blake se me había echado encima, me había dicho cosas horribles, y había convencido a nuestros amigos para que actuaran como si yo no existiera. Fue entonces cuando decidí quemar su trabajo de investigación.

Sabía que no estaba bien, pero durante todo el tiempo que estuve mirando las llamas no dejaba de pensar que, si Blake no quería ser mi novio, bastaba con que hubiera dicho «No, gracias».

Naturalmente, en lugar de hacerme sentir mejor, destruir su proyecto de Ciencias había hecho que todo fuera mucho peor.

El canturreo de mamá se introdujo hasta el comedor, donde estaba acabando mi tarea. Pop se había ido con Jason al entrenamiento de beisbol. Yo tenía tantas cosas en la cabeza que apenas podía concentrarme en mi tarea. Solamente podía pensar en Blake, en el fantasma ¡y en que el fantasma sabía cómo me llamaba!

En la escuela, los chicos contaban montones de historias sobre el fantasma: objetos que desaparecían, la sensación de que alguien los miraba cuando estaban solos, las puertas que se cerraban de pronto... Pero hasta donde yo sabía, nunca había hablado con nadie. La primera vez que había oído mencionar al fantasma estaba en la habitación que compartía con Jason, jugando a *Mario Kart* con Blake cuando todavía éramos amigos. Sus madres le habían dado permiso para dormir fuera de su casa, y ya era tarde.

—¡No me atraparás nunca en la vida! —me dijo al tiempo que Princess Peach me lanzaba una bomba que me hacía dar vueltas derrapando.

Lee se metió en la habitación de pronto, sin llamar ni nada.

—¿Qué hacen gritando como un par de niñas?

—¿Sabes quién más grita como una niña? —dijo Blake sin apartar la mirada de la pantalla—. Las valquirias, justo antes de que te den una patada en el trasero.

Lee murmuró algo que me alegró no entender. Ya estaba tardando en volver a salir de la habitación. Pero en lugar de eso acabó de entrar y se sentó en el borde de mi cama.

—¿Todavía no has oído hablar del fantasma de la escuela? —me dijo.

En el videojuego me iba tan mal que ya era imposible que ganara, así que lo miré y le dije:

—¿Qué fantasma?

—¿No se lo has contado? —le preguntó a Blake.

Él cruzó la línea de meta y bajó el control.

—En la escuela hay un fantasma.

Me miró, luego miró a Lee y puso los ojos en blanco.

—Lo mejor es que vayan con cuidado —dijo Lee.

—¿Por qué?

Miró alrededor, como si fuera a contarnos un secreto.

—¿Conocen a ese de octavo con un mechón de pelo blanco?

Yo asentí. No sabía cómo se llamaba, pero sí que había oído que lo llamaban zorrillo por eso del pelo. A mí me parecía que aquel mechón le quedaba de maravilla.

—Pues no tenía ningún mechón blanco hasta que vio al fantasma un día que estaba en el baño.

—Eso no es cierto —dijo Blake—. ¡Mientes!

Lee levantó las manos y se incorporó.

—Como quieran. Pero eso sí, yo evitaría quedarme solo en los baños.

Y salió de la habitación, cerrando la puerta tras de sí.

A mí, la idea de ir a una escuela encantada no me gustaba.

—¿Es verdad eso? ¿De verdad hay un fantasma en Saint Lawrence?

Blake me puso la mano en el hombro.

—Aunque lo haya, no tienes que preocuparte, porque yo estaré contigo.

Y luego sonrió, y yo le creí.

Pero ahora el fantasma sabía mi nombre, y Blake quería pegarme en lugar de defenderme. ¡Qué enredado estaba todo, y yo no tenía ni idea de cómo arreglarlo!

—¿Quieres lamer la cuchara? —Mamá estaba junto a la mesa sujetando una cuchara impregnada de chocolate—. Estoy haciendo pudin.

En circunstancias normales, le habría arrebatado la cuchara antes de que Lee apareciera por allí y se me adelantara —tenía más olfato que un perro de San Huberto—, pero no estaba de humor.

—No, gracias.

Mamá apartó una silla y se sentó a la mesa.

—Ya sé que estás enojado por haberte perdido la clase de piano, pero Jason necesitaba esas botas, y yo te habría llevado, pero no podía dejar el trabajo.

—Sí, claro —le dije—. Lo que tú digas.

Mamá arrugó la frente.

—Ser parte de una familia a veces implica sacrificarse por los demás.

—Pero aquí el que tiene que sacrificarse siempre soy yo. No podemos tener perro porque Lee es alérgico, no puedo comer pastel de merengue de limón el día de mi cumple porque Jason odia los limones, y en lugar de ir a la biblioteca o a museos, tenemos que ir a partidos de rugby o a pescar porque eso es lo que les gusta a Pop y a los chicos. Y siempre tengo que comer las pizzas que les gustan a ellos cuando las encargamos. ¿Por qué no las pedimos nunca con aceitunas negras y champiñones, como a mí me gustan?

Lo había escupido todo de un jalón, casi sin respirar. Cuando acabé, mi madre me preguntó:

—¿Te sientes mejor?

—No.

Mamá me puso la cuchara en la mano y esperó a que le diera un lametón reticente antes de volver a hablar.

—Esto es muy difícil para ti, y lo entiendo, Hector, pero necesito que tengas más paciencia con ellos.

—¿Por qué siempre te pones de su lado?

—En una familia, los lados no existen —respondió mamá—. Pop es un buen hombre. Ya sé que no siempre acierta contigo, pero lo intenta.

Me atraganté, y me puse a toser.

—Sí que lo intenta —insistió mamá—. A su manera. Y los chicos son... —Hizo una pausa—. Son eso, chicos.

—Y yo también lo soy —murmuré.

—Pero tú ves el mundo de otra manera. Ellos son de cantos un poco más ásperos... Si te pido más, es porque sé que puedes darlo.

No supe qué contestar a eso, así que lamí la cuchara en silencio. Normalmente, me gustaba ser parte de la familia, pero deseaba que Pop y los chicos intentaran verme tal como era. A veces tenía la sensación de que les pasaba completamente desapercibido.

—¿Hay algo más que te preocupe? —preguntó mamá—. Pop dijo que te peleaste con Blake…

Me metí toda la cuchara en la boca y bajé la cabeza.

—¿Fue por algo importante? ¿Quieres que llame a Melanie?

Melanie era la señora Nesbitt, una de las mamás de Blake. Pensé en contarle la verdad a mi madre, pero si le decía lo que Blake me había dicho y cómo había empezado la pelea, tendría que admitir también que le había prendido fuego a su proyecto de Ciencias, y entonces seguro que mi madre llamaría a las madres de Blake, y hasta a la coronel Musser, y la cosa se complicaría mucho para los dos. Seguía teniendo la esperanza de recomponer mi amistad con Blake, y si dejaba que se entrometieran los padres, perdería esa oportunidad.

—Sea lo que sea, puedes contármelo —me dijo mamá—. Sabes que te quiero, pase lo que pase.

—Sí, lo sé.

El chocolate sabía a barro, pero lamer esa cuchara me proporcionaba algo que hacer, en lugar de quebrarme la cabeza con mis problemas.

Mamá suspiró y se puso en pie.

—Bueno, estoy segura de que si tienen problemas ya se las arreglarán para solucionarlos.

—¿Y si no lo conseguimos? —le pregunté—. ¿Qué hago entonces?

Mamá me revolvió el cabello y recuperó la cuchara ya casi limpia.

—¿Y si pruebas a decir que lo sientes? Eso no hace daño. ¿Por qué no empiezas por ahí?

Tal vez tenía razón. Si le pedía perdón a Blake por haberle preguntado si quería ser mi novio y por haberle quemado su trabajo, tal vez podríamos volver al punto en que estábamos antes. Solo esperaba que fuera verdad eso de que pedir perdón no hacía daño. Estaba seguro de que no podría soportar más golpes.

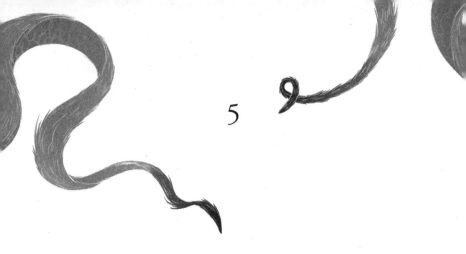

5

Lo habitual era que Pop nos dejara a Jason y a mí en la escuela temprano, camino de su trabajo. En cuanto llegábamos, mi hermanastro corría a reunirse con sus amigos, que jugaban basquetbol, y yo me dirigía a la biblioteca. Era muy pequeña y estaba olvidada y aprisionada entre el edificio principal de la escuela y la iglesia enorme, pero era mi lugar preferido en la Escuela Católica para Niños de Saint Lawrence.

—Hector Griggs.

Solté mi mochila en la mesa más cercana.

—Hola, señor Morhill.

El señor Morhill parecía un espantapájaros, con ese elegante traje a cuadros y los lentes redondos de alambre, pero no tenía la cabeza llena de paja. Era una de las personas más inteligentes que había conocido nunca. Había aparecido el año pasado como sustituto de la señorita Calloway, que había ganado la lotería y se había retirado inmediatamente para viajar por el mundo. A diferencia de la señorita Calloway, el señor

Morhill permitía que los estudiantes entraran en la biblioteca antes de la escuela. Y cuando no tenía tarea que acabar, me dejaba practicar con el piano de la sala de música, que estaba situada en la parte trasera de la biblioteca.

Pero esa mañana quería —o más bien necesitaba— hablar sobre la rectoría encantada y sobre el fantasma. Los demás profesores y sacerdotes de Saint Lawrence no daban crédito alguno a esas historias, pero el señor Morhill se lo tomaba de otro modo. Siempre nos preguntaba a los chicos si sabíamos alguna historia sobre el fantasma, y hablaba de que el mundo estaba lleno de cosas extrañas y maravillosas que desafiaban cualquier explicación. El señor Morhill era con total seguridad el bibliotecario más extraño que yo había conocido. Y por eso, entre otras cosas, me gustaba.

Al tiempo que sacaba una silla dije, distraídamente:

—Ayer oí al fantasma.

El señor Morhill estaba tras el mostrador de la entrada, escaneando unos libros, y al oírme me miró por encima de sus lentes.

—¿Eso cuándo fue, antes o después de tu altercado con Blake Nesbitt?

Me ardían las mejillas. El señor Morhill tenía un conocimiento misterioso de todo lo que ocurría en Saint Lawrence. A ninguno de los demás maestros parecía importarle, pero él siempre sabía qué estudiantes se peleaban, quién estaba siendo víctima de acoso y quién tenía problemas en casa, entre muchas otras cosas. Sé que era imposible, pero a veces pensaba que podía leer nuestras mentes.

—No fue nada —murmuré.

—¿Y por eso Gene les hizo dar vueltas a la pista? —me preguntó.

Gene era el entrenador Barbary. Sonaba raro que los profesores se llamaran unos a otros por sus nombres de pila.

Ya había decidido seguir el consejo de mi madre e iba a pedirle perdón a Blake, y por eso mismo no tenía ganas de hablar del tema con el señor Morhill.

—¿No escuchó lo que le dije? El fantasma me habló. ¡Sabía mi nombre!

El señor Morhill salió del mostrador y se sentó frente a mí. Luego juntó las manos sobre la mesa y me dedicó toda su atención.

—Te escucho. Empieza por el principio.

—Okey. Pues estaba corriendo...

—¿Para escapar de Blake Nesbitt?

Bajé la mirada.

—Sí, okey. Bueno, el caso es que no sabía adónde ir, y esa voz dijo mi nombre. No parecía la de un estudiante. Era rasposa y fina, como la de la señora Ford cuando tuvo bronquitis.

Se lo conté todo con detalle. Lo de que corrí hacia la vieja rectoría y lo del cerrojo de la puerta. Escuchó sin interrumpir hasta que hube acabado.

—Pero entonces no entraste en la rectoría, ¿verdad?

Negué con la cabeza.

—¿Hay algo más que recuerdes? —preguntó el señor Morhill—. ¿Hacía frío? ¿Sentías próxima la muerte? ¿Olía a azufre o a ensalada echada a perder?

—No me pareció que oliera a nada raro. Pero tuve la sensación de que...

—¿Sí? —me preguntó.

—De verdad que era como si viniera de la rectoría. Era como si alguien robara el sol y se llevara toda su calidez.

El señor Morhill se inclinó hacia adelante, apoyándose en los codos.

—Así que hacía frío, ¿no es eso?

—Sí —contesté—. Pero el frío estaba en mi interior. No sé cómo explicarlo.

—A mí me parece que te has explicado muy bien. —El señor Morhill juntó las manos y se las llevó a la barbilla, con una expresión distante en los ojos—. Prométeme que no volverás a acercarte a la rectoría, Hector.

Volver ahí era lo último que podía habérseme pasado por la cabeza... hasta que el señor Morhill lo mencionó. Ahora sentía curiosidad.

—¿Por qué lo dice? A mí me parece que el fantasma quería ayudarme.

—¿Has oído hablar de una planta a la que llaman jarra amarilla?

Mi mamá tenía un jardín bastante grande en la parte de atrás de la casa, pero nunca la había oído hablar de una planta que se llamara jarra.

—Es de más al sur… *Sarracenia flava* utiliza su color brillante y su dulce néctar para atraer a los insectos hasta lo más hondo de su hoja enrollada en forma de jarra, donde los atrapa y los disuelve lentamente en sus jugos digestivos.

—¡No me diga!

La naturaleza era brutal, pero también sorprendente.

El señor Morhill asintió lentamente con la cabeza.

—Así es. Pero, bueno, lo que quería decirte es que a veces hay cosas que parece que te van a ser útiles, pero en realidad lo que quieren es comerte.

Antes de que le respondiera, la puerta de la biblioteca se abrió de par en par y Gordi Standish asomó su cabeza pelirroja.

El señor Morhill se volteó a verlo.

—El aire acondicionado de este edificio no funciona demasiado bien, así que, Standish, si dejas escapar el poco aire que produce, entonces...

Gordi me miró.

—Buscaba a Hector.

—Felicidades —le dijo—. Lo encontraste.

—Blake me dijo que te dijera que salgas —me dijo Gordi, ignorando al señor Morhill.

Gordi era uno de los chicos con los que me sentaba en el comedor. No hablaba mucho, y yo todavía no había decidido si se debía a la timidez o a que no tenía nada que decir. Me sorprendía que Blake lo hubiera enviado a él en lugar de a Luke o a Arjun. Yo siempre estaba con Arjun, porque tampoco era católico. Estaba en Saint Lawrence porque su madre era maestra de los de primero.* Cuando tocaba confesión para el resto de la clase, Arjun y yo nos quedábamos en las bancas de atrás, a ver quién hacía reír antes al otro. Eso de que Blake hubiera enviado a Gordi me hacía sospechar.

—¿Para qué? —pregunté.

—No sé —contestó, encogiéndose de hombros—. Quiere disculparse o algo así.

Si se vislumbraba una posibilidad, por pequeña que fuera, de recuperar la amistad con Blake, tenía que aprovecharla.

—Más tarde concluiremos la conversación, Hector —dijo el señor Morhill. Volvió a mirar a Gordi y añadió—: Recuerda lo que te conté de la jarra amarilla.

* En Estados Unidos, el primer grado corresponde al primer año de la escuela primaria, que se hace a los seis años. *(N. del T.)*

Seguí a Gordi. Salimos de la biblioteca y fuimos por detrás de la iglesia hasta un jardín que quedaba fuera de los límites para los estudiantes. Blake estaba en la sombra de un gumbo limbo, con los labios apretados y los brazos cruzados delante del pecho. Estaba flanqueado por Evan Cristopher y Conrad Eldridge. Evan era el tipo de chico que está de acuerdo con el que grita más, y estaba dispuesto a lo que fuera si los demás también lo hacían. Solíamos congeniar, pero eso era antes de que Blake decidiera que yo era el enemigo.

Conrad Eldridge era uno de octavo con fama de preferido de los profes. Les gustaba porque sacaba dieces, hacía la tarea y siempre se sabía las respuestas cuando le preguntaban algo. Tenía pelo castaño rapado y cejas gruesas. También era el chico más alto de la escuela, y su voz era más grave que la del entrenador Barbary. Me sorprendía verlo con Blake.

Me quedé allí parado, con las manos en los bolsillos y la mirada en el suelo. Con Gordi, Evan y Conrad allí con él, dudaba que Blake realmente tuviera la intención de disculparse, pero mantenía la esperanza.

—Aquí estoy.

Conrad le dijo algo al oído y Blake se rio entre dientes.

—Sí, yo tampoco creía que fuera tan imbécil como para venir.

Me estremecí. Blake usaba ahora muchas palabras que nunca le había oído antes. Tal vez fuera inútil, pero decidí que iba a seguir con mi plan, porque igual no tenía otra oportunidad.

—Lo siento, Blake.

La expresión perpetua en su cara era una franca sonrisa. Incluso cuando su madre lo castigaba, él lo aceptaba sin quejarse. Pero allí, bajo aquel gumbo limbo, los labios se le habían contraído en una mueca de desprecio.

—Cállate la boca.

—Perdona por haberte quemado el proyecto de Ciencias.

—¡Cállate, Hector!

—Y perdona por pedirte que fueras mi novio.

Blake se lanzó por mí y me empujó hasta Gordi.

—¡Te digo que te calles!

Ese ataque me había agarrado desprevenido.

—¡Para! —Las lágrimas asomaban a mis ojos—. ¡Tú no eres así, Blake!

Conrad volvió a susurrarle algo y los dos volvieron a echarse a reír.

—Ya se lo había dicho, chicos, es un friki —dijo Blake, pero no era «friki» lo que me había llamado a mí—. Sujétenlo.

Gordi, desde atrás, me agarró por los brazos, pero no los sujetaba demasiado fuerte.

—Oye, esto no está bien...

—¿De verdad quería que fueras su novio? —preguntó Evan Christopher, como si fuera la ocurrencia más extraña que hubiera oído en la vida.

Yo no me reía en absoluto.

—¿Qué te ocurre, Blake? —pregunté—. ¿Por qué haces esto?

—Porque eres un friki —dijo—. ¡Y esto es lo que ocurre con los frikis en esta escuela!

Mi mamá se había equivocado. Decir «lo siento» no iba a arreglar nuestra amistad en esa ocasión. El Blake que me llamaba de esa manera no era el mismo con el que había pasado el verano en bici y comiendo golosinas hasta enfermar. No sabía quién era ese Blake que tenía delante, y tampoco quería saberlo.

—Vas a lamentar haberme conocido —me prometió.

No podía razonar con él, y el día anterior había quedado demostrado que tampoco podía luchar contra él. Eso volvía a limitar mis alternativas si quería salvarme. Le di un pisotón a Gordi hundiendo el tacón de mis mocasines en sus dedos. Lanzó un aullido y abrió las manos, de manera que pude liberarme. Gordi intentó volver a agarrarme, pero solamente consiguió asir mi mochila. Escurrí los brazos de entre los tirantes y lo dejé sujetándola mientras salía disparado.

Me enfrentaba al mismo dilema que el día anterior. Blake era más rápido que yo y no había muchos lugares en los que esconderse. El edificio principal todavía no había abierto, y dudaba de que pudiera volver a la biblioteca antes de que Blake, Gordi, Evan y Conrad me alcanzaran. Podía haber intentado buscar a Jason, pero luego se lo habría dicho a Pop, y no tenía ganas de escuchar eso de que era un llorón y que tenía que ser más duro. Incluso consideré la posibilidad de ir a la rectoría —tal vez el fantasma volvería a ayudarme—, pero estaba demasiado lejos. La iglesia era el único edificio al que podía llegar antes que Blake. Los estudiantes no podíamos entrar durante las horas de escuela sin permiso, pero estaba preparado para arriesgarme a un castigo con tal de evitar más puñetazos de mi ex mejor amigo.

Llevado por el miedo, corrí hacia la iglesia del Saint Lawrence. Ni miré atrás ni frené hasta que llegué a las puertas, las empujé y me deslicé al interior. Las iglesias siempre habían servido de refugios, así que esperaba que Dios no se enojara demasiado conmigo por ocultarme allí, aunque no fuera católico. Pensaba que encontraría al padre Allison o al padre Carmichael, pero la iglesia estaba vacía. Blake y los demás no podían andar muy lejos. Necesitaba encontrar un escondite, y rápido. Por suerte, sabía cuál era el lugar más indicado.

Había unas escaleritas, muy bien disimuladas tras unos paneles de madera, que llevaban a la tribuna del órgano de tubos. El padre Allison me lo había enseñado una vez cuando le pregunté si era igual que un piano. No lo era. Estaba seguro de que Blake no podría encontrarme allí arriba. Cuando llegué a la tribuna, me asomé por la barandilla y los vi irrumpir a los cuatro en la iglesia. Ni siquiera se molestaban en no hacer ruido.

—¡Encuéntrenlo! —dijo Blake.

Evan se apartó del grupo y se puso a inspeccionar las bancas mientras Gordi iba por el pasillo central.

—¡Ya puedes ir saliendo, Hector! —gritó Blake con una voz que rebotó en los vitrales que representaban las estaciones de la cruz—. ¡Así no harás más que empeorar las cosas!

Blake tenía todo el derecho a estar enojado por lo que había hecho con su proyecto de Ciencias, pero no entendía que le enfureciera tanto que le hubiera pedido que fuera mi novio. Me había contado cómo los chicos de la escuela se burlaban de él por tener dos mamás y que él no entendía por qué le daban tanta importancia a eso. Tenía que estar sucediendo algo más, y tal vez si averiguaba qué era podría recomponer lo que había roto. Pero no podía hacer absolutamente nada si no dejaba de insultarme de aquella manera.

Me temblaban las piernas mientras veía a Blake y a Conrad recorrer las filas de bancas. Se detuvieron, y Conrad se inclinó para susurrarle algo. Blake se giró y miró directamente hacia el lugar donde yo estaba escondido. Me agaché, rezando para que no me hubiera visto: de otro modo, mi escondite perfecto se convertiría en una trampa sin salida. Me oculté tanto como pude entre el órgano y la pared y recogí las rodillas contra mi pecho.

«Que no me vean, que no me vean, que no me vean».

Blake tal vez no habría dado con la puerta de la tribuna por sí solo, pero Gordi hacía de monaguillo y probablemente sabía dónde se encontraba. Cerré los ojos al oír el ruido de las bisagras.

«Que no me vean, que no me vean, que no me vean».

Las escaleras crujieron.

«Que no me vean, que no me vean, ¡por favor! Que no me vean».

La sombra alargada de Blake se proyectaba sobre la tribuna, antecediéndole.

Me hice lo más pequeño que pude, tan pequeño que Blake tal vez no me vería. «Que no me vean, que no me vean».

La tribuna era muy estrecha, apenas cabían dos personas. Blake inspeccionó la zona. Miró directamente el lugar donde me encontraba. Contuve la respiración, esperando que en cualquier momento me agarrara por la camisa del uniforme y me jalara para levantarme.

—¿Está ahí arriba? —preguntó Gordi desde abajo.

Blake se dio la vuelta y se asomó por la barandilla.

—¡Juraría que lo había visto!

—Quizá haya salido por detrás.

Reconocí la voz de Evan.

—Sí —dijo Blake—, quizá.

Volvió a mirar alrededor, con expresión confundida. Finalmente, negó con la cabeza y se fue.

¡Qué suerte! ¡No me lo podía creer! Era imposible que no me hubiera visto. ¿Y si había fingido que no me había visto porque en realidad no quería pegarme? ¿Y si todo era una comedia para impresionar a Conrad? Tal vez fuera demasiado esperar, pero no se me ocurría ninguna otra explicación.

Conté hasta cien antes de arrastrarme fuera de mi escondrijo. Las rodillas me temblaban al bajar por las escaleras. Cerré la puerta de la tribuna y, al darme la vuelta, estuve a punto de tropezarme con el padre Allison.

—¡Perdone! —dije sin pensar.

El padre Allison se echó hacia atrás, sorprendido. Se le veían unos ojos muy abiertos detrás de los lentes gruesos y redondos.

—¿Quién anda ahí? Esto es una iglesia, no un patio de recreo.

Abrió la puerta para mirar por las escaleras y tuve que hacerme a un lado para dejarlo pasar.

—¿Hola?

—Que digo que perdone...

Saludé con la mano frente a la cara del padre Allison, pero ni pestañeó ni reaccionó de ninguna manera. Miraba hacia mí igual que lo había hecho Blake. Miraba a través de mí, confundido, y no veía más que la puerta del órgano.

Allí pasaba algo raro. El padre Allison no era precisamente conocido por su sentido del humor, y si se trataba de una broma, a mí no me hacía ninguna gracia. Fuera como fuere, lo que tenía que hacer era salir de allí antes de meterme en problemas. Cuando llegué a la puerta, me giré y vi mi reflejo en el cristal de un tablón de anuncios en la pared. O más bien vi la ausencia de ese reflejo. No lo habría creído si no lo hubiera visto —o no visto— con mis propios ojos. No podía ver mi reflejo. Sostuve la mano frente a mi cara. Podía verla, pero cuando miraba al espejo, solamente veía el reflejo de la pared detrás de mí. Mi cerebro se sentía como una computadora bloqueada, con los ventiladores acelerándose por el sobrecalentamiento, intentando procesar lo que estaba ocurriendo.

Todo lo que podía hacer era mirarme la mano y mirar el cristal; hice ese trayecto con la mirada una y otra vez.

Blake no me había visto. El padre Allison tampoco me había visto. Blake tal vez había fingido, pero si el padre Allison me hubiera visto, me habría sacado de allí. Y luego, ese cristal. Nunca había oído hablar de cristales que no reflejaran a la gente, y aunque existieran, ¿qué sentido tenía que estuvieran en una iglesia? Solo había una explicación.

¡Era invisible!

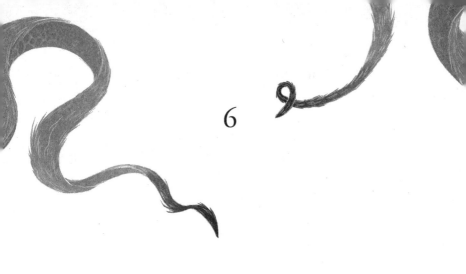

6

Salí de la iglesia y volví al jardín para recuperar mi mochila. Me estaba resultando difícil asumir que realmente era invisible. El problema era que no había ninguna otra respuesta, si tenía en cuenta que Blake y el padre Allison no habían podido verme y que no tenía reflejo. Y si era invisible, ¿cómo había ocurrido algo así? ¿Qué era ahora, un superhéroe? ¿Me iba a quedar en esa condición durante toda la vida?

Encontré mi mochila en el jardín. Mis libros, las libretas, los apuntes... Todo estaba esparcido sobre el pasto. Cuando me agaché para levantar mi tarea de Mate, la mano pasó a través de ellos. Intenté recuperar el libro de Sociales, pero era como si intentara tocar humo. Eso no podía estar sucediendo. Apoyé la palma de la mano en el tronco de un gumbo limbo y me tranquilizó sentir la corteza sólida bajo mi mano, por mucho que no pudiera recuperar mi mochila.

Un timbre agudo sonó en la distancia, anunciando que ya era hora de reunirse por grupos de cada clase. Ese timbre significaba que disponía de cinco minutos antes de que los profesores nos hicieran seguirlos hasta las aulas. Me dolía el estómago, y pensaba que iba a vomitar. ¡Qué lío si no conseguía ir a clase! Necesitaba volver a ser visible, pero no sabía cómo hacerlo. ¿Y qué se suponía que tenía que hacer con mi mochila?

Al final decidí dejar lo de la mochila para más tarde y corrí al lugar en el que se había reunido la clase 6O. Cada grado se dividía en grupos este (E) y oeste (O). El señor Grady daba Inglés en sexto, séptimo* y octavo, y también era el tutor de 6O. Pensaba que igual alguien reparaba en mí, pero nadie lo hizo. Ni me veían ni me oían. Para ellos, no existía.

Blake estaba con Evan Christopher en la fila de 6E, con los brazos cruzados sobre el pecho. En ese momento tenía el aspecto de que lo único que podía hacerle feliz era arrancar patas de saltamontes.

El señor Grady dio unas palmadas y llamó a sus alumnos para que lo siguieran a clase. Como nadie podía verme, tuve que entrar rápido para que no me zarandearan. Una vez que estuvimos arriba, me escurrí al baño y me puse frente al espejo para volver a maravillarme de mi invisibilidad. Nada, ni un destello revelaba mi presencia. Pero por sorprendente que pudiera parecer, en menos de cinco minutos el señor Grady se daría cuenta de que no estaba en mi asiento. Si eso sucedía me pondría falta, lo que provocaría una llamada a mi madre o a Pop, y entonces sí que me habría metido en un buen lío.

«¡Vamos, vamos! —me imploraba a mí mismo—. ¡Hazte visible!».

* En Estados Unidos, el séptimo grado corresponde al segundo año de la escuela secundaria, que se hace a los doce años. (N. del T.)

Cerré los ojos muy fuerte, contuve la respiración y tensé cada uno de mis músculos, pero cuando abrí los ojos nada había cambiado.

Sí, realmente iba a pasar así el resto de mi vida. Nadie iba a volver a verme. Mis padres pensarían que me había fugado, y al final me olvidarían. Lágrimas calientes inundaban mis ojos. Casi podía oír a Lee diciéndome que no fuera bebé, y los lloriqueos burlones de Jason y a Pop con su machaconería de que los chicos no lloraban. Pero si en algún momento tocaba llorar era entonces. Ni siquiera me habría importado que me llamaran lo que fuera si a cambio hubieran podido verme.

Sonó el timbre de aviso. En noventa segundos habría llegado oficialmente tarde a clase.

Los nervios no iban a ayudarme nada, así que tomé aire e intenté relajarme. Puse en práctica un truco que me había enseñado el profesor de piano por si en alguna ocasión tenía problemas al tocar alguna pieza: apreté los músculos, empezando por los pies y subiendo a la cabeza, y luego, despacio, volví a soltarlos.

«Por favor, hazte visible. Por favor».

Un destello. Tan rápido que apenas lo había percibido.

Inhalé hondo y despacio y luego exhalé. «Por favor, hazte visible».

Poco a poco, mi imagen se fue haciendo más y más clara, y se solidificó. Ahí estaba yo. La narizota de mi padre, el pelo liso, las paletas prominentes que no me dejaban cerrar la boca por completo. Esa cara que me miraba era lo más hermoso que había visto en mucho tiempo. Pero no podía seguir admirando mi reflejo. Salí corriendo del baño, corrí por el pasillo y me metí en mi clase justo cuando el último timbre sonaba. Los demás compañeros, ya instalados en sus asientos, voltearon a verme. El señor Grady también me miró con expresión irritada.

—Fui al baño —dije sin aliento.

El profesor sacudió la cabeza.

—La próxima vez date más prisa, Hector.

Contento de haberlo logrado, contesté:

—Sí, señor.

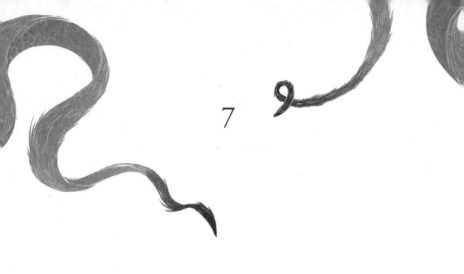

7

Mi cuerpo tal vez estuviera en el aula, pero mentalmente seguía en la iglesia.

Cuando nos trasladábamos desde la clase de tutoría a las otras aulas, continuaba pensando en lo que había ocurrido y en cómo había ocurrido. Blake había subido por las escaleras hasta la tribuna y yo había deseado que no me viera. ¿Alguien había escuchado mi deseo y había hecho que se hiciera realidad? ¿Era un milagro?, ¿una oración correspondida? ¿Habría sido el fantasma? No lo sabía. Peor todavía: no sabía ni por dónde empezar a buscar las respuestas. Volverse invisible era inconcebible, algo demasiado grande para que mi cerebro pudiera asumirlo, así que me concentré en un problema que era algo más manejable. ¿Qué demonios estaba haciendo Blake con Conrad Eldridge? Además de estar en octavo, Conrad no era el tipo de persona con quien Blake podía hacer buenas migas. Conrad tenía a los profesores muy engañados, todos pensaban que era un buen alumno, pero era de sobra conocido que podía volverse brutal. Se oían cosas sobre él, como que hacía *bullying* a los de primero y segundo* para divertirse, y yo las creía. Si ahora resultaba que Blake y Conrad eran amigos, mi ex mejor amigo estaba más perdido de lo que creía.

—¿Y bien, Hector?

La coronel Musser y la mayor parte de mis compañeros de clase me miraban y esperaban a que hiciera algo, pero yo no tenía ni idea de qué.

—Mmm...

—Si no puedes especificar los pasos del método científico —dijo la Musser—, por lo menos sí podrás explicarnos en qué andas pensando, puesto que es mucho más interesante que mi clase.

La clase se echó a reír. Sorprendí a Gordi mirándome con curiosidad.

Semejante interés debía de corresponder a sus obligaciones como informador de Blake. Pero a mí la que me preocupaba ahora era la coronel Musser.

Vestía pantalones de poliéster y camisa de manga corta y llevaba el pelo plateado muy corto. Venía a la escuela en una Harley, y parecía lo bastante mayor como para haber olvidado más sobre las ciencias de lo que yo había aprendido nunca. Por lo que sabía, jamás había servido como militar, pero el apodo había pasado de clase en clase, como un mensaje en una botella, desde tiempos inmemoriales. La coronel Musser era estricta, pero también era justa, y tenía un sentido del humor muy particular. Si un alumno conseguía hacerla reír, tenía mucho ganado.

---

* En Estados Unidos, el segundo grado corresponde a segundo año de la escuela primaria, que se hace a los siete años. *(N. del T.)*

Yo nunca lo había logrado, pero, afortunadamente, había estudiado y esa vez me sabía la respuesta:

—Formular una pregunta —dije, mientras contaba los pasos con la punta de los dedos—. Hacer una hipótesis, comprobar la hipótesis con un experimento, analizar los resultados, compararlos con la hipótesis y hacer un informe de los resultados.

La coronel Musser sonrió. No era exactamente una risa, pero estaba bastante cerca.

—Excelente. Pero mantén la cabeza en mi clase y lejos de las nubes, ¿de acuerdo?

Tenía toda la intención de seguir sus indicaciones, pero hablar del método científico me había dado una idea.

Pregunta: ¿Cómo me volví invisible?

Hipótesis: Cuando me volví invisible, estaba aterrorizado y solo deseaba que nadie me viera. Lo mismo ocurrió para que volviera a ser visible. Por tanto, volverse invisible requería una concentración intensa. Y, posiblemente, algo de miedo.

Experimento: He de encontrar un lugar tranquilo en el que nadie me moleste e intentar volver a hacerme invisible.

Había otras preguntas a las que quería responder. Por ejemplo, si la ropa que llevaba también se había hecho invisible, ¿todos los objetos que llevara en ese momento desaparecerían conmigo? ¿Qué ocurriría si me hacía invisible y luego me quitaba un zapato? ¿Se haría visible el zapato? ¿Era solamente invisible para la gente, o los perros podían verme? ¿Y qué ocurría con las cámaras? ¿Por qué era capaz de tocar las puertas de la iglesia y del baño y no podía agarrar la mochila? ¿Y por qué el padre Allison no me había oído cuando había hablado? Pero mi prioridad era comprobar la hipótesis, y sabía exactamente cuándo y dónde hacerlo.

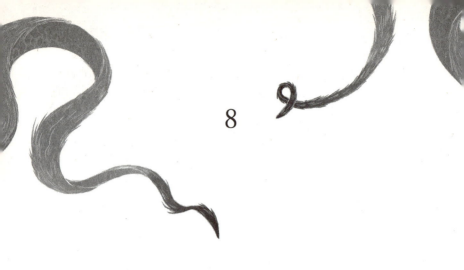

8

A la hora del almuerzo, quinientos chicos de edades comprendidas entre los seis y los trece años se agolpaban en un pequeño comedor que también servía para celebrar asambleas y ceremonias de graduación y para representar obras de teatro mientras, un equipo rotatorio de profesores pasaba esa hora corriendo de mesa en mesa y amenazándonos con castigos y citas en la oficina del señor O'Shea, el director. El alboroto era descomunal. Era el momento perfecto para ausentarme y probar mi hipótesis.

Fui hasta el comedor con el resto de mis compañeros, pero en el momento en que pasábamos las puertas me deslicé sigilosamente por el pasillo, hasta los baños. Había dos retretes, y uno se descomponía tan a menudo que el conserje lo utilizaba como armario. Entré y cerré la puerta con pasador. Sentía en todo el cuerpo el cansancio de las vueltas que me había hecho correr el entrenador Barbary en Educación Física, pero eso no diluía la emoción.

Blake y yo solíamos sentarnos juntos en el almuerzo, pero desde nuestra pelea yo había estado comiendo con los *cupcakes*, una mesa de personajes marginados de sexto y séptimo. No les había pedido permiso para sentarme con ellos, ni ellos me habían dicho que no pudiera hacerlo. Tal vez alguno reparara en mi ausencia, pero dudo que les importara lo más mínimo.

Aparté una cubeta y un trapeador para ponerme frente al lavabo y al espejo en el que poder mirarme.

—Que no me vean. Que no me vean. Que no me vean.

No estaba seguro de que las palabras fueran necesarias, pero, aun así, las susurraba.

—Que no me vean. Que no me vean. Que no me vean.

Me concentré en lo asustado que estaba en la iglesia. Cuando mamá y yo nos habíamos mudado con Pop, Jason y Lee, me habían arrebatado el papel principal de la obra para ofrecerme uno secundario y sin diálogos. Algunos días sentía que la única persona que se daba cuenta de que yo existía era Blake.

—Que no me vean. Que no me vean. Que no me vean.

Y ahora estaba en un retrete estropeado y deseaba que Blake no me viera en absoluto.

Mi cuerpo se estremeció y a través de él percibí las baldosas de detrás. Concentrado, sin dejar de pensar en convertirme en invisible, pude verme desaparecer completamente en el espejo. Mantuve la mano alzada. Podía verla frente a mi cara, pero ya no producía ningún reflejo.

¡Lo había conseguido! ¡Era invisible! Lancé el puño al aire y di un grito. Lo primero que pensé fue en cómo se emocionaría Blake cuando se lo contara. Luego recordé que él era precisamente la razón de que me hubiera vuelto invisible la primera vez, y mi entusiasmo se desinfló.

—Tranquilo —me dije a mí mismo. Si podía revertirlo, no sería más que un súper poder.

Tomé aire y lo retuve mientras me imaginaba de nuevo visible. Los pulmones me quemaban, y empezaba a sentir pánico cuando mi cuerpo reapareció. Primero era una presencia fantasmal, pero me solidifiqué rápidamente.

Estuve un rato aullando y bailando por ese lugar lleno de cachivaches.

Conclusión: ¡Podía volverme invisible a mi antojo! Básicamente, era un superhéroe. El Chico Invisible. No, necesitaba un nombre mejor. Algo más pegajoso. ¿El Supertranslúcido? ¿Chico Gas? ¿El Héroe Oculto? A Blake se le daba mejor que a mí esto de poner nombres, lo malo era que se había bloqueado con un insulto en particular que no paraba de decirme esos días.

El experimento había concluido, así que me dispuse a salir... Pero me detuve antes de abrir la puerta. Había comprobado que podía hacerme invisible, y ahora tenía una oportunidad para probar los límites de mi poder y no debía desperdiciarla. Por otra parte, mi almuerzo estaba en la mochila, que seguía junto a la iglesia, así que practicar en convertirme en invisible me daría algo que hacer en lugar de oír mi estómago rugir.

«Que no me vean». Mucho más rápido que antes, desaparecí. Abrí la puerta y me deslicé por el pasillo. Primero avanzaba con cuidado, sin hacer ruido, pero el padre Allison no me había oído cuando le hablé estando frente a él, de modo que supuse que nadie iba a oír mis pasos con el rugido de quinientos chicos aullando y masticando de fondo.

Seguía esperando que alguien mirara hacia donde me encontraba, que me señalaran y se echaran a reír, o que un profesor me dijera que volviera a mi asiento, pero nadie hizo nada de eso. Paseé por entre las filas de mesas, arriba y abajo, y nadie me vio. Me introduje en un grupo de cuarto e intenté darle a uno un golpecito en el hombro, pero mi mano pasó a través de él. No entendía por qué podía abrir las puertas y apoyarme en las paredes, pero no podía tocar nada más.

Localicé a Jason en su mesa de siempre, con sus amigos. En horas de escuela nunca me acercaba a él a menos que resultara imprescindible. Sentí curiosidad por lo que estarían hablando. De beisbol, parecía. Jason presumía de las carreras que había anotado la última vez que había jugado, pero nada de lo que decía era cierto. El beisbol le encantaba, pero no era bueno jugando. Demasiados ponches. No me sorprendía que mi hermanastro mintiera a sus amigos, pero eso me hacía sentir mal por él. ¿Qué importancia tenía que fuera malo? Yo era una plasta con los videojuegos, pero aun así me gustaban un montón.

Aburrido, me dirigí a la mesa de Blake.

—Te juro que lo vi en ese balcón antes de subir —oí que decía cuando me acerqué—. Tiene que haber otra manera de bajar.

—No hay ninguna otra manera —dijo Gordi—. ¿Y por qué ahora lo odias tanto, me lo puedes explicar?

—Porque es un friki.

Gordi estaba desconcertado.

—Pero ¿tú no tienes dos mamás?

Blake le dio un golpe en el hombro, y no era uno amistoso. Antes de la víspera nunca lo había visto pegándole a nadie, ni siquiera en broma. Me había llevado una sorpresa cuando me había atacado en los vestidores, pero por lo menos intuía sus razones. Ver que también le pegaba a Gordi hacía que me preguntara si ese era realmente Blake o si más bien era un alienígena que se había metido en su piel como quien se pone un traje.

Los demás chicos —Alex, Greg, Arjun, Evan y Luke— también parecían sorprendidos, pero ninguno abrió la boca. Conrad estaba sentado al otro lado de Blake, lo que era muy raro, porque la mayoría de los de octavo habría preferido morir antes que sentarse con chicos de sexto. Me sentía como transportado a un mundo paralelo en el que Blake era un abusador y en el que nunca habíamos sido amigos.

—¿Y eso? ¿Por qué me pegas? —dijo Gordi frotándose el hombro—. Yo creía que Hector era tu mejor amigo.

Blake mordió el sándwich como si este hubiera insultado a su abuela.

—Solo dejé que Hector pensara que éramos amigos porque sentía lástima por él.

Gordi miró hacia otro lado, pero los demás chicos, los que me habían elegido para sus equipos de *kickball* o los que me habían invitado a sus piyamadas, empezaron a referirse a mí con el mismo insulto impronunciable que Blake había utilizado. Y se reían. Se reían de mí, sin verme. Cada vez que lo decían, eso dolía, físicamente. «Friki» era un golpe bajo. «Friki» era un puñetazo en la nariz. «Friki» era un rodillazo en la entrepierna que me dejaba sin aliento y que me daba ganas de vomitar.

No podía seguir escuchando. Salí corriendo del comedor, atravesé el estacionamiento y me metí en el edificio de la escuela. Me senté en las escaleras y me estremecí mientras lágrimas invisibles me corrían por las mejillas. Se suponía que eran mis amigos. Se suponía que Blake era mi mejor amigo.

Estábamos a mitad de cuarto grado y yo era nuevo en Saint Lawrence, solo llevaba un par de semanas y todavía no había hablado con nadie. Echaba de menos mi escuela de antes, mis amigos de antes, y cuarto me parecía mucho más difícil que tercero.* Estaba en la clase de Educación Física con los demás chicos de mi clase, y Blake Nesbitt y Nick Price estaban escogiendo a sus jugadores para un partido de futbol. Yo me había quedado atrás, dándole patadas al pasto.

—Y yo escojo a... Hector.

Levanté la vista. Nadie estaba más sorprendido por la elección de Blake que yo. Nadie nunca me había escogido primero para nada. Me señalé a mí mismo para confirmarlo, y él asintió y me indicó que me pusiera a su lado.

—¿Por qué me escogiste? —le susurré al llegar corriendo junto a él—. Soy muy malo en futbol.

—Te vi leyendo un libro sobre dragones —dijo—. A mí también me gustan los dragones.

—¿Y eso nos ayudará a ganar el partido?

Blake se encogió de hombros.

—Prefiero perder un partido con gente que me gusta que ganar con gente que no me gusta. Algún día tienes que venir a mi casa después de clase. Te gustan los videojuegos, ¿verdad?

Desde ese día Blake y yo habíamos sido un equipo. Hasta que yo lo había estropeado todo.

—No llores. Si lloras, lo atraes.

Levanté la vista y vi a un chico en lo alto de las escaleras que me miraba. Fuerte, con mejillas prominentes y ojos gran-

* En Estados Unidos, el tercer grado corresponde al tercer año de la escuela primaria y se hace a los ocho años. *(N. del T.)*

55

des tras unos lentes negros, llevaba el uniforme del Saint Lawrence. No lo reconocí, y pensé que debería conocerlo, porque en el Saint Lawrence solo había un chico negro, que yo supiera. Estaba tan sorprendido que por un momento olvidé lo que había pasado en el comedor.

—¿Puedes verme?

Los ojos del chico se hicieron todavía más grandes y se quedó con la boca abierta.

—¿Y tú... puedes verme a mí?

Me levanté y me pasé el dorso de las manos por los ojos.

—Claro.

La expresión de alivio conquistó el rostro de aquel chico. Empezó a bajar las escaleras, y estuvo a punto de tropezar.

—Me llamo Orson Wellington. Tienes que ayudarme. —Hablaba tan rápido que las palabras se empujaban unas a otras, como coches chocones—. Estoy atrapado aquí. Estoy así desde hace años. El gélim me persigue, y a ti también te atrapará, ya verás. —Miró hacia atrás un momento, inquieto, y entonces dijo—: ¡Tengo que irme!

Echó a correr. Lo llamé por su nombre y empecé a subir las escaleras tras él, pero antes de que subiera dos peldaños el entrenador Barbary apareció en las escaleras. Miró a su alrededor, levantando la cabeza como un perro que escucha un sonido que le es familiar, hasta que sus ojos se posaron en el lugar que yo ocupaba. Durante un segundo parecía que me miraba a mí, pero yo seguía siendo invisible. Aun así, contuve la respiración, sin atreverme a hacer sonido alguno.

Finalmente, el entrenador sacudió la cabeza y se fue.

9

¿Quién era Orson Wellington?

Esta era la pregunta a la que no dejaba de dar vueltas. ¿Quién era? ¿Qué lo había asustado? Con quinientos alumnos en Saint Lawrence, era imposible recordar el nombre de todos, pero, aun así, reconocía la mayoría de caras. Especialmente, las de los chicos de los grados superiores, ya que me cruzaba con ellos entre clases varias veces al día. Si hubiera tenido algo de dinero, lo habría apostado a que nunca antes había visto a Orson Wellington.

Pensé en él durante el resto del día, y durante toda la noche en casa, e incluso en sueños. Cuando desperté, seguía pensando en Orson, y en las clases estaba tan distraído que dos profesores diferentes me gritaron que prestara atención. Se me ocurrió que Orson podía ser el fantasma. La voz que había escuchado en la rectoría dos días antes podía ser la suya, aunque la verdad era que no se parecían. Pero ¿cómo lo había visto en las escaleras y cómo me había visto él a mí? ¿Tal vez yo era también un fantasma? Pero eso no tenía ningún sentido, porque los fantasmas son espíritus de los muertos, y Blake todavía no había conseguido matarme. Quizá el hecho de volverme invisible me hacía capaz de ver y oír a los fantasmas. O quizá Orson no era un fantasma en absoluto. Pero si era el fantasma, entonces eso significaba que estaba muerto y que, como llevaba el uniforme del Saint Lawrence, probablemente había muerto en la escuela, un pensamiento totalmente espeluznante que seguro que no me haría tener pesadillas. No, qué va...

Cuando llegó la clase de Educación Física a la quinta hora, me cambié en el vestidor y luego salté a la pista, donde me esperaba el entrenador Barbary. Me indicó con el dedo que me acercara y luego hizo lo mismo con Blake.

—¿Ya están listos para decirme por qué se peleaban?

Miré hacia el suelo.

—Entonces pónganse a correr.

Empecé a correr alrededor de la pista intentando ignorar los sonidos de los otros chicos que se la pasaban en grande mientras yo seguía dando vueltas. Blake corría por detrás de mí, aunque yo habría preferido que no lo hiciera. Todavía podía oír lo que había dicho de mí en el comedor. Eso de que solamente había sido amigo mío por lástima.

A la gente le gusta repetir eso de «a palabras necias, oídos sordos», ¡como si fuera tan fácil! Las palabras hacen daño. A veces hieren más porque dejan heridas que nadie puede ver. Sin embargo, a pesar de lo mucho que me había afectado lo que había dicho Blake, yo seguía queriendo ser su amigo y pensaba que tal vez, sin ninguno de los otros chicos por ahí, podría tener la oportunidad de convencerlo para que dejara de mostrarse tan arisco. Antes de nuestra pelea, Blake habría sido la primera persona a quien le habría contado lo de mi encuentro con Orson Wellington y lo de que podía hacerme invisible, de manera que pensé que era un buen punto de partida.

—Oye, por cierto, el fantasma es real.

Blake gruñó.

—Lo oí el lunes en la rectoría. Dijo mi nombre. Y ayer vi algo. Un chico con el uniforme de la escuela.

No estaba seguro de que Orson Wellington y el fantasma fueran una misma cosa, pero me parecía difícil explicárselo mientras seguíamos corriendo.

—¿En la iglesia? —preguntó Blake, fingiendo despreocupación.

—En las escaleras del edificio principal. —El sudor seguía cayéndome sobre los ojos y solo podía quitármelo pestañeando—. Creo que era un estudiante.

Blake se echó a reír.

—Seguro que es uno que se murió de aburrimiento en la clase de la señora Ford.

—Se quedó catatónico —confirmé con una carcajada.

—Y ahora está atrapado para siempre en esta escuela, escuchando una y otra vez la lección de la señora Ford sobre la ruta del Oh-ra-gan.

Blake se sacudía de risa. Durante un segundo volvió a parecer mi mejor amigo, de manera que corrí el riesgo.

—Siento lo de tu proyecto de Ciencias. No debería haberlo quemado.

La sonrisa de Blake se evaporó.

—Cállate la boca, friki.

Me estremecí.

—Vamos, Blake. Dime qué te hice para que te enojes así. Es que no eres tú...

Sabía que sonaba patético, pero no me importaba.

—Dime tú primero cómo bajaste del balcón de la iglesia —me dijo.

Un mes antes ni lo habría dudado. Le habría contado todo lo de que podía volverme invisible, y la cara que puso el padre Allison al ver que la puerta que llevaba al órgano parecía abrirse sola. Pero un mes antes se lo habría estado contando a mi mejor amigo. Ahora no estaba seguro de qué éramos, y no quería descubrir mi única jugada.

—No sé de qué me estás hablando.

—¡Qué mentiroso! —gritó Blake con desprecio—. Te vi ahí arriba.

—Tal vez fuera tu nuevo mejor amigo haciéndote algún truco.

Blake irradiaba odio hacia mí, y eso dolía, dolía físicamente.

—Al final me lo dirás —dijo—. Por las buenas o por las malas.

Los últimos rescoldos de mis esperanzas de que pudiéramos rescatar nuestra amistad se apagaban.

—Si tanto me odias —dije con la voz quebrada—, ¿por qué no me dejas en paz y ya está?

Blake me miró y luego volteó hacia la escuela antes de mirarme de nuevo.

—Porque él no me deja.

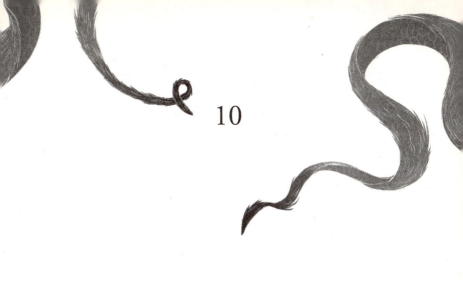

10

Dos fantasmas, Orson Wellington y Blake Nesbitt, me estaban atormentando y no sabía qué hacer. Así que, en cuanto llegué a casa, me aislé con el piano, pues era lo único con lo que sentía que las cosas aún tenían algún sentido.

Cuando mamá y Pop se casaron y nos mudamos aquí, él dijo que en esta casa no cabía un instrumento así. Pero el piano significaba para mí más que cualquier otra posesión, más que todos mis libros y juguetes, por ejemplo, y amenacé con fugarme si se deshacían de él. Por suerte, mamá despejó un rincón en su estudio para que yo pudiera tocar sin molestar a nadie... Bueno, a nadie más que a ella, claro.

Tocar el piano me permitía aislarme del mundo cuando se volvía demasiado ruidoso. Por pésimo que hubiera sido el día, la música lo mejoraba. Era una de las pocas actividades en las que Blake no brillaba, pero nunca me lo había echado en cara. A veces incluso aparecía por mi casa y se quedaba para verme tocar.

—Me gustaría aprender —había dicho un día, después de la escuela.

Yo estaba tocando *Solfeggietto* para calentar, pero rápidamente pasé al tema central de *Legend of Zelda*.

—Seguro que podrías tocar esto si lo intentaras.

—Qué va. No como tú.

Noté que me ponía colorado.

—Oye, no soy tan bueno, ¿eh?

—Sí, sí que lo eres —dijo Blake.

—Bueno, ya me gustaría ser bueno en beisbol o en futbol o en algo...

Él gruñó.

—La mitad de los chicos de Saint Lawrence son buenos en los deportes, pero ninguno puede hacer lo que tú. Además, me parece que Orfeo no habría convencido a Hades para que le dejara traer de vuelta a Eurídice de entre los muertos lanzando una espiral perfecta.

Blake se había interesado en la mitología griega después de que yo le dijera de dónde provenía mi nombre, y mi madre le había prestado unos cuantos libros, no sé bien cuántos, que él había devorado de inmediato.

—Pero al final no le fue demasiado bien, ¿verdad?

—Quizá no —contestó Blake—, pero no fue por culpa de la música, el problema era que no confiaba lo suficiente en sí mismo.

Mamá se sentó junto a mí en la banca del piano. Perdido en mis recuerdos de Blake, ni siquiera la había oído entrar. Me hice a un lado para dejarle espacio en la banca.

—Llevas ensayando escalas menores desde hace más de veinte minutos —dijo ella—. Seguro que fue un día malo, muy malo.

El piano había sido de la abuela y mamá había tomado lecciones cuando tenía mi edad, aunque ahora casi no tocaba.

Me encogí de hombros.

—¿Tiene algo que ver con Blake y contigo?

Asentí.

—¿Ya te disculpaste, tal como hablamos?

—No me fue bien. —Hablar de él abría todavía más la herida—. Blake ha cambiado.

—La gente cambia cuando crece. —Mamá me agarró por el hombro—. Tú también estás cambiando.

—No quiero cambiar.

—Es parte de la vida, Hector. La gente cambia, y los amigos a veces se separan.

—Es como si alguien le hubiera dado a un interruptor y hubiera convertido a Blake en una persona completamente diferente. Antes también se enojaba, pero nunca era malo.

—Hector, tú eres más sensible y...

—¡No lo soy!

Mamá se inclinó hacia atrás para mirarme a los ojos.

—Sí que lo eres, cariño, ¡y no pasa nada! Si todo el mundo fuera tan sensible como tú, el mundo sería un lugar más amable. Pero la mayoría de la gente es más como...

—¿Como Pop y los chicos?

Sonrió.

—Exacto. Y tampoco es que sea algo malo. Lo único que implica es que la vida será un poco más difícil para ti.

—No me parece justo.

Mamá bajó la cabeza.

—No lo es.

La respuesta que esperaba no era precisamente esa, pero aprecié su sinceridad.

—¿Has deseado alguna vez que fuera diferente, que fuera como Jason o como Lee?

—Ni por un segundo.

—¿Seguro?

—Tú siempre has sabido quién eres —dijo mamá—, y yo te admiro por eso.

—¿De verdad?

Asintió.

—Pero no todo el mundo tiene esa seguridad. Muchos luchan por encontrarse a sí mismos, y algunos no lo consiguen nunca.

—¿Crees que eso es lo que le pasa a Blake ahora?

A mí Blake siempre me había parecido una persona segura. ¿Tal vez había sido una fachada? Mi madre se inclinó hacia mí y sonrió.

—No lo sé, pero si alguien puede comunicarse con él, ese eres tú.

Por mucho que mi madre lo viera tan claro, yo no estaba tan seguro. Más bien me sentía solo, confundido y asustado por haber perdido para siempre a mi mejor amigo. Al final volví a mis escalas. Mamá se quedó allí, sentada a mi lado, escuchándome.

11

El señor Morhill dejó un montón de libros en la mesa donde yo estaba terminando a toda prisa la tarea de Ciencias Sociales que no había hecho la noche anterior.

—¿Qué tienen en común los pulpos, la luz, el camuflaje, los fantasmas y cinco años de anuarios escolares?

Contesté la última pregunta del ejercicio, puse a un lado la tarea y levanté la mirada.

—¿Qué?

—Yo no lo sé, Hector. Por eso te lo pregunto.

El señor Morhill creía que el colegio de Saint Lawrence estaba hechizado, así que pensé que no habría inconveniente en que le hablara de Orson.

—Creo que volví a encontrarme con el fantasma, y esta vez lo vi. Me habló, y además iba vestido como un alumno de aquí.

Cuanto más lo pensaba, más probable me parecía que Orson Wellington y el fantasma fueran una única cosa.

El señor Morhill dio unos golpecitos en los anuarios.

—Y estás intentando encontrarlo aquí para conocer su identidad, ¿no?

—El nombre ya lo sé. Orson Wellington. Pero desapareció antes de que pudiera averiguar nada más.

El señor Morhill agarró una silla y se sentó pensando en lo que yo le acababa de decir.

—Entonces ¿para qué necesitas los anuarios?

—Para averiguar si realmente estudió aquí y, si es así, cuándo lo hizo. Tal vez pueda preguntarle a alguno de los profesores qué ocurrió con él.

—Pero si a ese joven le pasó alguna desgracia tan grande como para convertirlo en un fantasma, lo más seguro es que saliera en la prensa, ¿no?

No pude evitar poner cara de fastidio.

—Ya he buscado el nombre en internet. Ningún resultado.

—Con un nombre tan peculiar como Orson Wellington, si hubiera circunstancias poco claras en torno a su fallecimiento, las habrías descubierto enseguida, ¿no?

—Exacto.

—Brillante, Hector. —Volvió a mirar el montón de libros—. Eso explica lo de los anuarios. ¿Qué hay de los demás libros?

La explicación que me pedía era delicada. Como mentiroso, yo dejaba mucho que desear, pero todavía no estaba listo para revelarle mi secreto sobre que me podía hacer invisible. Estaba pensando qué explicación darle al señor Morhill cuando percibí mi reflejo en una ventana y tuve una idea.

—¿Qué ocurriría si el fantasma en realidad no lo fuera?

El bibliotecario enarcó las cejas.

—Me intrigas. Sigue.

—Bueno, si le hubiera ocurrido algo malo, el suceso habría salido publicado en los periódicos y lo habría encontrado en internet, ¿no? Pero ¿y si no es ningún fantasma? —«¿Y si es como yo?», pensé—. ¿Y si lo único que pasa es que no podemos verlo?

—¡Vaya hipótesis! —dijo el señor Morhill con la mano en la barbilla.

Era evidente que no tenía respuestas para mis preguntas, pero si alguien podía ayudarme a entender lo que estaba pasando, ese era el señor Morhill.

—¿Qué ocurriría —insistí— si resultara que Orson Wellington es invisible y, además, la mayor parte de la gente no puede oírlo? Ah, y no puede tocar nada, excepto puertas.

—¿Por qué puertas?

Me encogí de hombros.

El señor Morhill arrugó la nariz.

—Por lo que describes, se diría que conociste a un fantasma incorpóreo.

—¿Incor... qué?

—Incorpóreo —repitió—. Insustancial.

—Ah. ¿Y qué hace que un fantasma no sea realmente un fantasma?

Un grupo de chicos de grados inferiores entró en la biblioteca. Parecía que habían acabado allí por accidente o por alguna apuesta. El señor Morhill se levantó.

—Disculpa un momento, Hector.

Al quedarme solo, comencé a mirar los anuarios. Empecé por el más reciente y fui retrocediendo. Orson no estaba en el primero, ni en el segundo. Desde luego, aquel era el peor juego de los *¿Dónde está Wally?* Pero en cuanto abrí el anuario de hacía tres años, me lo encontré mirándome desde la foto de grupo de la clase de 7O. Estaba exactamente igual que en las escaleras, aunque menos asustado. Volví al anuario de hacía dos años para buscarlo en la sección de octavo, pero no lo encontré. Lo que significaba que, lo que fuera que le ocurriera, le había sucedido hacía dos o tres años.

—Te gustan mucho los anuarios, ¿verdad?

Ahogué un grito y levanté la mirada para encontrarme con una chica frente a la mesa. Era más alta que yo, llevaba su melena castaña recogida en una coleta y tenía ojos traviesos, brackets y una galaxia de pecas. Cuando yo iba a la escuela pública, tenía un montón de amigas, pero las chicas, a menos que algo hubiera cambiado, no estaban permitidas en Saint Lawrence.

—No... no deberías estar aquí —balbuceé confundido.

Inclinó la cabeza a un lado.

—¿Por qué? ¿Es una biblioteca secreta? ¿Llevo mal el uniforme?

—¡Porque es una escuela de chicos!

Puso cara de extrañeza y se le marcaron unas líneas en la frente. Pero pronto se borraron y, sonriendo, dijo:

—Si me guardas el secreto, no le contaré a nadie tu obsesión por los anuarios. Soy Samantha Osborne. Pero todo el mundo me llama Sam.

Había algo intimidante en la confianza de Sam que me hacía vacilar. Quería saber más sobre su secreto, pero solamente conseguí articular mi nombre:

—Hector Griggs.

—¿Hector?

—A mi mamá… le encanta la mitología griega.

Sam paladeó mi nombre como si fuera una comida extraña y tuviera que decidir si le gustaba o no. Al final asintió:

—Es un buen nombre.

—Gracias... Sí, supongo que sí.

—Bueno, veo que estás muy ocupado —dijo—. Te dejo que trabajes.

Y desapareció. Enseguida empecé a pensar en todas las cosas que podría haberle dicho. Yo también había sido un alumno nuevo allí, así que sabía lo solo que se sentía uno, y podría haberme mostrado más simpático. Pensé en correr tras Sam para disculparme, pero sonó el timbre para que los grupos nos reuniéramos antes de la clase inicial. Tomé el anuario con la fotografía de Orson Wellington y lo llevé al mostrador de la biblioteca para pedir una fotocopia. Habría sido más fácil tomar una foto con el celular, pero los alumnos los teníamos prohibidos en la escuela.

Mientras esperaba a que el señor Morhill fotocopiara la página, Sam me saludó desde la puerta y dijo:

—Ya nos veremos, Hector.

—Es mi sobrina —dijo el bibliotecario al entregarme la fotocopia—. Está en séptimo. Ya tenía ganas de que se conocieran.

—Pero se supone que en Saint Lawrence no hay chicas, ¿verdad?

—Entonces lo mejor será que no se lo digas a nadie más.

El señor Morhill me guiñó un ojo y se despidió de mí.

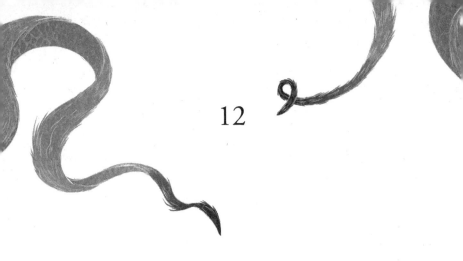

12

Por lo que podía saber, era la única persona, aparte del señor Morhill, que identificaba a Sam Osborne como una chica. Estaba en séptimo, así que no coincidíamos en ninguna clase, pero habría sabido de ella si alguien más se hubiera dado cuenta de que era una chica. Una chica en Saint Lawrence habría sido el notición más grande desde que alguien se enteró de que el señor Grady había formado parte de un grupo de punk rock antes de convertirse en profesor. Grady se negó a hablar del asunto, pero había videos en YouTube. En cambio, nadie hablaba de Sam.

Sam era un misterio, pero no la clase de misterio en el que tenía que concentrarme. Ese honor correspondía a Orson Wellington.

Después de la clase de Ciencias, me quedé por allí para hablar con la coronel Musser. Era la tutora de 7O desde hacía varios años. Si Orson hubiera estado en su clase, seguro que lo reconocería.

—¿Qué ocurre, Hector? —preguntó.

Los estudiantes a menudo murmuraban bromas de mal gusto sobre la coronel Musser: sobre su pelo corto, la ropa que llevaba, su manera de llegar al colegio en moto. A mí no me parecían divertidas. La Musser era honesta, trataba todos los problemas como si fueran importantes, intentaba abordarlos poniendo en juego todos sus conocimientos y, cuando ignoraba algo, no le daba miedo admitirlo. Después del señor Morhill, ella era mi persona favorita en Saint Lawrence.

No disponía de mucho tiempo antes de mi siguiente clase, y los alumnos de 8E ya empezaban a entrar en el aula de la Musser, así que le hice la pregunta:

—¿Recuerda a un estudiante llamado Orson Wellington?

Puso cara de extrañeza.

—No puedo decir que lo recuerde.

—Creo que usted habría sido su tutora hace tres años.

—Sé que ya soy mayor, pero mi memoria no es tan mala como para no recordar un nombre como Orson Wellington. Creo que te equivocas.

Se giró hacia el pizarrón para limpiarlo.

Saqué la página fotocopiada del anuario y se la entregué.

—¿Qué quieres que mire de esta foto?

Señalé a Orson.

—Es este. Orson Wellington. ¿Lo ve?

—¿Que si veo qué? —Arqueó la ceja derecha—. No sé a qué estás jugando, Hector, pero no me parece divertido.

—¿No lo ve? Está aquí.

Sonó el timbre de aviso.

—Será mejor que vayas a clase.

No entendía cómo podía ser que no viera a Orson en la foto, pero sabía que discutir era inútil. Quise recuperar la fotocopia, pero la coronel Musser la sujetó con fuerza y arqueó la ceja como solo ella podía hacerlo.

Corrí a la clase de Ciencias Sociales. Llegué con el timbre final sonando y me deslicé hasta mi asiento. ¿Cómo podía ser que la Musser no se acordara de Orson? Había bromeado sobre su memoria, pero estaba seguro de que recordaba el nombre de cada alumno que se había sentado en su clase del Saint Lawrence. Y llevaba allí mucho tiempo. De todos modos, cuando le había enseñado la página, no me había parecido que no recordara a Orson. Lo que me había parecido era que simplemente no lo veía.

Tenía que pedirle al señor Morhill que hiciera otra fotocopia para enseñársela a unos cuantos profesores más. Esperaba que alguno recordara a Orson Wellington.

A la hora del almuerzo tenía la intención de escabullirme para practicar la invisibilidad y para buscar a Orson, pero Sam Osborne se plantó ante mí en el comedor.

—¿Qué puedo pedir para comer que esté bien?

—¡Uf, es jueves! —dije.

Sam parecía perpleja.

—¿Y?

—¿No lo sabes? ¡Nunca, nunca hay que pedir lo que preparan en la cocina del comedor los jueves, a menos que quieras pasar una tarde horrible!

Pareció entenderlo.

—Gracias por el recordatorio. El tío Archie podría habérmelo dicho, ¿no? ¿Y ahora qué voy a comer?

¿Archie? ¿Se refería con ese nombre al señor Morhill? Ciertamente, no parecía alguien a quien nombrar con un diminutivo. Como no quería parecer antipático, le mostré mi bolsa del almuerzo.

—Yo traigo un sándwich de crema de cacahuate con mermelada y unas barritas de chocolate. Si quieres, lo compartimos.

Sam me dio un golpecito de complicidad en el hombro.

—¡De acuerdo! Yo puedo comprar unos *tater tots* para acompañar. ¿Los hacen buenos?

—Sí, se pueden comer.

—Entonces nos vemos en la mesa.

Sam se dirigió a la fila.

Yo conseguí un lugar en mi mesa con los *cupcakes*. Estaba sacando mi almuerzo cuando ella apareció, se sentó frente a mí y colocó el cestillo con los *tater tots* entre los dos. Luego volteó hacia la izquierda y saludó.

—¡Hola! Soy Sam.

Miré para comprobar si alguien en la mesa se daba cuenta de que era una chica, pero me pareció que no. Tal vez me equivocara —sí, los chicos pueden llevar el pelo largo, pero en Saint Lawrence debíamos llevarlo por encima del cuello—, pero el señor Morhill había dicho específicamente que se trataba de su sobrina. Tenía la esperanza de que nos quedáramos solos en algún momento para preguntarle cómo podía ser que nadie más la identificara como chica.

—Él es Paul —le dije, señalando al chico que estaba junto a ella, demasiado ocupado con su *switch* bajo la mesa como para responder con algo más que un gruñido—. Ese con el libro es Trevor, y el de enfrente es Jackson, y allí al final, Mike.

—Matt —dijo él, sin levantar la vista de la tarea.

—Matt, disculpa —dije.

Sam bajó la voz.

—¿Son tus amigos?

—No, no son mis amigos.

—Solo se sienta con nosotros porque no tiene ningún otro lugar al que ir —dijo Paul.

Era lo más largo que le había oído decir nunca, y eso que estábamos en la misma clase. Matt también iba en sexto, pero Jackson y Trevor estaban en séptimo.

Era evidente que lo que Paul acababa de decir despertó la curiosidad de Sam, pero no hizo ninguna pregunta. Empujé hacia ella la mitad de mi almuerzo.

—Esta escuela es rara —dijo.

—Ya te acostumbrarás —le respondí encogiéndome de hombros.

—¿Y qué me dices de los uniformes? —preguntó jalando su camisa—. ¿No podían haber escogido mejor los colores?

Sin levantar la vista de su *switch*, Paul dijo:

—Cada año le he planteado la misma queja al señor O'Shea. ¿A quién se le ocurre combinar el amarillo canario con el caqui? Pero ¿crees que me ha escuchado siquiera?

—Por lo menos no tenemos que preocuparnos sobre qué ponernos por la mañana —dije yo.

Sam interiorizó mi argumento.

—Es verdad… Pero ¿qué pasa con la coronel Musser? ¿Estuvo en el ejército? No lo entiendo.

Negué con la cabeza.

—No es más que un mote. Parece muy dura, pero es simpática.

Mientras comíamos, la puse al corriente sobre otros profesores.

—El señor Grady nunca revisa la tarea, así que no debe preocuparte si las respuestas están mal, mientras la entregues a tiempo.

—Y cuando haces algún trabajo —añadió Jason—, se preocupa más por la gramática, la ortografía y la puntuación que por el tema.

—Es verdad —confirmé yo.

Sam asentía, como si fuera tomando notas mentales.

—Y la señora Ford...

—¡Cuidado con esa! —gritó Matt desde el fondo de la mesa.

—Le gusta fastidiar a los alumnos —dije.

—Me dijeron que la acosaron cuando era pequeña —dijo Paul—, y que por eso ahora nos acosa a nosotros.

—Será por eso —dijo Trevor.

No sabía qué tenía Sam que hacía que a todos los *cupcakes* les diera por hablar. Hasta entonces apenas habían dado muestras de haber advertido mi presencia.

—Okey, pero eso no es nada comparado con lo del entrenador Barbary.

Los demás chicos asintieron al unísono.

Paul, que había dejado a un lado el *switch*, volteó hacia nosotros.

—No entiendo qué problema tiene.

—Nos odia a todos —dijo Matt.

—No —dijo Jackson—. También tiene sus favoritos.

—Gracias por ser tan simpáticos —dijo Sam—. Esto de llegar a una nueva escuela a mitad de año es un asco.

De pronto, los otros chicos dejaron de hablar y miraron para otro lado. Eran como tortugas que volvían a meterse en su caparazón. No entendí qué pasaba hasta que volteé y vi que Blake, Evan y Conrad Eldridge se acercaban.

Blake agarró mi barrita de chocolate de la mesa y rompió un extremo para llevárselo a la boca antes de voltear a ver a Sam.

—Eres nuevo, ¿verdad? —preguntó, expulsando migajas por la boca—. Yo soy Blake Nesbitt.

—Yo soy Sam Osborne —contestó ella, precavida.

Blake nos miró, uno por uno.

—No deberías sentarte con los *cupcakes*. Aquí no hay más que perdedores. Sobre todo Hector.

Conrad le dijo algo al oído y se echó a reír.

—¿Te dijo algo gracioso? —preguntó Sam.

—Tú, a ver con quién te sientas. Ten cuidado, no vaya a ser que la gente se haga una idea equivocada de ti.

Una sonrisa amplia, casi de gratitud, iluminó la cara de Sam.

—Gracias por los consejos, pero la verdad es que me importa muy poco lo que la gente piense de mí.

—Pues yo diría que tiene que preocuparte —dijo Blake inclinándose hacia ella.

—En el mundo hay mucha gente, si me preocupara por las opiniones que tienen sobre mí, no tendría tiempo para nada más.

—Lo que piensen todos no debe preocuparte —le aclaró Blake—. Solo debe preocuparte lo que piense la gente que de verdad importa.

Sam contuvo la risa y preguntó:

—¿Y tú te incluyes entre esa gente?

—¡Pues sí, claro!

—Okey —dijo ella—, ya entiendo.

Le dio la espalda a él y a los otros y se giró hacia mí.

Por un momento, Blake se quedó mirando a Sam con la boca abierta, pero luego salió de allí disparado, llevándose a Evan y a Conrad con él.

—¿*Cupcakes*? —preguntó Sam en cuanto hubieron desaparecido.

Paul puso cara de resignación.

—Así nos llaman.

—¿Por qué? ¿A quién no le gustan los pasteles?

—Ellos creen que es un insulto —dijo Trevor—. Además, saben que llamándonos así no tendrán los problemas que tendrían si nos llamaran algo peor. Ni siquiera sé quién tuvo esa ocurrencia.

—Esta escuela es muy rara.

Los chicos asintieron y luego volvieron a meterse en sus respectivas burbujas. Era como si Blake se hubiera llevado toda la alegría del almuerzo. Comimos en silencio hasta que Sam dijo:

—Ese Blake parece que te la tiene jurada, ¿verdad, Hector?

—Pues antes era mi mejor amigo.

—¡Qué dices! —exclamó Sam arqueando las cejas—. ¿Tú y ese idiota eran amigos?

—Antes no era así.

—¿De verdad? ¿Y qué ocurrió?

Ver que Sam se oponía tan claramente a Blake me hizo desear confiar en ella. Como mínimo, podía ayudarme a entender por qué él me odiaba.

—Le pedí que fuera mi novio, él me contestó con un insulto y me dijo que ya no éramos amigos, y yo le quemé el proyecto de Ciencias.

—Perdona, Hector, pero yo también me habría enojado si me quemaras mi trabajo.

—El insulto era uno de verdad.

Como Sam todavía no parecía convencida, me incliné por encima de la mesa y se lo susurré al oído.

—¡Oh! —dijo abriendo mucho los ojos—. Ah, ya entiendo. Vaya, no es que crea que eso de prenderle fuego al trabajo estuviera bien, pero te entiendo.

—Intenté disculparme, pero no me habla. Incluso nos peleamos. Una pelea de verdad.

No quería echarme a llorar delante de los chicos, porque eso podía llegar a oídos de Jason, y luego a los de Pop, y entonces Pop diría eso de que los chicos no lloran, así que me pasé la mano por los ojos.

—Lo siento, Hector —dijo Sam.

—Es que, fíjate, Blake antes no se había mostrado agresivo nunca. Es como si alguien me hubiera robado a mi mejor amigo y lo hubiera sustituido por un monstruo.

Ladeó la cabeza y se encogió de hombros.

—¿Quién sabe? Tal vez alguien lo hiciera.

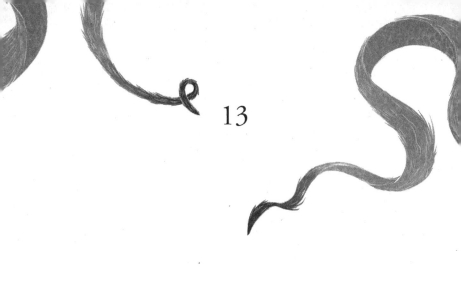

13

El viernes le pedí al señor Morhill que me volviera a fotocopiar la página del anuario con la fotografía de Orson Wellington y se la enseñé a algunos profesores. El señor Grady la miró, pero ignoró mi pregunta; la señorita Martinez me preguntó por qué le hacía perder el tiempo, y no me esforcé en preguntarle a la señora Ford, porque no me habría dicho nada, por mucho que reconociera a Orson.

Todos reaccionaban como la Musser. No recordaban el nombre y no podían ver la fotografía. Era algo extraño, y yo no podía explicarlo.

Estaba sentado en clase de la señora Gallagher dándole vueltas a quién más podía preguntarle sobre Orson y, así pensando, tuve una idea. Tal vez la solución para averiguar alguna cosa más de Orson Wellington fuera encontrarlo y preguntarle a él directamente. Recordaba que algo lo había asustado la vez que lo vi.

«No llores —me había dicho—. Si lloras, lo atraes».

No sabía a qué se refería con ese «lo», ni quería saberlo, pero el riesgo valía la pena si encontraba a Orson y averiguaba más sobre él.

—¿Señora Gallagher? —Levanté la mano todo lo que pude. La señora Gallagher tenía casi ochenta, y me costó bastante llamar su atención—. ¿Puedo ir al baño?

Muchos profesores se mostraban estrictos con eso de ir al baño, pero la señora Gallagher se lo permitía a cualquiera que tuviera esa necesidad y no controlaba cuánto rato se pasaba uno fuera.

Podía ausentarme durante el resto de la clase y probablemente no se daría cuenta... Aunque no estaba planeando hacer tal cosa. Como no podía ser de otra manera, la señora Gallagher asintió y yo pude salir.

No me había vuelto invisible desde que había visto a Orson en las escaleras, y temía no ser capaz de volver a hacerlo, pero tan pronto como cerré la puerta tras de mí solamente tuve que pensar en ello y desaparecí al instante. Era tan fácil como pasar de una zona soleada a una de sombra.

La euforia me elevaba como a un globo de helio. Me sentía invencible.

—¿Hola? —dije—. ¿Orson? —Miré por el pasillo, pero estaba vacío, así que me dirigí a las escaleras donde lo había visto—. ¿Orson Wellington?

Si estaba por allí, no contestaba.

Ser invisible era muy emocionante. Podía correr gritando por toda la escuela sin que me vieran ni me oyeran. Podía entrar en cualquier clase y nadie sabría que estaba allí. Tal vez, con mi poder, me convertiría en espía. Podría infiltrarme en los edificios más impenetrables o acercarme a personas a las que otros espías no podrían acceder. ¡Las posibilidades eran ilimitadas!

Me tomaba lo de encontrar a Orson como una misión secreta. Me deslicé escaleras abajo y miré por las ventanillas de las clases. Comprobé la enfermería y la sala del correo. También miré en la sala de profesores, y me llevé una decepción: solo era una habitación aburrida, con un par de viejos sofás, una mesa, una cafetera, un microondas y un minirefri que armaba un ruido tremendo.

Antes de volver a clase, me detuve junto a la oficina del director. La señorita DeVore, la secretaria del señor O'Shea, estaba sentada a su mesa, en la pequeña sala de espera fuera de la oficina, tecleando en su computadora. Era una viejecita entrañable que siempre tenía palabras amables y un caramelo para los chicos que esperaban antes de presentarse ante el director O'Shea, por mucho que el motivo de su visita fuera el mal comportamiento.

Según algunos, llevaba en ese puesto desde que la escuela había abierto, y yo me lo creía. Seguro que era mayor que cualquiera de mis abuelas.

—¿Orson? ¿Estás por aquí?

La señorita DeVore dejó de teclear y levantó la cabeza. Se quitó los gruesos lentes y los dejó colgando de la cadena alrededor de su cuello. ¡Nadie más me había oído mientras era invisible! Me quedé quieto, demasiado asustado para moverme.

Finalmente, sonrió, se volvió a poner los lentes y retomó el tecleo.

Muy despacio, salí de la oficina y me dirigí a clase. Cuando subía las escaleras hacia el primer piso, oí un ruido detrás de mí, algo parecido a un golpe. Me detuve junto a la barandilla y miré abajo justo en el momento en que Orson Wellington aparecía en las escaleras. Tenía la cara cubierta de sudor y los lentes torcidos. Me vio ahí plantado y gritó:

—¡Corre!

El terror en su voz accionó una alerta en mí y eché a correr. Orson subía los escalones tan deprisa que acabó empujándome por la espalda y lanzándome por el pasillo antes de que yo subiera un par de peldaños.

Me di la vuelta para preguntarle qué ocurría, pero cuando vi lo que vi, se me olvidó hablar.

Un tentáculo largo y gris se arrastraba por la escalera hacia nosotros. La carne moteada de verde estaba cubierta por mechones de pelo seco y, en lugar de ventosas, la parte inferior, más clara, estaba poblada de bocas abiertas y llenas de aguzados dientes. No podía ver el cuerpo al que pertenecía ese tentáculo, y esperaba no verlo nunca. Parecía algo sacado directamente de una pesadilla, pero era peor que eso, porque no podía despertar.

Grité y me tropecé. En mi caída, me enredé con Orson y ambos impactamos contra el suelo.

—¡Muévete! —me ordenó con su voz rota en el momento en que se liberó del nudo de piernas y brazos que yo mismo había creado.

Me giré quedándome sentado en el suelo y empecé a desplazarme para atrás como un cangrejo por el pasillo, alejándome tan deprisa como podía.

El tentáculo retrocedió en el aire. Sus numerosas bocas chasqueaban los labios y descubrían los dientes. Olía a podrido, como la comida de nuestro refrigerador después de que un huracán nos dejara sin luz durante unos cuantos días. El tentáculo se adelantó como un látigo, se me enredó en la pierna y una de las bocas se me pegó a la piel. Grité por el dolor, sin dejar de golpear al monstruo y arañando el suelo para liberarme.

En medio de mi pánico, intenté volverme visible. La imagen del pasillo parpadeó. Por un segundo vi a través del tentáculo, antes de que volviera a hacerse sólido. Y entonces me estrujó aún más el tobillo, apretándome más que un abrazo no deseado de la tía Claire. Intenté volverme visible de nuevo, pero no ocurrió nada. Ni siquiera un destello.

Se había acabado. Un monstruoso tentáculo dentado iba a comerme.

Mamá siempre se preguntaría qué había sido de mí, Blake nunca iba a saber lo triste que estaba y Jason dispondría por fin de toda nuestra habitación y de todo lo mío. No quería morir, pero es que tampoco podía soltarme.

El tentáculo me arrastraba hacia la escalera cuando Orson corrió hacia mí, con los lentes retorcidos, gritando como si tuviera el pelo en llamas. Le clavó unas tijeras al grueso tentáculo que me mantenía cautivo. Un centenar de bocas dentadísimas gritaron al unísono, y el tentáculo aflojó su agarre sobre mi tobillo lo suficiente como para que pudiera escapar.

—¡Corre! —volvió a gritarme Orson.

Me levanté del suelo y me volví visible sin pensarlo. Corrí hacia una puerta justo en el momento en que por ella salía al pasillo la coronel Musser.

Reboté en la puerta e impacté contra la pared, sintiéndome como una bola de *pinball*.

—¡Hector Griggs! ¿Se puede saber qué haces en este pasillo gritando como un poseso?

La ceja derecha de la Musser se había arqueado más de lo que yo había visto nunca.

El señor Grady y la señorita Gonzalez también habían asomado la cabeza al pasillo para ver qué ocurría.

—Hay un monstruo... —dije, olvidando en la confusión que ya era visible.

Solo comprendí que el tentáculo no estaba allí cuando me giré hacia las escaleras. Tampoco estaba Orson Wellington.

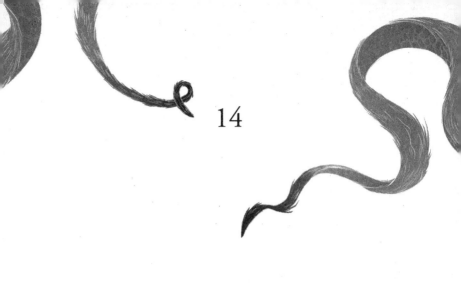

14

Había un monstruo en la escuela. Todo lo que había visto de él habían sido esas bocas dentadas en lugar de las ventosas, y no tenía ningunas ganas de ver el resto. El lugar de mi tobillo donde el monstruo me había mordido palpitaba con mis latidos. No encontré herida cuando me subí la pernera del pantalón para enseñárselo a la coronel Musser, pero había sido real. El monstruo era real. Orson Wellington era real, y yo lo había dejado solo.

Los profesores debían de haberme oído gritar cuando, en mi huida del monstruo, intentaba volverme visible. No entendía cómo, pero el monstruo había evitado que huyera y sin duda me habría devorado de no haber sido porque Orson había acudido en mi ayuda. Y yo le había pagado su valentía escapándome. Tenía la esperanza de que él también hubiera conseguido escapar. Debería retornar a mi forma invisible para comprobarlo, pero la verdad es que tenía otros problemas.

—Merodeas por la escuela, te inventas historias ridículas sobre monstruos, fantasmas y chicos invisibles, el entrenador Barbary me dice que te peleaste con Blake Nesbitt... —El director O'Shea entrelazó sus dedos huesudos y los apoyó sobre el escritorio—. Pero ¿qué demonios te pasa, Hector?

El director O'Shea tal vez fuera el hombre más viejo con el que había hablado en la vida. Tenía pelos blancos erizados por las orejas y también le asomaban desde el interior de los oídos, y su piel, fina como papel, era gris y con manchas, mientras que los gruesos lentes le hacían los ojos enormes. En circunstancias normales, era simpático y bromeaba, pero en esa ocasión no parecía dispuesto a reír.

—¡No me he inventado nada! —dije—. ¡Había un monstruo! Y también un chico que se llama Orson...

—¡Basta! —Mi madre, sentada a mi lado, golpeó con la mano el reposabrazos de la silla—. ¡Basta de mentiras!

Ya me había parecido que la situación era apurada cuando el director O'Shea la llamó. Ella llegó con una expresión que parecía esculpida. Cuando mi madre y el director quisieron saber por qué estaba en el pasillo, quise aprovechar la oportunidad para decir la verdad. Los alumnos y los profesores merecían saber que compartían la escuela con un monstruo y que ninguno de nosotros estaba a salvo. No esperaba que el director me creyera, pero mi madre sabía que ni me gustaba mentir ni lo sabía hacer bien. No tenía ni idea de qué podía decir para no empeorar las cosas, así que bajé la cabeza y me mantuve en silencio.

El director O'Shea suspiró.

—Creo que Gene ya tiene controlada la situación de la pelea, pero eso de pasearse por los pasillos a horas de clase y armar un escándalo debe tener consecuencias.

Mamá soltó un bufido y dijo:

—¡Pues claro que tendrá consecuencias!

Con ese tono casi me daba más miedo que el monstruo.

—Creo que una semana de tareas extra en la escuela durante la hora del almuerzo te enseñará una lección muy valiosa.

Me incorporé a medias.

—¿Una semana?

El director siguió hablando como si yo no hubiera dicho nada:

—Empezarás el lunes. La señorita DeVore tiene multitud de tareas en las que ocupar tus manos ociosas.

Me hundí en mi asiento. Me sentía fatal. Mamá, Pop y los profesores siempre estaban hablando de la importancia de ser honesto, pero había dicho la verdad y solo había conseguido que me castigaran.

El director O'Shea ladeó la cabeza y me sonrió, afable.

—Arriba ese ánimo, Hector. No es el fin del mundo. Sé formal y en una semana este incidente será cosa del pasado.

—Sí, señor —murmuré.

El director parecía satisfecho con que la situación se hubiera resuelto, pero mi madre solo estaba calentando. Había decidido que lo mejor era llevarme a casa por el resto del día, y así Pop no tendría que dejarme antes de llevar a Jason al beisbol. Por primera vez, lo que deseaba realmente era quedarme en la escuela. Menos mal que mi madre se contuvo hasta que estuvimos en el coche para soltarlo todo. Pero no gritó, y eso lo empeoró muchísimo.

—Estoy decepcionada de ti, Hector. Estaba en plena reunión cuando me llamaron de la escuela. ¿Sabes lo embarazoso que resulta tener que decirle a un cliente que necesito posponer la entrevista porque mi hijo se saltó las clases y anda contando historias de monstruos?

Mamá agarraba el volante con tanta fuerza con las dos manos que no tenía circulación sanguínea. Me miró por el retrovisor al detenerse en un semáforo en rojo.

—¿En qué estás pensado, Hector?

—Yo...

—Y si me vuelves a hablar de monstruos o fantasmas, ¡se acabaron las clases de música y vendemos el piano!

Me temblaba el labio inferior. Me estaba esforzando para no llorar.

—¿No me decías que podía contarte lo que fuera, que siempre me escucharías, que siempre me creerías? Bueno, pues te estoy diciendo la verdad. ¿Por qué no me crees ahora?

—¡Basta! —La voz de mamá restalló como una toalla mojada—. ¡Se acabaron los videojuegos, se acabó internet, se acabó la tele!

No conseguía comunicarme con ella. Dijera lo que dijera, solo lograba ponerla más nerviosa.

—Sí, señora.

—Tendré trabajos para que los hagas después de la escuela. Cuando no estudies o no practiques en el piano, harás cosas de casa, fines de semana incluidos.

—¿Y eso hasta cuándo? —pregunté.

—Hasta que se me haya pasado el enojo o por lo menos hasta que decidas dejar de decir mentiras.

Habría sido más fácil si se hubiera limitado a decir «hasta siempre».

15

Mamá mantuvo su palabra. Apenas dormí el viernes por la noche, porque cada vez que cerraba los ojos el tentáculo dentado se cernía sobre mí. A veces me oprimía hasta que no podía respirar; otras veces me arrastraba hacia una oscuridad impenetrable. Y si por fin me dormía, cuando me despertaba, estaba sudando a mares por las pesadillas que me habían agitado. Pero nada de esto le preocupaba a mi madre. Me sacó de la cama el sábado por la mañana, tempranito, y me entregó una lista de las tareas más sucias y pesadas que se le habían ocurrido.

—¡Ten cuidado! —me dijo Jason de pronto al verme en el baño limpiando las juntas de las baldosas con un cepillo de dientes—. ¡Que no te atrape el monstruo! —Y lanzó un alarido justo antes de que Lee apareciera por detrás y se lo llevara.

Estuvieron así todo el fin de semana, aprovechando cualquier oportunidad para burlarse de mí. La única persona que estuvo algo simpática conmigo fue Pop, lo que para mí supuso una sorpresa.

El domingo por la tarde mamá me mandó arrancar las malas hierbas del jardín mientras mi padrastro cortaba el césped. Hacía calor, incluso en la sombra, y me llevé una alegría cuando lo vi aparecer con un par de vasos de té helado.

—Cuando tenía tu edad, solía inventarme historias —dijo—. Pero de las buenas, ¿eh?

Yo ya me había dado por vencido y no intentaba convencerlos más de que decía la verdad.

—Una vez le dije a todo el mundo en la escuela que mis padres habían sido criminales y que nos ocultábamos de la mafia.

Eso no sonaba para nada como algo propio de Pop.

—¿De veras hiciste eso?

Pop asintió.

—Quería que la gente me apreciara, y llegué a la conclusión de que necesitaba ser más interesante, así que me inventé un puñado de historias. Pero ¿sabes lo que pasó?

—¿Se dieron cuenta?

—Pues sí —contestó—. Me había inventado tantas historias que ya no me podía acordar de lo que había contado anteriormente, y entonces todo el mundo empezó a decir que era un mentiroso. Me llevó mucho tiempo lavar mi reputación.

—Vaya.

Yo quería decirle que en mi caso no se trataba de mentiras y que tampoco quería que la gente me apreciara, pero dudaba de que con eso la cosa cambiara en lo más mínimo.

Me puso una mano en el hombro.

—Tu mamá te quiere mucho, amigo. Con ella tienes que ir muy suave, ¿okey? Déjate de mentiras, y todo se arreglará.

Era raro que Pop me hablara así, y creí que tal vez estaba receptivo en aquellos momentos.

—¿Y si no miento?

Pop me miró.

—¿Te refieres a todo eso del monstruo y del fantasma en tu escuela?

—Sí.

—Espero que de verdad estés mintiendo, Hector —dijo—, porque si de verdad te crees todos esos disparates, entonces es que necesitas una ayuda que ni tu mamá ni yo podemos ofrecerte.

No sabía muy bien a qué podía referirse, pero lo que me dijo me pareció más bien una amenaza. Si no podía convencer a nadie de que estaba diciendo la verdad sobre lo que había visto, eso significaba que iba a tener que enfrentarme solo a la situación.

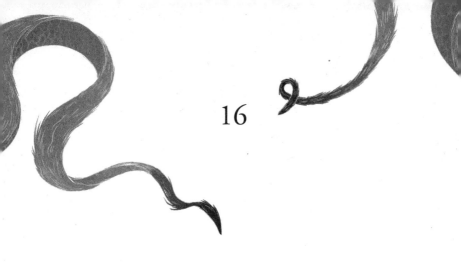

16

El lunes por la mañana estaba sentado en la sala de música del interior de la biblioteca tocando una de mis canciones favoritas en el piano. El señor Morhill estaba ocupado cuando llegué, lo que me había parecido genial, porque no me sentía de humor para hablar con nadie ni siquiera con él. Había pasado el fin de semana entero pensando en lo que me esperaba en la escuela. Ya no se trataba solo de Orson y del monstruo, sino también de todos los que me habían oído gritar en el pasillo. Esperaba pasar el día muy desapercibido sin que nadie me golpeara o se burlara de mí y sin que me atacara un tentáculo gigante y repleto de dientes.

Me sorprendió que Sam entrara en la sala de música y se sentara tras una antigua batería que había allá. Primero pensé que solamente iba a escuchar, pero luego tomó las baquetas y rápidamente agarró el ritmo de la canción. Estuvimos tocando juntos durante un rato, y me perdí en la música. Olvidé mis dedos doloridos de tanto limpiar baños y arrancar matojos.

Olvidé a Orson Wellington y al monstruo. Olvidé... Hasta que llegamos al final de la canción.

—¡Qué canción más bonita! —dijo Sam—. ¿Qué era?

—Es de un videojuego. Mi mamá dice que todavía soy demasiado joven para jugarlo. Pero encontré la grabación de un músico japonés que hacía una versión jazzística, y me encantó. —Miré a Sam—. ¿Tocas la batería?

—A veces.

Y se puso a hacer malabares con la baqueta en su mano derecha.

—¡Presumida!

—Tienes razón. —Y entonces Sam se quedó mirándome, como si esperara que le dijera algo, pero yo no sabía qué—. ¿Vas a decirme lo que ocurrió el viernes o prefieres que lance algunas hipótesis?

Me encaré hacia el piano y fingí estudiar la partitura.

—Okey, pues —dijo—. Estabas en el baño cuando una rata gigante salió del retrete y te persiguió por el pasillo. —Hizo una pausa—. ¿No? Okey, entonces resbalaste en un charco de agua, te golpeaste en la cabeza contra el lavabo y luego te encontraste en un mundo paralelo en el que todo el mundo hablaba francés, pero mal.

Sin levantar la vista, dije:

—Blake tenía razón. Deberías buscarte otros amigos.

—El tío Archie dice que Saint Lawrence está encantado —dijo Sam, sin hacer caso de mi sugerencia—. ¿Viste al fantasma? ¿Fue eso lo que te asustó?

No quería hablar del fantasma con ella, así que intenté cambiar de tema.

—¿De verdad que el nombre de pila del señor Morhill es Archie?

—Archibald Tarquin Morhill. «Archie» para abreviar.

—Y yo que creía que Hector era un mal nombre... —murmuré.

—Volvamos al tema: el fantasma. —Sam no iba a darse por vencida.

—El fantasma, ¿verdad? Quiero decir, no es... —Sacudí la cabeza—. No me creerías.

—Lamento decepcionarte, pero no hace tanto que somos amigos, y no puedes saber lo que creo y lo que no creo. Mira, creo en los alienígenas —dijo, contando con los dedos—, creo en los fantasmas, creo en el multiverso... A veces sueño cosas que luego se hacen realidad. Tengo la seguridad de que la magia es real, pero no estoy segura de si es magia realmente o de si se trata tan solo de ciencia que todavía no entendemos.

Quería hablar con alguien de lo que había visto. Necesitaba hablar con alguien. El problema era que todavía conocía muy poco a Sam. Hasta aquel momento se había mostrado simpática conmigo, incluso se había plantado frente a Blake, pero ¿y si pensaba, como todos, que yo era un mentiroso? Al mismo tiempo, Orson seguía ahí afuera, y yo no sabía si era un fantasma o un chico que podía hacerse invisible, como yo. Pero estaba solo con un monstruo, eso seguro. Como mínimo, tenía que asegurarme de que seguía vivo. Se lo debía. A menos que fuera realmente un fantasma, porque si eres un fantasma y te come un monstruo, entonces no pasa nada, creo. En cualquier caso, Sam tal vez podía ayudarme. No sabía qué hacer.

—Puedes confiar en mí —insistió.

Antes de que pudiera tomar una decisión, se oyó el timbre. Recogí las partituras, las metí en mi mochila y salí de allí para hacer fila con los de 6O. El señor Grady iba a conducirnos a la clase. Cuanto más nos acercábamos a las escaleras, más me pesaban los pies. Podía oler al monstruo. Podía oír el grito que había lanzado cuando Orson le había clavado las tijeras. La herida invisible de mi tobillo latía cada vez más rápido. Sentía que no podía respirar. ¿Cómo iba a encontrar a Orson si ni siquiera podía subir las escaleras?

No, tenía que controlarme. Podía hacerlo. Subí los escalones de dos en dos y llegué al piso superior.

—¡Monstruo! —Blake saltó en el momento en que dejaba atrás las escaleras.

Solté un grito y caí de lado. Faltó poco para que me volviera invisible por el susto, cuando comprendí que estaba rodeado por un grupo de chicos de sexto, séptimo y octavo. Blake me miraba mientras se moría de risa. Conrad Eldridge le susurró algo al oído, lo que provocó que mi examigo hiciera todavía más aspavientos. Se carcajeaba.

El muro de chicos se disolvió en cuanto se acercó la coronel Musser.

—¡Basta de tonterías! Vamos, todos a clase.

Caminé hacia el aula del señor Grady, ignorando las risitas que me seguían.

Cada día me costaba menos correr cuando el entrenador Barbary nos lo pedía. No respiraba con tanta dificultad como la semana anterior. Blake seguía siendo más rápido, y podría haberme dejado atrás, pero en lugar de eso corría junto a mí, lo que no me convenía para quitármelo de la cabeza.

—¿Conrad Eldridge? —le dije.

Blake mantuvo la mirada al frente.

—¿Qué pasa con él? —dijo.

—¿Ahora vas con chicos de octavo?

—No todos somos niñitos que lloran porque ven monstruos que no existen.

—El monstruo es real —dije—. No me importa si no me crees.

—Ya.

Correr y hablar al mismo tiempo era un reto para mí. Me tomé un par de segundos para recuperar el aliento antes de hacer otra pregunta:

—¿Qué es lo que te susurra Conrad al oído?

—Cosas.

—¿Qué clase de cosas?

—Cosas que no entenderías.

—¿Por qué no? —pregunté.

—Porque eres un friki.

Sentí esa palabra como un puñetazo en la cara.

—Para ya de decirme eso.

—¿Por qué? —dijo—. Es lo que eres.

—¿Qué dirían tus mamás si te oyeran usar esa palabra?

Blake tropezó y por un momento pude ver a mi viejo amigo en sus ojos. Pero esa expresión desapareció enseguida, transformada en otra de desprecio infinito.

—Pues ve y acúsame. No te creerán, porque no paras de decir mentiras.

Deseaba poder odiarlo, pero también deseaba recuperar a mi mejor amigo. Eso de querer tanto a alguien y al mismo tiempo rechazarlo hasta ese punto era de lo más incomprensible.

—Si aquí hay un monstruo, podrías hacerle un favor a todo el mundo y dejar que te coma. —En voz más baja, casi en un susurro, añadió—: Hagas lo que hagas, al final ganará.

Lo jalé de la manga obligándolo a parar, de modo que tuvo que encararse a mí.

—¡Tú sabes algo! ¿Lo has visto? ¿Qué es?

A Blake le pasaba algo malo. Su piel se veía mate y sin brillo, tenía los ojos secos y rojos... Parecía que tuviera fiebre, lo veía con mal aspecto. Como si tuviera gripe.

—Es... —Blake hizo una mueca. El sudor corría por los mechones de pelo que le caían sobre los ojos. Miró hacia atrás, hacia el edificio de la escuela, y luego me miró a mí—. No sé de qué hablas, friki.

Me desplazó a un lado y echó a correr. Miré hacia el edificio principal, repasando las ventanas. Ahí, en el primer piso, mirando desde la clase de la señora Ford, estaba Conrad Eldridge.

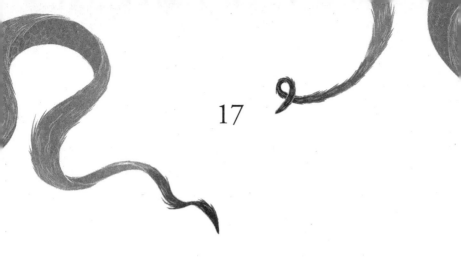

17

Mi primer día sin comedor, la señorita DeVore me hizo sentar delante de ella, frente a su escritorio, para llenar y cerrar sobres. Me dejó comerme el sándwich y lavarme las manos antes de empezar, para que no manchara de mostaza las cartas. No era el peor de los castigos que había sufrido, y desde luego era bastante mejor que arrancar malas hierbas.

—Me recuerdas a otro jovencito que pasó por esta escuela hace muchos años —dijo la señorita DeVore, famosa por las historias que recordaba sobre antiguos alumnos de Saint Lawrence.

—¿A quién?

—Por aquel entonces se llamaba Ulysses, aunque ahora es Gene. Tú lo conoces como...

—¿El entrenador Barbary? ¿Yo le recuerdo al entrenador Barbary?

No estaba seguro de si lo decía como un insulto o no.

La señorita DeVore sonreía. Tenía uno de sus dientes grises manchado por el carmín.

—Era un chico tímido y muy callado. Siempre con la cabeza en las nubes. Tal como contaba las historias, me parecía que de mayor iba a escribir novelas fantásticas.

Me estaba costando mucho imaginarme al entrenador Barbary como un narrador.

—Pues yo creía que había nacido con ese silbato colgado del cuello.

La señorita DeVore rio.

—Te puedo asegurar que ese hombre que les hace de árbitro no es el mismo chico que siempre andaba escondiéndose en la enfermería porque decía que le dolía la barriguita, cuando lo que quería era evitar al resto de alumnos.

—¿Lo acosaban?

La señorita DeVore asintió.

—Y ladrón, ¿eh? Me parece recordar, vaya...

—Quiere decir que...

—Las cosas que desaparecían de algún modo aparecían en sus bolsillos —dijo la señorita DeVore—. Según recuerdo, lo descubrieron incluso con el anillo de bodas de Helena. Para usted, es la señora Gallagher. Ulysses decía que se lo había encontrado y que iba a devolvérselo, pero nunca confesó de dónde lo había sacado.

¿Así que el entrenador Barbary había sido víctima de acoso, además de mentiroso y ladrón?

—¿Y cómo fue que el entrenador volvió a recalar aquí?

La señora DeVore agarró el montón de sobres que había llenado y cerrado y los ató con una liga.

—La gente cambia, Hector. La gente crece. Nos hacemos mayores. Y entonces a veces nos avergonzamos de lo que alguna vez considerábamos verdades absolutas. Una persona, a lo largo de su vida, puede vivir muchas vidas.

Parecía nostálgica y algo triste, pero yo no entendía por qué.

—¿Se refiere a que ocurre como con mi madre, que de joven quería ser pianista de concierto, pero que al final acabó trabajando con computadoras?

—Sí, algo así —dijo la señorita DeVore—. Pero el cambio en el caso del joven Ulysses fue más que un sueño fugaz. Él perdió a un amigo, si no recuerdo mal. A su mejor amigo.

Pensé en Blake y volvió a avivarse el dolor que sus palabras me habían provocado.

—Cuando encuentres a personas que te acepten tal como eres, Hector, aférrate a ellas y lucha por ellas, aunque parezca que sea una causa perdida. —La señorita DeVore se quedó callada y su mirada se perdió en un punto indefinido. Un momento después sacudió la cabeza y soltó una risita—. Perdóname. Que te pierdas el almuerzo ya es bastante castigo. No deberías tener que soportar historias del pasado contadas por una vieja señora con mucha memoria.

—No se preocupe —dije—. Entre los demás profesores, ¿alguno estudió también aquí?

—No, pero conocí a la madre de Tabitha Ford. Íbamos a la misma peluquería. Por lo visto, Tabitha era de lo más problemática cuando tenía tu edad.

—¿Quiere decir que la señora Ford se llama «Tabitha»?

—Pues claro que sí. Pero entonces no era ninguna Ford. Era Tabitha Pendleton. Y me parece recordar un incidente con un cerdo que acabó con una llamada a la policía.

Sonó el timbre, y lo lamenté porque me habría encantado saber más chismes sobre la señora Ford, pero lo que había dicho la señorita DeVore sobre encontrar a personas que te acepten me seguía rondando en la cabeza. Blake tal vez no quisiera seguir siendo mi amigo, pero Sam sí quería. Si no le daba una oportunidad, no podría saber si podía confiar en ella... Corrí para intentar hablar con ella antes de que entrara en clase.

—¿Por qué estás tan sudado? —me preguntó al verme—. ¿Qué te hicieron hacer hoy durante la hora del almuerzo?

Sonó el timbre de aviso.

—Perdona lo de esta mañana. Quiero contarte lo que pasó... Si es que todavía quieres saberlo.

—A clase, Hector —dijo la coronel Musser.

Sam apretó los labios, pensativa. Luego asintió y dijo:

—Nos vemos en la biblioteca después de clase.

—No puedo —le dije yo—. Pop me estará esperando. Se enoja mucho si llego tarde.

—De eso me ocupo yo —dijo Sam—. Tú ven.

El señor Morhill sonrió al verme entrar en la biblioteca tras la última clase.

—Me alegro de llevarte a casa para que Sam y tú puedan avanzar en su trabajo —me dijo.

—Ah, ¿sí? —dije yo, un tanto confundido.

—¡Pues claro! —dijo él—. Y ya hablé con tu mamá, una mujer encantadora, y quedó todo muy claro. —Señaló la zona trasera—. Sam te está esperando.

La encontré justo donde el señor Morhill me había dicho que estaba.

—¿Lo arreglaste todo con tu tío?

—Así dispondremos de tiempo para hablar. —Como vio que yo vacilaba, añadió—: Me digas lo que me digas, yo te creeré.

Aquella confianza en mí me tranquilizaba.

—El fantasma es real —dije—, lo que ocurre es que no estoy seguro de que sea un fantasma. Se trata de un alumno llamado Orson Wellington. Por lo menos lo era hace tres años.

Hice una pausa, esperando que Sam me dijera que me lo estaba inventando todo o que tenía demasiada imaginación, pero seguía allí sentada y escuchaba con paciencia.

—Todo empezó la semana pasada, cuando huía de Blake y oí una voz.

Le conté todo lo que ocurrió en la rectoría, lo de volverme invisible en la iglesia, lo de cómo me había encontrado con Orson Wellington y lo del ataque del tentáculo del monstruo.

—Y de algún modo creo que lo que ocurre con Blake tiene que ver. Siempre está con ese de octavo, Conrad Eldridge, y parece que le tiene miedo. Una vez le pregunté por qué no paraba de acosarme y me dijo que era porque él no se lo permitiría. Raro, ¿verdad?

—Mucho —coincidió Sam—. ¿Podría ver cómo te vuelves invisible? No es que no te crea. Simplemente, siento curiosidad por saber cómo funciona.

La última vez que lo hice fue cuando vi al monstruo en las escaleras. Desde entonces había estado demasiado asustado como para volver a intentarlo. Me aterrorizaba pensar que el monstruo me esperaba, pero estaba tan seguro ahí en la biblioteca con Sam como en cualquier otro sitio, así que cerré los ojos y desaparecí. Ella no parecía tan sorprendida como yo esperaba, ni mucho menos. Si alguien hubiera desaparecido delante de mí, probablemente me habría caído al suelo del susto.

Solamente permanecí invisible durante unos segundos.

—¡Esto es absolutamente fantástico, y se me ocurren un montón de preguntas que hacerte! —Sam buscó dentro de su mochila y sacó un cuaderno y un lápiz—. Pero Orson Wellington y el monstruo deberían ser nuestra prioridad.

Abrió la libreta y empezó a escribir:

1. Fantasma llamado Orson Wellington. ¿Antiguo alumno? ¿Fantasma actual? ¿Chico invisible?
2. Monstruo. Tentáculos. Montones de dientes. ¿Natural o sobrenatural?
3. Blake Nesbitt. ¿Monstruo, controlado por un monstruo o solo un idiota?
4. Invisibilidad de Hector. ¿Realmente se vuelve invisible o es algo diferente?

Señalé el punto número cuatro.

—Me viste hacerlo con tus propios ojos.

—Pero tú me dijiste que nadie podía oírte, y que tú no podías tocar nada que no fueran puertas. ¿Te parece que eso responde a la invisibilidad?

Eso estaba bien visto.

—¿Y qué podría ser si no?

Se encogió de hombros.

—No lo sé. No puede deberse a una coincidencia que tú solo puedas ver a Orson Wellington o al monstruo mientras eres invisible, pero podemos ocuparnos de este problema más tarde. ¿Dices que desde el viernes no has hablado con Orson?

Asentí.

—Entonces lo primero que debemos hacer es encontrarlo. Puede que esté herido y que necesite nuestra ayuda. También podría responder a nuestras preguntas.

—¿«Nuestras»?

—No te enojes, Hector, pero estoy convencida de que me necesitas.

De algún modo, Sam me recordaba a Blake. No al Blake que me insultaba, sino al que proponía ideas absurdas y al que siempre estaba seguro de que podíamos llevarlas a cabo. Nunca dudaba de sí mismo, y tampoco dudaba de mí. Sam irradiaba esa misma energía. Cuando todo y todos parecían unirse contra mí, con ella me sentía seguro.

—No se lo dirás al señor Morhill, ¿verdad? Él ya sabe lo del fantasma, pero no estoy preparado para que nadie más sepa que puedo volverme invisible.

—El tío Archie es muy abierto, para ser un adulto —dijo Sam—. Pero no le diré nada si no quieres que lo haga.

—Gracias. —Sí, tener a Sam a mi lado, tener a alguien en quien confiar, hacía que me sintiera menos solo—. Entonces ¿qué hacemos primero?

Golpeó su lista con la pluma.

—Primero debemos encontrar a Orson Wellington.

Para eso primero tenía que hacerme invisible y correr el riesgo de volver a encontrarme con el monstruo.

—¿Ahora?

—¡Claro! ¿Por qué no?

—¿Y qué ocurre si no lo encuentro? ¿Qué pasa si es el monstruo quien me encuentra a mí? Me puede devorar, y no habrá nadie por ahí para decirles a mis papás lo que ocurrió —dije negando con la cabeza.

—No te preocupes —dijo Sam—. Ya daré con un plan.

¡Me sentía tan culpable! Orson había arriesgado su vida para salvar la mía, pero no podía ir a buscarlo. El monstruo me aterrorizaba.

Sam me puso la mano en el hombro y dijo:

—Oye, estamos juntos en esto. Ya no debes tener miedo.

Pero sí lo tenía, y ella también debería tenerlo.

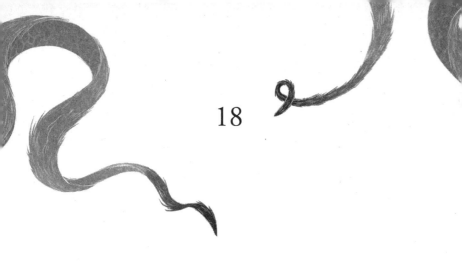

18

Cuando desperté el martes por la mañana, estaba agotado. Me encontraba sentado en la cocina llenándome la boca de cereal cuando irrumpió Jason, con los ojos rojos. Pop lo miró e hizo una mueca.

—¿Qué pasa? ¿Estuviste jugando con el Play hasta tarde? ¿No te dije que te fueras a la cama? —preguntó.

Mi hermanastro negó con la cabeza y me señaló.

—Estuvo llorando y gritando mientras dormía. Y no paraba de murmurar cosas sobre un tal Orson.

Me quedé helado. Había tenido pesadillas con el tentáculo. A veces me estrujaba como una boa, a veces me comía lentamente... En una pesadilla me perseguía alrededor de la escuela, pero huir era inútil, porque al final caía en más tentáculos. Orson salía en un montón de las pesadillas, gritándome que corriera o que lo ayudara, y suplicándome que no lo dejara.

—¿Tienes pesadillas, Hector? —preguntó mamá.

—Supongo que sí —contesté—, pero no recuerdo...

—¿Quién es Orson? —preguntó Pop.

Jason resopló y luego dijo:

—Será su novio.

—No, no lo es —murmuré yo—. No sé quién es.

—Además —dijo mi madre en un tono cortante y dirigiéndose a Jason—, aunque creo que Hector todavía es demasiado pequeño para salir con alguien, si Orson fuera su novio, no sería algo de lo que burlarse.

Pop guardó silencio, pero Jason bajó la cabeza mientras se servía un tazón de cereal. Me miró cuando me levanté para ir a cepillarme los dientes, temí lo peor.

Cuando Pop nos dejó en la escuela, me dirigí a la biblioteca; Jason, en vez de ir a jugar básquet, corrió trás de mí.

—Conrad Eldridge le está contando a todo el mundo que le pediste a Blake que fuera tu novio —me dijo— y que por eso peleaban.

—¿Y qué?

—¿Es verdad?

No sabía qué decirle. No quería decir que Conrad mentía, porque no era así, pero tal y como Jason había bromeado con eso de que Orson era mi novio, temía su reacción si le contestaba honestamente.

—¡Oye, Hector! ¡Vamos, date prisa! —Sam me llamaba desde las escaleras de la biblioteca agitando los brazos. Me alivió verla.

—Tengo que irme.

Y me fui, y dejé a Jason atrás para seguir a Sam hasta la seguridad y la frescura de la biblioteca.

—¿Estás bien? —me preguntó—. Cualquiera diría que te tragaste una avispa...

Entre las pesadillas y eso de averiguar que Conrad le estaba contando a todo el mundo lo mío con Blake, no andaba muy bien, no... Pero no eran esos los problemas más acuciantes.

—No pasa nada. ¿Qué tal? ¿Tienes ya un plan para encontrar a Orson?

Los ojos de Sam parecían brillar. Aquella emoción era contagiosa.

—Pues mira: sabemos que para encontrarlo tienes que ser invisible.

—Pero el monstruo...

—Exacto —dijo ella—. ¿Qué te parece si me llevas contigo?

—¿Cómo? —pregunté con el ceño de lo más fruncido.

Sam movía las manos sin parar mientras hablaba.

—Anoche estuve viendo películas para la investigación. *El hombre invisible*, *Los cuatro fantásticos*...

—¿Ver *Los cuatro fantásticos* es hacer investigación?

—Bueno, no sé, pero la cuestión es que en todas las películas los que se vuelven invisibles acaban desnudos. ¿Por qué? Cosas de la ciencia. No sé. El hecho es que cuando tú te volviste invisible no estabas desnudo.

—Menos mal —murmuré.

—Tal vez eso significa que lo que estás tocando cuando desapareces, como la ropa que llevas, ¡también se hace invisible!

La teoría de Sam parecía tener sentido. Apenas había tenido tiempo de experimentar con mi capacidad de volverme invisible cuando el monstruo me había hecho temer recurrir a ella. Sin esperar más, agarré mi mochila y me hice invisible. Conté hasta diez y pregunté:

—¿Y bien? ¿La mochila también se volvió invisible?

La sonrisa de Sam era la única respuesta que necesitaba.

—Y ahora, yo —dijo.

La agarré de la mano y deseé que nos volviéramos invisibles. Tan pronto como empecé a cambiar, sentí que sus dedos se escurrían entre los míos.

—¿Por qué no funcionó? —preguntó Sam cuando volví a ser visible.

—No lo sé.

Se puso frente a los estantes de libros.

—De modo que puedes llevarte objetos, pero no gente. Es raro, pero al menos ya sabemos más cosas que antes.

—Pues yo quiero encontrar a Orson y ayudarlo, pero ¿qué ocurre si el monstruo me está esperando? No puedo enfrentarme a él solo.

Me volvió al estómago esa sensación mareante y pesada. Sentía el cuerpo caliente y espinoso solo de pensar en los dientes de los tentáculos perforándome la piel.

—No estarás solo. Por si mi primer plan no funcionaba, pensé en una alternativa. —Sam sacó dos *walkie-talkies* compactos de su mochila. Parecían caros, no como los juguetes que yo tenía en casa.

—¿Para qué son?

Me pasó uno.

—Otra prueba. No te puedo oír mientras eres invisible, pero tal vez podamos hablar a través de los *walkies*.

No me parecía que eso pudiera funcionar, pero encendí el *walkie-talkie* y los probamos para estar seguros de que estábamos en la misma frecuencia antes de volverme invisible. Lo primero que hice fue asegurarme de que el monstruo no asomaba por ningún lado, pero no lo vi, ni a él ni a Orson. En cuanto me sentí a salvo, apreté el botón para hablar.

—¿Sam? ¿Puedes oírme?

Una sonrisa le iluminó la cara.

—¡Sí que te oigo!

De hecho, ni siquiera necesitaba usar el *walkie-talkie* porque yo sí podía oírla sin él.

—Levanta dos dedos.

Sam hizo el signo de la victoria y yo me convertí en visible de nuevo.

—¡Funcionó! —dijo abrazándome—. ¡Así podremos permanecer en contacto mientras buscas a Orson!

—Pero tú no podrás ayudarme si me encuentro con el monstruo...

El entusiasmo de Sam pareció desvanecerse.

—No, pero es todo lo que podemos hacer por ahora...

Orson habría podido dejarme en el pasillo, pero no lo había hecho. Yo tenía que intentar ayudarlo. Y como podría hablar con Sam, no estaría totalmente solo.

—Pues vamos, hagámoslo. ¿Tenemos tiempo ahora?

Sam miró el reloj y negó con la cabeza.

—No, pero lo probaremos hoy. Ya se me ocurrirá algo, aunque tenga que accionar la alarma contra incendios.

Esperaba que no tuviera que llegar a ese punto, porque los simulacros de incendio eran lo peor.

Durante el castigo a la hora del almuerzo, la señorita DeVore me llevó por el pasillo hasta una estancia cerrada llena de archivadores con cajones y señaló un montón de carpetas que había sobre una silla.

—Hoy tenemos que colocar estas carpetas en su lugar. Los ficheros están organizados alfabéticamente por el apellido.

La habitación olía a viejo y a cerrado, un poco como la casa de mis abuelos.

—¿Y todo eso no lo tienen en la computadora?

—Hace años que insisto en la digitalización, pero William quiere hacerlo a su manera.

Asumí que se refería al director O'Shea. Nunca había oído que nadie se refiriera a él por su nombre de pila.

—¿Y solo tengo que colocarlos en el fichero correspondiente?

—Exacto —dijo la señorita DeVore—. Estaré al otro lado del pasillo. Llámame si necesitas algo.

Cada vez que abría uno de los cajones se levantaba una nube de polvo que se me metía en la nariz y me hacía estornudar. Me resultaba un trabajo lento y aburrido. En aquellos cajones archivadores había miles de expedientes de estudiantes, eran tantos porque se remontaban hasta los días en que la escuela había abierto, en 1955. Al dejar el expediente de Chase Frick se me ocurrió una idea.

Miss DeVore había dicho que el entrenador Barbary había estudiado en Saint Lawrence, así que me puse a buscar en la be y encontré su expediente. Ulysses Eugene Barbary había sido un estudiante destacado. Se había matriculado en el Saint Lawrence en segundo y se había graduado al final de octavo. Había una fotografía adjunta. El chico que me devolvía la mirada no se parecía al hombre que nos gritaba que teníamos que ser más duros cuando nos hacíamos daño en la pista de deportes. El chico de la foto llevaba lentes de grueso armazón negro y tenía una sonrisa triste. Era delgado, con grandes orejas y pelo erizado como el de una palmera.

Me costaba creer que el entrenador Barbary alguna vez hubiera tenido mi edad. A veces me parecía como si mamá y Pop, lo mismo que mis profesores, hubieran nacido adultos. Pensé en qué me convertiría cuando me hiciera mayor y en si tenía alguna posibilidad de llegar a serlo. No estaba seguro de si el esfuerzo necesario para ser un adulto valía la pena.

Puse en su lugar el expediente del entrenador Barbary y corrí hacia el otro extremo de los archivos para buscar en la doble uve. Contuve la respiración mientras buscaba: Wakeley, Walford, Waller, Wasp, Watkins, Welbey... ¡Ahí estaba! ¡Wellington! Jalé la carpeta tan rápido que el contenido quedó esparcido por el suelo. Me agaché para recogerlo todo antes de que la señorita DeVore lo descubriera.

Orson Wellington había sido estudiante en Saint Lawrence desde preescolar hasta mitad de séptimo, que era donde finalizaba su expediente. Sus profesores habían escrito cosas bonitas sobre él. Había sido estudiante del mes seis veces, y también había sido monaguillo. Figuraban las calificaciones del primer y el segundo trimestre de séptimo, pero, después de eso, no había nada más anotado. En los expedientes de otros alumnos aparecía si cambiaban de escuela, pero en el de Orson no había ninguna explicación de por qué había dejado el Saint Lawrence.

Pensé en qué ocurriría si se lo mostraba a la señorita DeVore. ¿Recordaría a Orson? Sospechaba que le ocurriría lo mismo que les había pasado a la coronel Musser y los demás profesores cuando les había mostrado la foto del anuario: no sería capaz de verlo. El expediente no era una prueba de nada, pero me hacía pensar que Orson Wellington no era ningún fantasma. Era como si hubiera desaparecido y toda la escuela lo hubiera olvidado. Devolví el expediente a su lugar y no pude evitar preguntarme si yo correría la misma suerte, de continuar volviéndome invisible.

19

Empezaba a preocuparme que Sam se hubiera olvidado de Orson, pero luego, en la última clase del martes, apareció en el aula y le entregó una nota al señor Grady. Él la leyó y después levantó la vista para mirarme.

—¿Hector? El señor Morhill solicita tu ayuda en la biblioteca para lo que queda de clase.

Recogí mis libros, los metí en el cajón de mi pupitre y, tras ponerme la mochila, seguí a mi amiga al pasillo. La segunda puerta se cerró tras nosotros. Sam me agarró de la muñeca y me arrastró al baño.

—¿Tienes tu *walkie-talkie*? —preguntó.

—Sí, pero...

Se me hacía evidente que no íbamos a ir a la biblioteca.

Sam ya había sacado el suyo y le había conectado un auricular.

—Voy a esconderme aquí mientras tú buscas a Orson. No dejes de hablarme y así será como si estuviera a tu lado.

—¿El señor Morhill sabe que me sacaste de clase?

Sam resopló.

—Bueno... Más o menos. En realidad, no. Pero me cubriría. No te preocupes por eso.

—Pero...

—Solamente disponemos de cuarenta minutos, Hector.

Por muy asustado que estuviera, Sam tenía razón, así que encendí mi *walkie-talkie* y me hice invisible.

—¿Me oyes?

Sam sonrió.

—No me cansaré nunca de verte hacer eso.

Esperé a que se encerrara en el retrete antes de salir.

—Muy bien —dije—. Estoy en el pasillo. Está vacío.

El punto de mi tobillo en el que me había mordido el monstruo palpitaba. Miré bajo el calcetín pensando que iba a encontrar una herida sanguinolenta. Pero no, la piel estaba oscura, moteada de violeta, como cuando Jason me había puesto la boca de la aspiradora en la pierna y me había provocado un moretón que me duró toda una semana.

—Mira en las aulas antes de bajar las escaleras.

Era raro oír la voz de Sam en el *walkie-talkie*, pero era un gusto tenerla conmigo. Miré en todas las aulas. Vi a Blake mirando por la ventana en la clase de la Musser y a Conrad Eldridge dormitando en la de Religión, pero Orson no estaba por ahí. Cuanto más me acercaba a las escaleras, más me costaba respirar. Tuve que forzarme para seguir moviéndome.

—Aquí no hay nada. Voy a bajar las escaleras.

Sam seguramente percibió la tensión en mi voz, porque me dijo:

—Puedes hacerlo, Hector.

Asomé la cabeza por las escaleras, pensando que iba a dar con Orson o que tal vez vería un tentáculo dentado y viscoso, pero estaban vacías. Fui de puntitas hasta la barandilla y miré arriba y abajo. Nada. Entonces bajé corriendo tan rápido que casi me caigo en los dos últimos escalones, pero al final llegué sano y salvo al piso inferior.

—¿Hector? Hector, háblame.

—No está en las escaleras —dije sin aliento—. Y tampoco hay rastro del monstruo.

Revisé todo el piso antes de salir. Orson no estaba en el estacionamiento, ni en el campo de deportes, ni tampoco en la biblioteca.

—Solamente tenemos veinte minutos más —dijo Sam.

Si yo fuera un fantasma temeroso de un monstruo, ¿adónde me dirigiría? Personalmente, la biblioteca sería mi opción. Pero necesitaba saber dónde habría ido Orson, lo que era difícil, porque no lo conocía para nada. Miré alrededor y mis ojos se detuvieron en la iglesia de Saint Lawrence. Según su expediente, ¡había sido monaguillo! Corrí atravesando el estacionamiento y me deslicé por entre las pesadas puertas de la iglesia. Había algunas personas arrodilladas ante las velas votivas y el padre Allison estaba sentado en un confesionario hablando en voz baja con un hombre mayor. Pensé que me había equivocado, así que me dispuse a salir, pero entonces vi la cabeza de Orson entre las bancas del extremo opuesto.

—¡Orson Wellington!

El chico volteó y al verme se puso contentísimo.

—¡Hector!

Nadie se había puesto tan contento solo con verme en toda mi vida. Se levantó, corrió para cruzar la iglesia y casi me derrumbó con su gran abrazo.

—¡Creía que me habías olvidado!

—¿Estás bien? —No conocía a Orson lo suficiente para sentirme cómodo entre sus abrazos, pero imaginé que tal vez yo fuera la primera persona real con la que había estado en años—. Me preocupaba que el monstruo te hubiera atrapado. ¿Qué era eso? ¿Qué ocurrió contigo?

Tal vez había silenciado el *walkie-talkie* durante demasiado tiempo, porque Sam intentaba captar mi atención:

—¿Hector? Hector, ¿qué ocurre? ¡Solamente nos quedan diez minutos antes de que suene el timbre! ¿Hector?

Orson me soltó por fin. Se secó las lágrimas y señaló el *walkie*.

—¿Quién es?

Apreté el botón para hablar con Sam.

—Estoy bien. Lo encontré. Sam, te presento a Orson. Orson, te presento a Sam. Está escondida en los baños.

El chico miró el aparato con extrañeza.

—¿«Los baños»? ¿«Escondida»? ¿Ahora las chicas también pueden estudiar en el Saint Lawrence? ¡Yo siempre pensé que debería ser mixto!

Sam intentaba hablar conmigo, pero yo le pedí que esperara un momento para poder escuchar lo que Orson tuviera que decirme.

—¿Estás herido?

Negó con la cabeza.

—Ya tengo muy dominado eso de esconderme del gélim.

—¿«El gélim»?

—El monstruo —dijo.

—Tengo un montón de preguntas que hacerte, pero está a punto de tocar el timbre de la escuela. —Si me retrasaba con Pop, los problemas aumentarían todavía más—. ¿Podrías ir a la biblioteca mañana por la mañana?

—¿Por qué? —me preguntó.

—Pues para que Sam y yo podamos intentar ayudarte, obviamente.

Orson se apoyó en una banca y bajó la cabeza.

—No puedes ayudarme. Nadie puede ayudarme.

Le puse la mano en el hombro.

—Si no lo intentamos, ¿cómo puedes estar tan seguro? Déjanos probarlo.

Las lágrimas resbalaban por sus mejillas.

—¡Hacía tanto tiempo que no hablaba con nadie!

Me sentí fatal por él. No me importaba estar solo para leer o para tocar el piano, pero no podía imaginarme lo que era pasar tres años así. Puse el *walkie-talkie* en su mano.

—Quédate con esto. Así podrás contactar con nosotros cuando estemos en la escuela.

Orson asintió.

—De acuerdo, pero...

—Te prometo que Sam y yo nos encontraremos contigo mañana por la mañana antes de las clases en la biblioteca.

—Nada me habría gustado más que quedarme allí, pero el tiempo se acababa—. Hasta entonces, cuídate.

Orson se apretó el *walkie-talkie* contra el pecho como si fuera un ejemplar del tercer número de *Batman*.

—Lo intentaré.

Corrí de vuelta al edificio principal con la esperanza de volver a verlo al día siguiente.

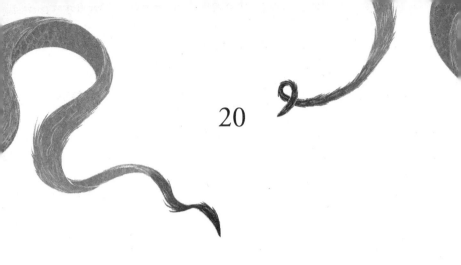

20

El señor Morhill me saludó muy simpático con la mano cuando llegué a la biblioteca el miércoles por la mañana. Me hacía sentir mal que Sam lo hubiera utilizado como excusa para sacarme de clase el día anterior. Entre prenderle fuego al trabajo de Blake, ocultarle secretos a mi madre y saltarme clases, últimamente me estaba sintiendo muy culpable, y eso me reconcomía. ¿Y si Blake no fuera la única persona que estaba cambiando?

Sam me esperaba en la sala de música. En cuanto llegué, cerró las puertas y puso el pasador para que nadie pudiera interrumpirnos. No paraba, estaba muy nerviosa.

—¿Orson? —dijo a su *walkie-talkie*—. Orson, ¿estás ahí?

—Si está en la habitación, podrá oírte sin el *walkie* —le dije.

—Pero si no está aquí y está dentro del alcance de los *walkies*, podrá oírme, siempre que tenga el suyo encendido.

—Tienes razón.

Sin embargo, por desgracia, Orson no contestaba. Recé para que estuviera bien y para que el monstruo no se lo hubiera zampado.

Sam volvió a llamarlo.

Finalmente, la voz de Orson llegó a través del *walkie-talkie*.

—Aquí estoy.

Solté la respiración que llevaba tanto rato conteniendo y me hice invisible para ver a Orson. Estaba sentado en una banca que habría jurado que no estaba allí antes, y se puso de pie en cuanto aparecí.

—¡Hector! He estado aquí toda la noche para no faltar a la cita. Pero no es seguro estar en la escuela cuando se hace de noche. Normalmente, duermo en la iglesia, pero ¿y si me quedaba dormido? ¡No podía arriesgarme! Y luego estaba tan nervioso que se me cayó el *walkie-talkie* y por eso tardé tanto en responder. —Las palabras salían de Orson como el agua de una cañería que acaba de reventar—. ¿Cómo es que estás aquí? ¿Cómo le haces para viajar adelante y atrás? ¿Y cómo es que hay una chica en el Saint Lawrence?

—¿Hola? —dijo Sam—. Oigan, recuerdan que no los puedo oír si no usan el *walkie-talkie*, ¿verdad?

Tomé el que Orson tenía en las manos y apreté el botón.

—Perdona, Sam. Estamos aquí. Los dos. Orson está bien.

—¡Hola, Sam! —dijo Orson—. Encantado de conocerte... O algo parecido.

Tenía una tonelada de preguntas que hacerle, pero una aguardaba en primera línea:

—¿Estamos a salvo?

Su actitud cambió. Los hombros cayeron y retrocedió hasta sentarse en la banca del piano. Mantuve apretado el botón de transmisión para que Sam pudiera oírnos.

—Un poco a salvo sí —dijo—. El gélim es algo más lento cuando es de día, pero en realidad no duerme. Yo tampoco duermo. Aquí, no. Nada duerme aquí.

No había ninguna silla cerca, así que me senté en el suelo frente a él.

—No me pareció que fuera lento cuando intentaba comerme.

La barbilla de Orson se hundió en su pecho.

—Eso fue culpa mía. Estaba curioseando por la vieja rectoría porque quería ver si podía meterme en la casa, y debí de alertar al gélim. Estoy seguro de que anida allí.

—¡Ya sabía yo que ese lugar era inquietante!

Orson levantó la cabeza y me miró fijamente.

—¡No lo sabes tú bien, Hector! ¡Lo que viste del gélim solo es una pequeña parte!

—Pues mira que el tentáculo tiene lo suyo, ¿eh? —No quería pensar en cómo sería el resto del monstruo, porque no podría volver a dormir nunca más en toda mi vida—. Si anida en la rectoría, ¿qué hacías intentando entrar?

—Quería encontrar algún punto débil del gélim, si es que tiene alguno —dijo Orson—. Pero está cerrada a cal y canto.

—¿Cómo le llamas al monstruo ese? —preguntó Sam.

—Gélim —contestó Orson.

Sam parecía preocupada.

—Suena como gólem.

—¿Los gólems tienen tentáculos? —Había leído sobre los gólems, y dudaba de que alguien hubiera construido intencionadamente al monstruo que nos había atacado—. No creo que eso sea un gólem, Sam.

—Se llama gélim —dijo Orson—. No sé qué significa. Está escrito en un muro. Te lo puedo enseñar.

—¿De verdad? —pregunté.

—Podemos ir ahora.

Sam carraspeó.

—¿Y a ti qué te pasó? —preguntó con algo de impaciencia. Eso de hablar con dos chicos a los que no veía seguramente le resultaba algo raro—. ¿Cómo fue que te quedaste invisible?

—¿Invisible?

—Como yo —dije asintiendo.

Orson soltó una risita.

—Yo no soy invisible, ni tú tampoco.

—A mí... —susurró Sam—. A mí me daba esa impresión. Me sentía confundido.

—Si no soy invisible, entonces ¿qué soy?

—Eres un perdido —dijo Orson—. Eso eres, porque estás en el lugar a donde van las cosas que se pierden.

Abrí la boca para hacerle otra pregunta, pero Sam se me anticipó:

—Entonces ¿no eres un fantasma?

—Pues espero que no.

—Oye, esto no tiene sentido —dije por fin—. Yo no estoy perdido.

Orson se mordió el labio.

—Así es como lo llamo yo. También puede tratarse de otra cosa. Todo lo que sé es que llevo mucho tiempo en este lugar y he visto que las cosas acaban aquí.

—¿Las cosas? —pregunté.

Orson asintió.

—¿Sabes cuando alguna vez una cosa desaparece, cuando sabes que la tenías, pero por mucho que la buscas no puedes encontrarla?

—Sí —contestamos al unísono Sam y yo.

—Pues lo más probable es que esa cosa acabe aquí.

—¿Como los calcetines perdidos? —preguntó Sam.

—Probablemente, sí. —Orson hizo una pausa—. Y los juguetes que la gente quería antes. Y los regalos que no deseaban. Posesiones que no cuidaban. Todo acaba aquí, perdido y olvidado.

Sam había sacado su cuaderno e iba tomando notas.

—Así que no eres invisible... ¿Estás en un lugar real, distinto? ¿Por eso la gente no puede verte ni oírte?

—Pero yo te oí —dije—. Te oí cuando estaba en la rectoría y también en las escaleras.

Orson se mordió el pulgar.

—En las escaleras me oíste porque estabas en el lugar perdido, como ahora, pero esa fue la primera vez que hablé contigo.

—No puede ser —dije negando con la cabeza—. Fue la semana pasada. Huía de Blake y tú me llamaste por mi nombre desde la rectoría.

Orson estaba cada vez más serio.

—Ese no fui yo… Diría que fue el gélim intentando atraerte.

Un escalofrío me recorrió el cuerpo. El monstruo, el gélim, me había estado llamando ese día, y yo había estado a punto de caer en su trampa.

Orson se levantó y deambuló por la habitación. Era como un enjambre de avispas atrapado en la forma de un chico.

—Pero no entiendo que pudieras oír al gélim sin estar en el lugar perdido. No deberías haber podido hacerlo.

—¿Orson? —dijo Sam—. ¿Por qué has estado tanto tiempo en ese lugar? ¿Por qué no vuelves igual que hace Hector?

—¿Acaso crees que no me iría si pudiera? —respondió, rápido como una centella—. ¡Llevo intentando hacerlo todos los días!

—¿Y qué hay si...? —empecé a decir.

Pero Sam me interrumpió:

—Las clases están a punto de empezar —dijo—. Hector, deberías tratar de traer a Orson contigo.

Eso no se me había ocurrido, sobre todo después de fallar en lo de volver invisible a Sam.

—¿Crees que podré hacerlo?

—¿Podrás? —preguntó también Orson, cuya impaciencia se convertía de pronto en esperanza.

Sam levantó la vista del cuaderno en el que escribía.

—No lo sabremos hasta que lo intentemos.

Miré a Orson y le ofrecí mi mano. Él, tembloroso, apretó su palma contra la mía y entrelazamos los dedos.

—Vamos a intentarlo.

Deseé volverme visible, pero sentía a Orson como si fuera un lastre sujeto a mi tobillo, impidiéndome cualquier movimiento.

—¡Ya sabía que no iba a funcionar! —dijo, decepcionado.

—Déjame probarlo otra vez —le pedí.

En esta ocasión cerré los ojos y me concentré por completo en hacer que Orson y yo fuéramos visibles. Dejé fuera las miles de preguntas que quería formular, la sorpresa que sentía por encontrarme en un mundo enteramente diferente al mío y mi temor al gélim. Durante unos cuantos segundos, Orson fue todo mi universo. Nada que no fuera devolverlo a casa tenía importancia.

—¡Te veo! —dijo Sam.

Incluso con los ojos cerrados, podía sentir que algo ocurría, pero de pronto sentí un jalón, como si estuviera sujeto a un poste y hubiera tensado las riendas.

Volví a intentarlo y jalé hasta que la visión interior se pobló de manchas que se movían, hasta que el sudor me cubrió..., pero permanecimos invisibles. Cuando abrí los ojos y vi la expresión derrotada de Orson, sentí que yo era el monstruo por darle primero esa esperanza para luego arrebatársela.

—¿Hector? ¿Estás ahí?

Apreté el botón del *walkie-talkie*.

—Estoy aquí, Sam. No funcionó.

—El timbre sonará en cualquier momento —me recordó ella—. Vuelve conmigo y pensaremos alguna otra manera de rescatar a Orson.

Orson, de mala gana, soltó mi mano.

—No pasa nada —dijo.

—Espera justo aquí —le dije antes de volverme visible.

Sam soltó un bufido de alivio en cuanto me vio.

—No te preocupes, Orson —dijo—. Sé que hay una manera de salvarte, y la encontraremos, ya verás.

El *walkie-talkie* de Sam crepitó antes de que se oyera la voz del chico.

—No, no lo harán. Y no vuelvan aquí tampoco. La única cosa peor que estar solo sería que Hector se perdiera permanentemente solo por querer ayudarme.

—¿Orson? ¡Espera!

La puerta se abrió y volvió a cerrarse. Orson se había ido.

21

Al entrenador Barbary no le importaba que me pudiera hacer invisible, que un estudiante estuviera perdido en algún extraño lugar desde hacía tres años o que un monstruo deambulara por la escuela. Él no sabía ninguna de estas cosas, pero, aunque las hubiera sabido, tampoco le habrían importado. Solamente sonreía cuando hacía sufrir a sus alumnos. Yo esperaba que, después de hacernos correr unos cuantos días, se olvidaría de nuestro castigo y dejaría que tanto Blake como yo nos uniéramos a los demás, pero al inicio de cada clase de Educación Física el entrenador nos preguntaba si ya estábamos dispuestos a contarle por qué nos habíamos peleado a puñetazos el otro día y, como no contestábamos, nos enviaba a correr. No era justo.

—¿Ves muchos monstruos últimamente? —me preguntó Blake con una risita mientras corríamos.

—Pues hoy no he visto ninguno —dije—, pero existen y tú lo sabes.

A veces Blake salía disparado para correr por su cuenta. Otras veces, en cambio, corría a mi lado. Sospechaba que estaba buscando una ocasión para insultarme o para hacer alguna broma de mal gusto, pero no podía evitar conservar la esperanza de que en realidad buscara una manera de disculparse.

—Sí, claro, friki.

—Aquí el que quizá sea un monstruo seas tú —susurré.

—Quizá...

Lo miré. Era como si alguien le hubiera chupado todo el color y lo hubiera dejado en una cáscara gris y seca. Cada día que pasaba se parecía menos a la persona con la que solía compartir mis secretos. Al final, no quedaría nada en él que yo pudiera reconocer. Cuando ese día llegara, mi amigo habría desaparecido para siempre.

Cuando nos acercábamos a la rectoría, oí un chirrido húmedo, como el ruido de un hueso atascado en una trituradora de basura, seguido de un grito de socorro. Frené, me detuve y me arrodillé fingiendo que me ataba el tenis. Blake siguió corriendo. Ni siquiera miró atrás. Cuando estuvo lo bastante lejos, llamé a Orson por su nombre.

El sonido provenía de dentro de la vieja rectoría. Orson había dicho que allí era donde había construido su nido el gélim. Mis instintos me decían que debía permanecer apartado de la rectoría, pero mi conciencia no me permitía hacerlo si Orson o alguien necesitaba ayuda. Mientras me deslizaba junto a los muros del edificio, permanecí visible. Me subí a una cañería de la fachada para mirar por una ventana cerrada, pero la espesa capa de polvo impedía ver nada del interior.

—¿Orson?

Sentía la piel como si estuviera intentando soltarse de mis huesos para correr en la dirección opuesta. Era una mala idea.

Tal vez solo había imaginado que había oído a alguien por mi mala conciencia después de ser incapaz de rescatar a Orson.

Cuando llegué a la puerta, lo primero que vi fue que el cerrojo de encima de la manija estaba abierto. Podía decirse que la casa me invitaba a pasar. Todo lo que tenía que hacer era entrar, echar un vistazo, asegurarme de que Orson no estaba en apuros y volver a salir. Probablemente, ni vería al gélim. Además, estaba seguro de que Orson había exagerado acerca de lo horrible que era. Tal vez lo había herido cuando le clavó aquellas tijeras. Estaría debilitado y dolorido. Solamente iba a asomarme para comprobar que Orson no tuviera problemas y luego volvería otra vez a lo mío.

—Hector Griggs, ¿qué haces aquí en lugar de estar corriendo? Espero que tengas una buena explicación.

La voz del entrenador Barbary cayó sobre mí como un jarro de agua fría.

Sacudí la cabeza. ¿Qué estaba a punto de hacer? Tenía la mano en la manija. Un par de segundos más, y habría estado dentro. Retrocedí a trompicones para alejarme.

—Yo no... Creí que había oído algo.

El entrenador Barbary me agarró del hombro y medio me empujó, medio me arrastró de vuelta a la escuela. Ni siquiera me había dado cuenta de que la clase había acabado. Los demás chicos ya estaban en el vestidor cambiándose. Cuando llegamos al despacho del entrenador, este cerró la puerta y me indicó que me sentara.

Seguía sintiéndome confuso y débil. No podía creer que hubiera estado a punto de entrar en la rectoría después de todo lo que Orson me había contado. Barbary me puso una botella de Gatorade en la mano.

—Bebe.

Desenrosqué el tapón y bebí.

El entrenador estaba sentado en la esquina del escritorio, con los brazos cruzados sobre el pecho, y me miraba con una expresión que le marcaba líneas profundas alrededor de los ojos y de la frente.

—¿Qué estabas haciendo en la rectoría, Hector? Eso queda fuera de la zona de alumnos.

El Gatorade estaba ayudándome a recuperarme y sentía que se me aclaraban las ideas, pero, aun así, no sabía qué decirle al entrenador. ¿Cómo iba a explicarle que un monstruo que él no podía ver había estado a punto de hacerme caer en una trampa terrible?

—Eeeh... Creí oír a alguien.

—¿A alguien? —preguntó—. ¿No será más bien algo? Antes dijiste que habías oído algo.

Me encogí de hombros y me miré los tenis, pero sentía la mirada del entrenador sobre mí.

—Vamos, ve a cambiarte —me dijo finalmente.

—Sí, señor —contesté levantándome.

—Pero si vuelvo a verte cerca de la rectoría otra vez, vas a estar dando vueltas hasta que te gradúes en octavo. ¿Queda claro?

—Sí, señor.

La señorita DeVore volvió a tenerme en la sala de los archivos durante el almuerzo. En cuanto se fue, llamé a Orson por el *walkie-talkie*, aunque no estaba tan seguro de hacerlo.

—Oye, ya sé que debes de estar triste por lo que pasó antes, pero yo no me rindo. Será más fácil si hablamos y me cuentas más cosas del lugar perdido y del *gremlin*, o como llames al monstruo, pero, sea como sea, voy a seguir intentando ayudarte.

Sostuve el *walkie-talkie* contra mi oreja. Nada. Volví a apretar el botón para hablar.

—Vamos, Orson, haz el favor de decir algo. Lo que sea.

—¡Qué insistente eres! —Su voz surgió del altavoz, alta y clara.

Me puse tan contento de oírlo que casi se me cae el *walkie-talkie.*

—¿Dónde estás?

—Aquí —dijo—, en los archivos.

—¿Cómo entraste? No vi que la puerta se abriera.

—Te seguí al entrar.

Me volví invisible y pude ver a Orson. Estaba sentado en lo alto de los archivos.

—¿Has estado ahí todo este tiempo?

—Sí. Oye…, siento haberme ido así esta mañana.

—No te preocupes. —La verdad es que, de haber sido él, habría reaccionado de forma muy parecida. Le señalé el *walkie-talkie*—. Tendrías que apagarlo para no gastar la batería.

—No es necesario —dijo sacudiendo la cabeza—. Aquí las baterías no se gastan.

—¿De verdad? Eso es sorprendente.

—No hay nada que comer y no me voy a morir de hambre, pero siempre estoy hambriento. Siempre estoy cansado, pero no puedo dormir. Tengo la misma edad que hace tres años, cuando me quedé atrapado aquí. —Orson esbozó una sonrisa triste—. De modo que sí, es muy sorprendente, excepto cuando es un asco.

Levanté un dedo y le dije:

—No me voy a ningún lugar.

Antes de que Orson pudiera responder, me volví visible, agarré mi mochila y volví a hacerme invisible. La abrí, saqué la bolsa de la comida y se la di a Orson. Cuando vio lo que había dentro, las lágrimas asomaron a sus ojos y empezaron a rodar por sus mejillas.

Orson metió la mano para sacar el sándwich de crema de cacahuate y mermelada que mi madre me había puesto, lo desenvolvió y le dio un gran mordisco.

—Odio los sándwiches de crema de cacahuate con mermelada. Te lo agradezco —me dijo.

Tras el mordisco inicial empezó a comer más despacio, saboreando cada migaja.

Hice una pausa para que disfrutara su primera comida en tres años. Luego le pregunté:

—¿Estabas en la rectoría hoy? Juraría que te escuché pedir auxilio.

Negó con la cabeza.

—Ya te dije que es el gélim. Juega contigo. Hace que oigas cosas. Te enreda para que entres.

Y yo casi había vuelto a caer.

Tampoco era mi intención bombardearlo con muchas preguntas, pero tenía una tonelada de ellas, así que me aventuré a empezar con una fácil:

—¿Cómo fue que te quedaste atrapado aquí?

Se limpió las migajas que le habían caído sobre el uniforme antes de sacar la bolsa de Cheetos. La abrió y metió la nariz dentro, inhalando profundamente.

—También detestas los Cheetos, ¿verdad? —pregunté.

—Son mis favoritos.

Sostuvo uno entre los dedos y luego se lo comió como si fuera el último Cheeto del mundo. Supuse que yo también me habría vuelto un poco raro con la comida si no hubiera probado bocado en tres años.

—¿Te has dado cuenta de lo blanca que es esta escuela? —dijo Orson—. Hasta quinto* fui el único chico negro, pero el otro que entró se matriculó en primero, de manera que no teníamos mucho en común.

Orson tenía razón. Jackson era ahora el único alumno negro de la escuela. Y sin incluirlo a él solo había otros siete alumnos no blancos.** Un total de ocho entre quinientos.

—Eso debía de hacer que te sintieras muy solo.

—Sí —dijo Orson—. Siempre andaba buscando lugares en los que ocultarme y leer. Tenía una gran habilidad para eso. Tanta que un día debí de escurrirme por una grieta y aparecí aquí. Primero pensé que era fantástico. ¡Imagínate, todo un mundo diferente! Luego me di cuenta de que no podía volver. Buscaba y buscaba una salida, pero los días pasaban y no lo lograba. Pensé que tal vez ir a casa me ayudaría, pero me encontré con que mis papás me habían olvidado. La casa estaba llena de pruebas de mi existencia, pero ellos no podían verlas. Creían que nunca habían tenido un hijo.

—Vaya, lo siento.

Traté de imaginar que mi madre y Pop olvidaban mi existencia, y solo de pensarlo se me revolvió el estómago.

—Poco después el gélim empezó a perseguirme.

—¿Y sabes por qué te quedaste atrapado ahí? —pregunté.

Orson negó con la cabeza. Se había acabado los Cheetos y desarmó la bolsa para poder lamer el polvo de dentro.

---

* En Estados Unidos, el quinto grado corresponde al último año de la escuela primaria y se hace a los diez años. *(N. del T.)*

** Siete «no blancos ni negros», es decir, asiáticos y latinos. *(N. del T.)*

—Yo… es que no sé cómo puedes ser capaz de ir y venir a tu antojo —dijo—, pero deberías dejar de hacerlo antes de quedarte atrapado como yo.

—¿Cómo puedes pensar que voy a irme y dejarte aquí?

—Pues todos los demás lo hicieron —murmuró Orson.

—Por favor, deja que te ayude. Reúnete conmigo aquí mañana. Enséñame lo que sabes de este lugar. Tal vez entre los dos encontremos una solución y puedas volver a casa.

No me parecía que la prudencia de Orson fuera algo criticable. Yo, personalmente, ya había defraudado sus expectativas una vez.

Levantó la cabeza y me miró a los ojos.

—¿Podrás traerme algo de comer?

—Lo que sea.

—¿Lo que sea menos sándwich de crema de cacahuate y mermelada?

—De acuerdo —contesté sonriendo.

22

Mamá se había quedado con los brazos en jarras y con expresión de extrañeza.

—¿Por qué llevas dos sándwiches, Hector?

Todo había empezado el jueves por la mañana: cuando Lee me había visto sacar una bolsa de papas fritas extra, había puesto el grito en el cielo. Eso llevó a que mamá me vaciara la bolsa de la comida y descubriera que llevaba dos almuerzos. Yo no podía decirle que uno era para un chico que estaba atrapado en algún tipo de extraña dimensión de bolsillo donde los monstruos eran reales y las baterías duraban para siempre.

—Porque tengo hambre.

—Sí —dijo Lee—. Yo también.

Intentó agarrar un segundo paquete de barras de chocolate, pero Pop lo evitó dándole un manotazo.

—¿Seguro que esta comida es para ti? —preguntó mamá—. No será que un abusón te está forzando a llevarle de comer, ¿verdad?

—Nadie me está obligando a que le dé mi comida.

Al menos esa parte era cierta. ¡Me daba tanta rabia mentirle tantas veces a mi madre!

—El chico aún tiene margen para ganar algo de peso —dijo Pop.

Mamá suspiró.

—Puedes llevarte dos sándwiches, pero sin papas fritas ni barras de chocolate. No quiero ser la culpable de que te alimentes con comida chatarra.

No era una victoria total, pero no me importaba sacrificar mis papas fritas y mi postre por Orson, siempre que no tuviera que pasar el día en ayunas. El día anterior, al llegar a casa me ladraba el estómago.

Sam me estaba esperando afuera de la biblioteca cuando Pop nos dejó a Jason y a mí en la escuela. Estaba jugando con su *switch* y cuando me senté ni me miró. No lo hizo hasta que pudo guardar la partida. No le había contado lo que había pasado el día anterior en el almuerzo, así que la puse al corriente mientras jugaba.

—A mí lo que me parece es que no debes volver a hacerte invisible hasta que tengamos más información sobre lo que pasa y sepamos adónde vamos.

Sam puso el *switch* en el bolsillo frontal de su mochila y lo cerró.

—Pero se lo prometí a Orson.

—Ya es la segunda vez que el gélim intenta meterte en la rectoría. Es peligroso, Hector. Y encima puedes quedarte ahí atrapado, igual que Orson.

—¿Y entonces qué hacemos? ¿Lo dejamos? Le prometimos que íbamos a ayudarle.

Sam apoyó la mano en mi brazo.

—Y lo haremos. Pero primero necesitamos más información.

—¿Sobre qué?

—Sobre todo —dijo—. Sobre lo que te pasa cuando te vuelves invisible o cuando vas donde aparecen las cosas perdidas o como quieras llamarlo. Necesitamos más información sobre el gélim. ¿Se le puede hacer daño? ¿Para qué los quiere a ti y a Orson? ¿Tiene algo que ver con tu amigo Blake y con los chicos que ahora andan con él?

—¿Y cómo vamos a saber nada de todo eso sin hablar con Orson?

—Pues para eso están hechos los *walkie-talkies* —dijo Sam.

Parecía que tenía una respuesta para todo. Y desde luego no iba desencaminada: lo inteligente era tomarse el tiempo necesario para investigar y que nadie saliera perjudicado. Pero Orson estaba atrapado al otro lado con un monstruo. Nuestras precauciones podían costarle la vida.

—Seguro que hay algo que podamos hacer —dije por fin.

—Le estoy dando vueltas, Hector —dijo Sam con un suspiro—. Pero tú prométeme que no te volverás invisible hasta que no estemos mejor informados.

—No puedo —le dije—. Primero tengo que cumplir la promesa que le hice a Orson.

—Entonces prométeme por lo menos que tendrás cuidado.

Sonreí.

—Okey, eso sí puedo prometerlo —contesté sonriendo.

La señorita DeVore estaba muy ocupada con los padres de un potencial nuevo alumno y no tenía tiempo para mí. Me envió a los archivos para que continuara ordenando los expedientes. Aunque mi castigo se hubiera prolongado durante todo un año, no habría podido concluir semejante trabajo. Orson estaba allí esperándome y resplandeció al ver que le llevaba la comida que le había prometido.

—Espero que te guste el atún.

Le dio un mordisco al sándwich.

—¡Qué rico!

Pensaba que nos íbamos a quedar en la sala de los archivos, pero me hizo un gesto para que lo siguiera.

—Ven, que tengo algo que enseñarte.

No pensaba que eso de marcharme fuera una buena idea, pero me daba la impresión de que la señorita DeVore iba a estar demasiado ocupada como para controlarme demasiado.

—¿No te preocupa el monstruo?

Negó con la cabeza mientras seguía dando cuenta del sándwich.

—Cuando está cerca, siempre siento un picor en la planta de los pies, pero hoy no toca, por lo visto.

Abrió la puerta que daba al pasillo y salió. Lo seguí y cerré la puerta tras de mí.

—¿Cómo se explica esto de las puertas? —le pregunté—. ¿Por qué puedo tocarlas, pero no ocurre lo mismo con todo lo demás?

—¿Quieres hacerle una travesura a alguien? ¿Quieres tumbar un vaso o hacer que algo flote para asustar? —Orson soltó una risita—. Yo también lo intenté. Pero aquí las cosas no tienen presencia real, a menos que sean objetos perdidos o permanentes.

—¿«Permanentes»?

—Sí —contestó—. A ver, el edificio no va a levantarse para salir corriendo, ¿verdad? Las mesas, en cambio, son cosas que aquí cambian de sitio constantemente, por eso nosotros no podemos moverlas. Cuanto más lleva en un mismo lugar un objeto, más tangible se hace. Y si un objeto está enraizado, entonces sí puedes tocarlo, aunque estés en este lado.

—Pero las puertas cambian. Se abren y se cierran todo el tiempo.

—Las puertas son algo especial. Las puertas creo que existen en todas partes.

Orson me llevó a través del estacionamiento hasta la iglesia y, una vez dentro, fuimos a un cuarto de almacenamiento con sillas y cajas bien ordenadas contra las paredes que había tras el altar. En la esquina, vi un montón de suéteres y mantas, y había objetos por todas partes: tijeras, cajas de lápices, tenis, llaves, libros...

—Este es mi refugio —me dijo.

—¿Qué son todas estas cosas?

—Son cosas perdidas que se han deslizado hasta aquí desde su mundo a este. Todo lo que la gente pierde u olvida acaba aquí. —Orson se sentó sobre las mantas puestas sobre el suelo para acabar su comida—. Cuando es seguro, salgo a recoger. —Miró entre las cosas que tenía guardadas hasta que dio con una pulsera de plata que tenía una turquesa engarzada—. La coronel Musser perdió esta pulsera el año pasado.

Me la dio y la inspeccioné. En la parte interior, había unas letras grabadas: «J. M. Musser». Debía de ser una posesión importante para ella. ¿Cómo podía haberla perdido?

—También tengo dos juegos de llaves de la señora Ford y unos lentes del entrenador Barbary —dijo.

—El entrenador no usa lentes.

—Cuando los alumnos están cerca, no.

—¿Y qué haces con todas estas cosas? —pregunté, mirando toda la variedad de artículos que había allí.

Orson se encogió de hombros.

—Nada. Ir a buscar cosas me mantiene ocupado, pero ya había muchas cosas aquí cuando yo llegué.

—¿Ah, sí? ¿Significa eso que ya ha habido otras personas que se han quedado atrapadas en este lugar?

—Pues creo que sí —contestó—. Aunque nunca he visto a nadie. —Se giró y señaló una pared—. De aquí es de donde saqué el nombre del monstruo.

Con algo punzante, alguien había escrito en la madera:

DESAPARECIDO MAÑANA,
PERDIDO HOY,
EL GÉLIM ES EL CAZADOR,
NOSOTROS SOMOS SUS PRESAS.
DESAPARECIDOS PARA SIEMPRE,
OLVIDADOS PARA SIEMPRE...
YA VIENE EL GÉLIM...
TE ECHO DE MENOS, MAMÁ.

Miré esas palabras y sentí el miedo de la persona que las había escrito, grabando una letra tras otra, en la pared de madera. Esperaba que hubiera podido huir, pero algo me decía que no había sido así.

—Si estás en el otro lado, ¿se puede ver esto? —pregunté, señalando al poema.

—No —dijo Orson con expresión seria—. Las puertas son la única cosa sobre la que podemos tener algún efecto mientras estemos aquí. Podrías derrumbar la iglesia entera en este lado, pero en el otro seguiría en pie.

—Vaya —dije yo. Seguía con la pulsera de la Musser, inspeccionándola. Había algo que no me cuadraba—. ¿Cómo sabes si algo de lo que encuentras es perdido?

—¿Además de poder recogerlo? —dijo Orson—. Pues mira: las cosas que se pierden no tienen sombra.

—¿De verdad?

Se levantó.

—Ven. Es más fácil si te lo enseño afuera.

Dejé la pulsera y lo seguí. Cuando llegamos al estacionamiento, Orson me señaló el asfalto.

—¿Ves? Las cosas perdidas no proyectan ninguna sombra.

Estábamos a pleno sol, pero no tenía sombra, ni tampoco la tenía él. Giré sobre mí, salté... Pero era como si los rayos del sol pasaran a través de mí. ¡Eso era lo que me había parecido extraño de la pulsera! ¡No podía creer que no lo hubiera notado antes! Cuando ya fui asimilando la novedad de no tener sombra, dije:

—Tengo que volver, no vaya a ser que la señorita DeVore me haga una visita en el archivo.

Mientras volvíamos a la sala de archivos, le pregunté a Orson:

—¿Por qué crees que te quedaste aquí atrapado?

—No lo sé... —dijo, metiéndose las manos en los bolsillos—. Quizá sea por el gélim. Creo que es como una araña, y que todo este lugar es su telaraña.

—¿Eso nos convierte en moscas?

Orson asintió.

—Nos atrae hacia aquí, nos atrapa y luego el mundo olvida nuestra existencia.

—Pero llevas aquí tres años. ¿Por qué iba a esperar tanto si lo que quiere es...?

—¿Comerme? —dijo Orson—. Tengo la teoría de que el gélim se alimenta de miedo, así que creo que podría decirse que sí se ha alimentado de mí todo este tiempo.

Me estremecí. «El gélim es el cazador, nosotros somos sus presas».

—¿Cómo lo detenemos?

—No podemos.

—Pero tú lo lastimaste cuando le clavaste las tijeras en el pasillo...

—Solo lo irrité ligeramente —me explicó. Intenté rebatirlo, pero levantó la mano para cortarme—. Si todos y cada uno de los alumnos de esta escuela atacaran al gélim a la vez, tal vez conseguiríamos vencerlo. Pero ¿yo solo? —Negó con la cabeza, amargamente—. Desde el momento en que no puedo irme como lo haces tú, solo me queda esconderme y procurar que no me encuentre nunca.

En la sala de archivos todo seguía igual, así que interpreté que la señorita DeVore no había ido y, por tanto, no sabía que había estado fuera.

—Mañana es el último día de mi castigo, así que tendremos que buscar otro momento para encontrarnos.

—¿Y por qué no en el almuerzo?

—Si falto en el comedor durante muchos días, alguien podría darse cuenta. Pero no te preocupes. Puedes estar tranquilo, que no voy a olvidarte.

Orson asintió.

—Gracias, Hector.

—¿Por qué?

—Por los sándwiches, por hablar conmigo... —Bajó los hombros—. No sabes lo que es pasar años sin escuchar pronunciar tu nombre. He llegado a estar tan mal que incluso he pensado en dejar que el gélim me encontrara para asegurarme de que yo seguía siendo real.

No podía concebir lo solo que se había sentido. Odiaba tener que dejarlo, pero sonó el timbre del final del almuerzo, y no podía llegar tarde a clase.

—Nos vemos y...

—¡Prométeme que volverás! —dijo Orson. Parecía una orden y una súplica desesperada a un tiempo.

—Claro que sí.

—Pero dilo, ¿okey? Di que no me abandonarás. Di que no me olvidarás. —Su voz era suave, implorante.

No podía resistirme.

—Lo prometo.

La actitud de Orson cambió por completo, exhibió una sonrisa con todos los dientes.

—¡Eres el mejor! ¡Voy a pensar en la manera de devolverte todo lo que me has dado!

—No tienes que hacerlo.

—Ya lo sé —dijo—, ¡pero quiero hacerlo! ¡Te debo tanto...! Tú confía en mí, ¿okey? ¡Será genial!

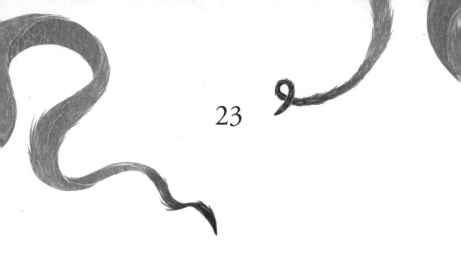

23

El viernes, Blake estaba de buen humor, y eso me ponía nervioso. Había estado sonriendo al ponerse la ropa deportiva y ya daba vueltas a la pista cuando el entrenador Barbary llegó al campo. No lo había visto contento desde su cumpleaños en verano, cuando sus padres le compraron una tabla de surf. Supuse que lo mejor sería evitarlo, pero él tenía otros planes.

—No entiendo que fuéramos amigos —me dijo—. No eres divertido. Y en deportes eres malo. Solo sabes lloriquear y tocar el piano.

No quería darle la capacidad de herirme, pero sentí cada una de aquellas palabras como un puñetazo.

—Para ya, ¿quieres?

—No.

—Blake...

—Un día tu nuevo amigo y todos esos *cupcakes* con los que te sientas verán lo que se oculta detrás de ti —dijo—. Y entonces no te quedará nadie.

Quería decirle que se equivocaba, pero hubo un tiempo no tan lejano en que yo habría jurado que Blake no iba a hacer nada que pudiera perjudicarme y que siempre seríamos amigos, así que quizá tenía razón. Quizá los chicos de la mesa del almuerzo iban a hartarse de mí, y quizá Sam decidiría que yo le traía demasiados problemas y que no valía la pena. Incluso a Orson le iría mejor si encontrara a alguna otra persona que lo ayudara, porque mis posibilidades de triunfar eran remotas.

Tenía que alejarme de Blake. Frené para que se distanciara, pero él permaneció a mi lado. Corrí más, y lo mismo. Después, el resto de la clase de Educación Física, Blake no dijo nada, pero no se separó de mí en ningún momento, siempre con una sonrisa desafiante.

Cuando sonó el timbre, corrí hacia el vestidor, contento de no tener que aguantar un segundo más al lado de Blake. Pero cuando llegué a mi casillero, lo vi abierto de par en par, y vacío.

—¿Quién se llevó mis cosas? —Los demás chicos iban llegando y los miré en busca de una respuesta—. ¿Luke? ¿Arjun? —Fingían no oírme. Capté la mirada de Gordi—. Vamos, Gordi, dime, ¿dónde están mi mochila y la ropa?

Se disponía a contestar, pero en cuanto vio entrar a Blake, cerró la boca.

—No se preocupen. Ya lo encontraré.

Recorrí todo el vestidor hasta que oí unas risitas procedentes de los baños. Un par de chicos y Blake estaban delante de los retretes. Sentí un nudo de temor en el estómago cuando me adelanté para asomarme: habían metido el uniforme en uno y vaciado todo el contenido de la mochila en otro.

Cada vez que creía que Blake no podía caer más bajo, me demostraba que en su maldad las profundidades eran insondables. No podía creer que esa misma persona me hubiera ayudado en la playa el verano pasado, cuando unos chicos mayores habían querido robarme la bici. Eran más que nosotros, y más corpulentos, pero, aun así, se había atrevido a enfrentarse a ellos. Ese Blake nunca habría tirado mis cosas al retrete para luego reírse de su hazaña. Pero ese Blake había desaparecido, y yo no entendía qué lo había sustituido.

El entrenador Barbary llegó, echó un vistazo a la escena y luego volteó a ver a los chicos que estaban alrededor mirando.

—¿Quién fue?

—A mí no me mire —dijo Blake—. Yo estuve corriendo con Hector todo el rato. Habrá sido el monstruo. ¿O era un fantasma? Me dijiste que habías visto a un fantasma, ¿no, Hector?

Unos cuantos chicos se rieron, pero una mirada del entrenador bastó para que todos se callaran.

—Recupera todo lo que puedas, Hector —dijo el entrenador—. Puedes ir con tu ropa deportiva el resto del día.

—Sí, señor.

Mi voz era menos que un murmullo.

—Y en cuanto a ustedes, todos pueden apuntarse unas vueltas para la semana que viene.

Se oyeron gruñidos por todo el vestidor. El entrenador debía de pensar que así ayudaba, pero lo que hacía era empeorarlo todo.

—Fue Conrad —le dije a Sam mientras bajábamos por las escaleras para ir a comer—. Seguro que fue él. No sé cómo lo habrá hecho, pero salió de clase y me lo tiró todo mientras estábamos en Educación Física.

Lo que llevaba en la mochila se había estropeado: libros, cuadernos, tareas, mi comida, la de Orson... Incluso el *walkie-talkie*.

—No dejes que esto te desanime —dijo Sam—. Dile a Orson que conseguiré otros *walkie-talkies* nuevos y que este fin de semana pensaré en un nuevo plan para ayudarlo.

Cuando llegamos a la planta baja, Sam se fue hacia el comedor y yo me dirigí hacia la oficina del director para mi último día de castigo sin comedor con la señorita DeVore. Otra vez a llenar sobres. Me sentía mal, porque probablemente Orson estaba esperándome en la sala de los archivos para que le llevara el almuerzo, pero no podía salir para explicarle el motivo de mi inasistencia. Tampoco tenía nada que ofrecerle, por culpa de Conrad. Esperaba que se asomara en algún momento y viera que estaba castigado en la oficina. Esperaba que no se enojara por no poder estar con él hasta el lunes siguiente.

—Estás muy callado hoy —dijo la señorita DeVore—. Y ese olor...

—Alguien tiró mis cosas al retrete —murmuré.

—¡Qué horror! —La señorita DeVore siguió doblando cartas y pasándomelas para que yo las metiera en sobres—. ¿Ya sabes quién es el responsable?

—Pues alguna sospecha tengo, pero no puedo probarla.

—Mmm... Los nombres y las caras de los chicos de esta escuela tal vez puedan cambiar, pero si algo no cambia nunca, es que algunos chicos hacen *bullying* y algunos son víctimas. Nunca habría pensado que tú pudieras ser una.

—¿A qué se refiere?

—Un chico listo como tú seguro que puede encontrar la manera de enviarle un mensaje a sus torturadores para que entiendan que contigo no se juega.

Ya había intentado vengarme, pero no me había salido demasiado bien.

—No importa.

—¡Pues claro que importa, Hector! ¿Qué eres, un hombre o un ratón?

—Un ratón, ¿no?

La señorita DeVore se echó a reír.

Mientras seguimos llenando sobres, tuve una idea. Mis profesores no se habían acordado de Orson, pero tal vez la señorita DeVore sí lo recordara.

—Usted lleva trabajando aquí mucho tiempo, ¿verdad?

Inclinó la cabeza y se quedó mirándome.

—No está bien recordarle a una mujer los años que tiene. Pero la respuesta es sí.

—¿Recuerda a un estudiante llamado Orson Wellington?

—¡Qué nombre más raro! ¿Y estudiaba aquí?

Asentí.

—No sé muy bien por qué, pero la verdad es que olvidé un nombre tan poco habitual. No me suena para nada.

Era de esperar.

—¿Y qué hay del fantasma? ¿Sabe algo del asunto?

Los ojos claros de la señorita DeVore se encendieron.

—Bueno, que yo recuerde, los alumnos siempre han dicho que el Saint Lawrence está encantado. Muchos han pasado por esta oficina acusando al fantasma de todo, desde perder la tarea hasta tapar los retretes.

—¿Y usted no ha visto nunca nada raro?

—¿Raro como un fantasma, quieres decir? —Hizo una pausa y me miró con una leve sonrisa—. ¿O como un monstruo? Pues no.

—Vaya.

—Pero eso no significa que no sean reales. A veces los chicos, especialmente si son sensibles, son capaces de ver y oír cosas que quedan fuera del alcance de la percepción de los adultos.

Como cuando había oído al gélim antes incluso de convertirme en invisible.

Sonó el timbre.

—Bueno, Hector, me has hecho mucha compañía esta semana, pero espero no verte por aquí nunca más.

—Gracias, señorita DeVore.

—Vamos, vete. Y mándale saludos a tu fantasma.

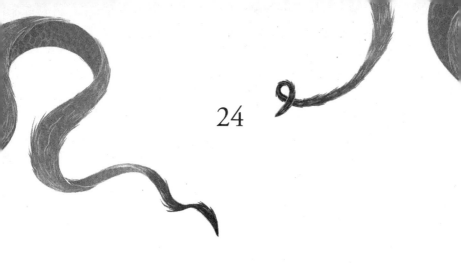

24

O mamá había olvidado mi castigo o ya no tenía nada que yo pudiera limpiar. La noche anterior había tenido pesadillas con el gélim, así que aquel sábado solo quería quedarme en la habitación a leer tranquilamente, pero Jason y Lee habían decidido que se aburrían y querían jugar al cazador, un juego que se habían inventado. Básicamente, era algo así como una mezcla de las escondidillas y atrapadas, en el que los cazadores, que solían ser Jason y Lee, buscaban a la presa, que solía ser yo. Solo ganaban si me «mataban». A mí el juego me parecía horroroso, pero a mis hermanastros les encantaba. Sobre todo la parte de matar. Esta vez, sin embargo, jugaría —ellos se sorprendieron de que quisiera hacerlo—... con ventaja.

En cuanto los chicos se fueron al cuarto de Lee para que me pudiera esconder, me volví invisible. Primero era divertido mirar a Jason y a Lee correr por todos lados buscándome, pero pronto me aburrí y decidí explorar un rato. Encontré muchísimos calcetines desparejados, el reloj de Jason, dos retenedores dentales de Lee y una tarjeta que la abuela me había regalado cuando cumplí los diez, con veinte dólares dentro. Dejé los retenedores, pero el dinero me lo metí en el bolsillo.

Pensé en si el gélim de la escuela sería el único monstruo del lugar adonde van las cosas perdidas o si habría otros monstruos peores acechando en la oscuridad. Pensar eso hizo que me entraran ganas de volver a hacerme visible, pero me acordé de lo que mamá me había dicho cuando era pequeño y me daban miedo las arañas. Me dijo que la mejor manera de no tener miedo de algo era entenderlo, y me llevó a la biblioteca a buscar libros sobre arañas. Me aprendí los nombres de los diferentes tipos y averigüé que se comían los bichos que se metían en casa y que, según mucha gente, dan buena suerte. En cuanto tuve bastante información, las arañas no me gustaban más que antes, pero tampoco les tenía miedo.

Así que tal vez la clave para vencer al gélim fuera entenderlo. Volví a mi cuarto, agarré la tableta y volví a desaparecer. Busqué un monstruo llamado gélim. Los primeros resultados fueron para un tipo de alfombra persa, pero ese no era el camino, obviamente. El motor de búsqueda sugería gólem y *gremlin* como otras posibilidades, pero tampoco había que ir por ahí. Lo intenté buscando monstruos con tentáculos, pero de esos había demasiados, y al final acabé buscando monstruos que atraparan a niños. En Japón tenían a Aobōzu, un espíritu que secuestraba a los niños que tardaban en volver a casa. También estaba Krampus, un demonio que metía a los niños malos en un saco y luego les pegaba durante las fiestas de Navidad en Austria. En Serbia tenían a Bauk, que se escondía en lugares oscuros y se lanzaba sobre sus presas para devorarlas. En Haití estaba el Mètminwi, que se comía a los niños que se demoraban en las calles. Y en Leicestershire, Inglaterra, estaba Black Annis, una bruja de cara azul que rondaba por el campo y que se comía a cualquier niño que encontrara y luego se vestía con sus pieles. También estaban Gurumāpā, de Nepal; Il-Belliegha, de Malta, y Oude Rode Ogen, de Bélgica. Por desgracia, ninguno de esos monstruos coincidía con lo que yo había visto en las escaleras aquel día, y nada de lo que leía me proporcionaba pistas sobre cómo derrotar al gélim.

Mientras investigaba, debí de dormirme, porque lo siguiente que recuerdo es que mi madre me llamaba muy asustada. Me hice visible de nuevo y corrí desde mi habitación a la cocina.

En cuanto mamá me vio, me abrazó tan fuerte que casi me ahoga. Luego me agarró por los hombros y me sacudió.

—¿Dónde estabas?

—En mi cuarto —dije—. Creo que me quedé dormido.

—¡No te atrevas a mentirme, Hector Myles Griggs! —Mi madre nunca usaba mi nombre completo—. Roy fue a buscarte a la calle. Llamé a tu profesor de piano. Llamé a casa de Blake...

—De verdad que estaba en mi habitación. Estaba leyendo y...

—Pero ¿no entiendes que tu habitación fue el primer lugar en el que busqué? —Mamá me soltó y llamó a Pop para decirle que me había encontrado. Cuando acabó de hablar con él, me miró desde el fondo de un pozo profundo de preocupación—: ¿Qué te está pasando? ¿Peleas? ¿Mentiras? ¡Ese no eres tú!

—¡No soy yo el que ha cambiado! —le contesté—. ¡Antes de casarte con Pop me habrías creído!

Su expresión se suavizó.

—Pero esto no tiene que ver con Pop ni con los chicos...

—¿Por qué no? —le pregunté—. ¡Todo tiene que ver con ellos!

Enseguida me di cuenta de que me había pasado de la raya. La boca de mi madre se cerró con fuerza y se le ensancharon los agujeros de la nariz.

—Ve a tu cuarto —me ordenó—. Ni se te pase por la cabeza salir si no estás dispuesto a decir la verdad de una vez.

—Sí, señora.

Me escurrí hasta mi habitación, hundí la cara en la almohada y lloré.

25

Mamá apenas me dirigió la palabra durante el resto del fin de semana. Otras veces se había enojado conmigo, pero nunca así. Realmente echaba chispas, y hasta Jason y Lee optaron por no provocarme tanto como tenían por costumbre. Respiré aliviado cuando por fin llegó al lunes y tuve que ir a la escuela.

En cuanto Pop nos depositó a Jason y a mí, opté por ir a la biblioteca. Sam estaba esperándome en la sala de música.

—Tengo que ver cómo está Orson —le dije, e inmediatamente, sin esperar su respuesta, me hice invisible.

Lo encontré de pie junto a la puerta, y parecía tan contento de verme que casi dolía.

—Siento no haber podido venir a verte el viernes pasado, pero la señorita DeVore me tuvo llenando sobres.

—Ya lo sé... —dijo Orson—. No te preocupes. También vi lo que pasó con tus cosas en Educación Física. Fue un chico de octavo que ahora siempre está con tu ex mejor amigo.

—¿Conrad? —pregunté—. ¡Lo sabía!

Sam carraspeó:

—Ejem, ¿Hector? ¿Orson?

—Espera un momento —le dije a Orson. Y me volví visible de nuevo—. Tenía razón. El que me lo estropeó todo el viernes fue Conrad Eldridge.

Sam me entregó un *walkie-talkie* nuevo.

—Lo puse a la misma frecuencia que el otro.

Lo conecté.

—¿Orson? Prueba a hablar.

Hubo un momento de silencio antes de que oyéramos la voz de Orson por el altavoz.

—¡Alto y claro!

—Bueno... —Sam tenía un aire demasiado serio para ser lunes—. Este fin de semana he estado investigando.

—¡Yo también! ¡Hay montones de monstruos que se comen a los niños! La mayoría lo hace porque los niños vuelven tarde a casa o porque desobedecen a sus papás.

Sam me miró fijamente hasta que dejé de hablar.

—Bien, pues mi teoría —dijo finalmente— es que el gélim tiene atrapado a Orson en la zona a la que van a parar las cosas perdidas.

—Eso mismo pienso yo —dije.

El viernes no había tenido demasiado tiempo para hablar con Sam, así que Orson y yo la pusimos al corriente de la teoría según la cual el gélim era como una araña que se alimentaba de miedo, y yo incluso le conté lo que decía en el poema grabado en la pared de la iglesia.

—Y todavía más —añadí—: Según la señorita DeVore, los alumnos del Saint Lawrence siempre han dicho que la escuela está encantada. Algunas de las historias que se cuentan probablemente sean sobre el gélim, pero ¿qué ocurre si hay otras que son sobre los chicos a los que atrajo? ¿Qué ocurre si el monstruo es la razón de que se perdieran?, ¿y por qué no encontraron nunca el camino de vuelta a casa?

—Así que el monstruo atrae a los chicos al lugar adonde van las cosas perdidas, los atrapa allí y luego se alimenta de su miedo —dijo Sam—. Si esto es así, lo lógico sería pensar que Orson no es el primero.

—¿Y cómo puedo escapar? —preguntó él.

Sam se encogió de hombros.

—Aún no lo sé. Pero seguiré investigando, lo prometo.

La idea de que el gélim hubiera estado alimentándose de los alumnos del Saint Lawrence durante décadas me daba ganas de vomitar. Teníamos que parar a ese monstruo, pero no tenía ni idea de cómo, ni siquiera sabía por dónde empezar. Parecía un problema demasiado grande para que nosotros tres pudiéramos resolverlo. ¿A quién podíamos pedir ayuda? ¿Quién podría creernos?

Sonó el timbre.

—Muévete, vamos —dijo Sam—. Ya hablaremos de esto más tarde, en el almuerzo.

Le dijimos adiós a Orson y salimos de la biblioteca. Cuando me puse en la fila de la clase de 6O, vi que Blake estaba al lado de Conrad. No podía dejar de mirarlos, de ver cómo reían, igual que antes reíamos Blake y yo.

—Ya sabes que fue Blake el que tiró tus cosas al retrete, ¿verdad?

Al girarme, vi a Gordi detrás de mí, con las manos en los bolsillos.

—Pero ¿cómo lo hizo? —pregunté, como si no supiera nada del asunto—. Estuvo corriendo conmigo durante toda la hora.

—Conrad lo hizo por él. Tenía permiso para ir al baño y se metió en el vestidor.

Blake conocía la combinación de mi casillero, de manera que seguramente se la había proporcionado a Conrad.

—¿Por qué me lo cuentas? Pensaba que eras su amigo.

Hizo un gesto de cansancio.

—Pensaba que al final acabarían haciendo las paces, pero Blake está muy cambiado. Se ha vuelto malvado.

—Pues no parecía importarte cuando me sujetaste los brazos por detrás en la iglesia.

—¡Pero le dije a Blake que eso no me gustaba!

—Pero lo hiciste de todos modos —le contesté.

Gordi bajó la cabeza.

—Sí, y lo siento. Oye, permanece vigilante, ¿okey?

Se apartó de mí para ponerse al final de la fila, como si temiera que Blake lo viera hablando conmigo. Pero no tenía de qué preocuparse, porque, mientras Conrad le susurraba cosas al oído, mi examigo no atendía a nada más.

El castigo solamente había durado una semana, pero parecía tiempo suficiente para que todo hubiera cambiado en la mesa de los *cupcakes*. Para empezar, Sam estaba sentada donde me sentaba yo. Y luego Paul, Trevor, Jackson y Matt no estaban separados y cada uno en su rollo, sino que se habían sentado muy juntitos y hablaban entre ellos. Con expresión enfurruñada, ocupé el asiento libre frente a Sam.

—¡Has vuelto! —dijo ella—. El almuerzo era muy aburrido sin ti.

Miré alrededor de la mesa.

—Pues no lo parece.

—¿Sabías que la mamá de Paul trabajó en la NASA? —me preguntó Sam—. Y Trevor tiene un hermanastro que escribe novelas policíacas.

Matt nos miró con expresión de tristeza desde el otro extremo de la mesa.

—Pues en mi familia no hay nadie que haga nada interesante.

Sabía que no debía sentirme celoso, pero Sam solo llevaba allí una semana y ya tenía más amigos que yo. Y no era que no me gustaran Matt, Trevor, Paul y Jackson..., lo que ocurría era que, en el fondo, había pensado que eso de sentarme con los *cupcakes* era temporal. No se me había ocurrido que podía convertirme en uno de ellos.

—¡Escuchen una cosa! —dijo Sam a todos los demás—. ¿Saben algo de Conrad Eldridge?

Dejé de masticar y miré muy serio a Sam. Ella me contestó con una mirada que parecía decir: «Cálmate, que tengo un plan».

Jackson fue el primero en hablar:

—Sé lo suficiente como para permanecer alejado de él.

—Exacto —dijo Trevor—. Pero hace buenas migas con tu mejor amigo, ¿no, Hector?

—Blake ya no es mi mejor amigo —murmuré.

—¿Recuerdas cuando el año pasado expulsaron a Clay por romper la caja de la limosna de la iglesia para quedarse con el dinero? —dijo Paul—. Pues por lo que he oído, fue Conrad quien lo hizo, pero él acusó a Clay.

—¡Eso mismo me hizo a mí! —dijo Matt—. Decía que había escrito algo malo sobre la señora Ford en la pared de los baños.

—¿Y lo hiciste? —preguntó Trevor.

—¡Qué va! —Matt sacudía la cabeza—. No tuve problemas, porque no tenían pruebas, pero la señora Ford me odia desde entonces.

—La señora Ford odia a todo el mundo —dijo Trevor.

Sam no se perdía detalle de lo que decían aquellos dos.

—Así que podría decirse que Conrad siempre ha hecho *bullying*, ¿no?

Jackson bebió un trago de su agua y luego dijo:

—Pero todos los profesores creen que es un santo. San Conrad. Es como si nada pudiera alcanzarlo.

—De seguro les pegaba a los otros bebés en el hospital donde nació —dijo Paul— y les echaba la culpa a las enfermeras.

No estaba seguro de lo que Sam quería demostrar —ya sabía que Conrad era un impresentable—, pero antes de que pudiera preguntársalo aparecieron la coronel Musser junto con el entrenador Barbary y el director, el señor O'Shea. Entraron en el comedor y pasaron entre las mesas hasta detenerse por fin junto a la de Blake. Todo el mundo volteó a ver lo que ocurría. El entrenador, la Musser y O'Shea se pusieron alrededor de él. No pude oír lo que decían, pero incluso el director parecía enojado.

Conrad se inclinó hacia adelante, le susurró algo a Blake y este se echó a reír. El entrenador Barbary lo puso en pie jalándolo del cuello de la camisa. Los labios de Blake se torcieron en una mueca y se le enrojecieron las mejillas. Manoteó y me señaló, gritando:

—¡Yo no fui!

La coronel Musser, con las cejas tan arqueadas que casi le tocaban la línea del pelo, negó con la cabeza y condujo a Blake hacia la puerta. El entrenador agarró la mochila de mi ex me-

jor amigo y el señor O'Shea dijo algo dirigiéndose al resto de
los chicos de la mesa antes de salir.

—¿Qué les parece que fue eso? —preguntó Paul—. ¿Y qué
apuestan a que Conrad tiene algo que ver?

No conocía la respuesta a ninguna de las dos preguntas,
pero me daba la sensación de que iba a encontrarla bastante
pronto.

26

Todo el mundo hablaba de lo que había ocurrido con Blake durante el almuerzo. Yo esperaba verlo en el pasillo cuando cambiábamos de aulas entre la sexta y la séptima hora, pero no fue así. Me asomé a la oficina de la Musser, pero vi que todavía parecía muy enojada, así que no me atreví a preguntarle nada.

Después de la escuela, estuve tentado de sacar la bici y acercarme a la casa de Blake para preguntarle si estaba bien, pero dudaba de si me contestaría. En lugar de eso, me encerré y practiqué con el piano mientras mamá preparaba la cena. Lo habitual era que Pop y los chicos se alejaran cuando yo ensayaba, de manera que me sorprendió ver que Pop se asomaba y me pedía que lo acompañara a la tienda. Yo no quería ir y él lo había formulado como una pregunta, pero aun así no se me ocurrió negarme, porque Pop no habría aceptado un no.

Cantaba acompañando la canción country que sonaba en la radio. Tenía una voz como de motor oxidado, y cuando no se sabía la letra, se la inventaba. No necesitábamos gran cosa de la tienda, así que enseguida estuvimos de nuevo en el coche, pero en lugar de dirigirse directamente a casa, Pop dio un rodeo por la carretera de la playa y se estacionó a un lado.

—Tu mamá está preocupada por ti, Hector —dijo, girándose hacia mí y apoyándose en el volante.

No supe qué decir, y simplemente murmuré:

—Estoy bien.

—Jason y Lee son fáciles de entender, porque son como yo a su edad, pero en tu caso no es así. Eres muy duro de pelar.

—No lo hago a propósito.

Por algún motivo eso le hizo sonreír.

—Te pareces mucho a tu mamá. Es tan lista que me cuesta adivinar lo que piensa y a veces necesito que me lo explique.

—Ah, bien... —dije.

Pop tamborileó en el volante con los dedos. Parecía incómodo, como si hubiera preferido estar en cualquier otro sitio antes que encerrado conmigo en ese coche.

—A ver si me explico... Lo que quiero decir es que tal vez me cueste un poco entender lo que te está ocurriendo, pero aun así querría saberlo, quiero que me lo cuentes. Tal vez tengas que hacerlo despacio y usar palabras sencillas, eso sí.

Pop hizo una mueca y yo no puede evitar sonreír.

—Es solo que... —empecé.

—¿Es difícil tener once?

—Sí.

Pop asintió con complicidad.

—Pues ya verás cuando tengas trece.

—¿Tengo que preocuparme por eso?

—Hombre... —dijo—, tu mamá preferiría que no, claro...

Pop estaba esforzándose y yo sentía como si tuviera que decirle algo.

—Te juro que no estoy buscándoles problemas a ti y a mamá.

—¿Tiene algo que ver con ese chico que se llama Blake? Asentí.

—¿Es más que un amigo? —preguntó Pop—. Porque me parecería bien si lo fuera.

Miré a un lado.

—Ya ni siquiera es un amigo.

Se quedó callado un momento. Finalmente me dio una palmada en el hombro.

—Creo que ya lo entiendo.

—¿Ah, sí?

—Christine Fink.

—¿Quién es? —pregunté.

—Cuando estaba en quinto le di una tarjeta el día de San Valentín y ella le dijo a todo el mundo que me había visto hurgándome la nariz y que me comía los mocos.

—¡Eeeh! ¡Pop!

—No era verdad —dijo él—, pero todos le creyeron, así que en la clase empezaron a llamarme comemocos, y duró todo el año. Estuve a punto de no pasar de año.

—Blake me llamó algo peor que Comemocos. Mucho peor.

Pop apretó los labios.

—Si se lo digo a tu mamá, lo más probable es que llame a las mamás de Blake.

—Eso no arreglaría nada.

—Lo imaginaba. —Pop puso en marcha el motor y volvió a la carretera—. Oye, Hector, creo que está bien arreglártelas solito y enfrentarte a los que te acosan, pero pedir auxilio no es ninguna vergüenza. Todos necesitamos ayuda en alguna ocasión. ¿Te parece?

—Gracias, Comemocos.

Pop se echó a reír.

Hablar con él no había solucionado nada —seguía sin saber qué hacer con Blake, con el gélim y con mamá—, pero sí que me sentía algo mejor.

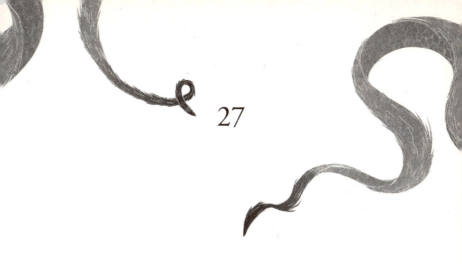

27

Después de que Pop me dejara en la escuela, me dirigí a la biblioteca para encontrarme con Sam, pero la puerta estaba cerrada, lo que no era para nada habitual. El señor Morhill siempre llegaba temprano. Me asomé por encima de los setos para escudriñar por las ventanas, pero el interior de la biblioteca estaba a oscuras. Cuando me di la vuelta, Blake estaba al pie de las escaleras, flanqueado por Evan Christopher y Conrad Eldridge, que tenía las manos metidas en los bolsillos. El músculo de la mandíbula de Blake se tensaba y tenía los ojos hinchados, como si hubiera estado llorando toda la noche.

—Sé que fuiste tú, friki.

Retrocedí hasta topar con la puerta. No podía escapar.

—¿Que fui yo? No sé de qué me hablas. —Me sentí orgulloso de que no me temblara la voz.

Conrad le susurró algo al oído a Blake y esto provocó en él una cruel sonrisa.

—¿Cómo lo hiciste? No sabía que fueras capaz de algo así.

Evan Christopher vacilaba, como si no estuviera seguro de lo que hacían ni de querer estar allí, pero Blake y Conrad formaban un muro infranqueable.

—Te juro que no sé de qué me hablas.

Blake escupió en el suelo.

—Pues resulta —empezó a decir, acercándose a mí a medida que hablaba— que mi casillero del vestidor estaba abierto justo cuando pasaba por allí el entrenador Barbary y parece que vio algo dentro que no era normal: una pulsera que pertenecía a la coronel Musser.

—Pues sigo sin saber qué...

Nada de lo que Blake decía tenía sentido para mí.

—El director O'Shea llamó a mis mamás.. —Blake me empujó—. Me dejaron sin PlayStation. —Volvió a empujarme—. ¡Estoy castigado durante un mes y tendré que hacer tareas durante el almuerzo por mucho más tiempo! —Me empujó todavía más fuerte, pero yo no podía escabullirme, de manera que chocaba una y otra vez contra la puerta.

—¡Blake, va, escúchame! ¡Te estoy diciendo que no sé de qué me hablas!

—Ahora me tienen por un ladrón —dijo Blake—, ¡pero yo no robé nada. Así que ¿cómo fue a parar la pulsera de la coronel Musser a mi casillero?

—¡Oye! ¿Qué pasa aquí?

Nunca en la vida me había alegrado tanto de ver a Jason. Venía hacia nosotros corriendo, con la cara roja y sudorosa de jugar básquet.

Blake dio media vuelta y se mantuvo firme.

—Tu hermano es un ladrón y un mentiroso. —Conrad le susurró algo al oído—. Y además es un friki.

—Oye, déjalo —dijo Evan.

Jason estaba pálido y se le veían los hombros en tensión.

—No hables así de Hector.

—¿Por qué no? —preguntó Blake—. ¿Por qué no, si es verdad?

Mi hermanastro volteó hacia Conrad.

—¿Y tú qué haces con uno de sexto? ¿Es porque todos los de tu clase piensan que eres un tarado?

Conrad arrugó la frente y avanzó hacia Jason. En una pelea contra cualquier otro, habría apostado por mi hermanastro, por la experiencia que tenía en sus luchas con Lee y Pop, pero Conrad me parecía el tipo de chico que no jugaba limpio y que haría cualquier cosa por ganar.

Blake levantó el pulgar por encima del hombro para señalarme.

—¿Sabes que casi consigue que me expulsen? Le robó una pulsera a la coronel Musser y luego la puso en mi casillero.

—¡No es verdad! —le dije—. ¡Te estoy diciendo que no sé de qué me hablas!

—Me da igual qué problema tengan con Hector —dijo Jason—, pero lo que tienen que hacer es dejarlo en paz. Todos ustedes.

—¿Vas a obligarme? —Blake se adelantó para apoyar a Conrad.

Detrás de mí se oyó el ruido de la puerta de la biblioteca y me aparté justo en el momento en que se abría. El señor Morhill asomó la cabeza y se metió en la escena.

—¿Algún problema, Blake Nesbitt?

Conrad le susurró algo al oído y Blake dijo:

—Pues no.

Entonces él, Conrad y Evan se fueron hacia el edificio principal.

Jason esperó hasta que se fueron y luego me hizo un gesto de complicidad antes de irse. Entonces yo me introduje en la seguridad de la biblioteca.

El señor Morhill se ocupó de encender las luces mientras yo me sentaba e intentaba entender lo que acababa de pasar.

—Siento el retraso de esta mañana. Sam no irá a clase hoy.

—¿Está bien?

—No es nada que deba preocuparte. —Cuando el señor Morhill hubo acabado con las luces, se puso tras el mostrador de la entrada, cruzó las manos frente a él y me dedicó su atención exclusiva—. Y ahora, ¿puedes explicarme lo que ocurría ahí afuera?

Negué con la cabeza.

—Me gustaría ayudarle, señor Griggs, pero no puedo hacerlo si no confía en mí.

Yo no quería hablar. Ni con el señor Morhill ni con nadie. Me levanté y me dirigí a la sala de música.

—Piano.

Fue todo lo que pude decir. El señor Morhill no hizo ademán de detenerme.

El miedo que me daba el gélim no era nada comparado con lo que había sentido con Blake ahí afuera. Realmente se parecía al chico que había sido mi mejor amigo, pero no era la misma persona. Mi mundo estaba patas arriba. Antes de pedirle que fuera mi novio, habría sido él quien me habría defendido frente a alguien como Conrad, y nunca me habría insultado. Sin embargo, había sido Jason el que me había rescatado, y eso que yo pensaba que le habría hecho feliz ver a Conrad dándome una paliza.

Estuve tocando el piano en la sala de música hasta que sonó el timbre y luego fui a formarme en la fila de mi clase.

Me mantuve todo el día cabizbajo, tratando de evitar cualquier tipo de problema. Todo estuvo bien hasta la clase de Ciencias. Me metí en el aula de la coronel Musser, me senté en mi lugar y me dediqué a mirar el tablero de mi mesa. Cuando la clase empezó, levanté la cabeza para ver el diagrama de la estructura interna de una célula en el pizarrón y evitar que la Musser me gritara por estar dormido. Y entonces fue cuando vi la pulsera. La coronel Musser llevaba un brazalete de plata con una turquesa engarzada.

Ese tenía que ser el brazalete del que hablaba Blake, ese por el que lo habían acusado de robar, y yo lo había visto antes.

Mi mano salió disparada al aire y pedí permiso para ir al baño.

—¡Es una emergencia!

La coronel Musser refunfuñó, pero me dejó salir. Tan pronto como estuve en el pasillo, corrí hacia el baño.

—¿Orson? —dije mientras me invisibilizaba.

—¡Hector! —Orson también se metió en el baño, con una gran sonrisa—. Llevo siguiéndote toda la mañana, tengo tanto que...

—Pero ¿qué hiciste? —le dije en tono acusatorio.

Orson dejó de hablar. Su sonrisa desapareció, parecía confundido.

—Yo no...

—¡Me enseñaste esa pulsera! ¡Me dijiste que era de la Musser! ¿Cómo pudo acabar en el casillero de Blake?

Orson dejó caer los hombros.

—Metió tus cosas en los excusados. Yo solo quise devolverle la jugada después de lo que te había hecho.

—¡Blake cree que fui yo quien metió la pulsera en su casillero! —Casi estaba gritando, pero no me preocupaba que alguien pudiera oírme—. ¡Empeoraste las cosas todavía más!

—Hector, yo...

—Déjame en paz, ¿quieres?

Me volví visible y salí del baño.

Durante la comida, solamente se hablaba de Blake. Nadie sabía muy bien qué había hecho el día antes para meterse en problemas, pero todos tenían su versión.

—Escuché que le robó dinero a la señora Ford —dijo Trevor.

Paul negaba con la cabeza.

—Le dijo en confesión al padre Allison que había copiado en un par de exámenes.

Matt le dio un golpe en el brazo.

—¡Qué te inventas! ¡Pero si los curas no le dicen a nadie lo que les cuentas cuando te confiesas...! —Miró alrededor de la mesa—. ¿Verdad?

De la última persona en el mundo de la que quería hablar era de Blake. Sé que Orson solo quería ayudarme, pero no me parecía bien culpar a mi antiguo mejor amigo de un delito que no había cometido. Deseaba encontrar una manera de limpiar el nombre de Blake sin incriminarme a mí mismo, pero la coronel Musser no iba a creer la historia de que un chico invisible, que había desaparecido hacía tres años y vivía en un lugar muy raro al que iban a parar las cosas que se perdían, había encontrado su pulsera de plata y la había dejado en el casillero de Blake para vengarse por lo que su repelente amigo de octavo había hecho con mis cosas en el baño del gimnasio.

Orson no tenía derecho a interferir en mis problemas con Blake, pero sentía curiosidad por cómo había puesto la pulsera en el casillero. La última vez que yo había visto la joya estaba en la iglesia y, en principio, Orson no podía desplazarla al mundo real, por mucho que admitiera que había sido él quien lo había hecho.

—¡Oye! —dijo Jackson, dándome puntapiés por debajo de la mesa—. ¿Dónde está Sam?

Me encogí de hombros.

—Se sentirá mal, supongo.

—Ah.

Todos parecían decepcionados por la ausencia de Sam, y eso me hizo pensar.

—¿Cómo es que ninguno de ustedes hablaba conmigo antes de que apareciera Sam?

Paul tomó un sorbo de su botella de agua.

—¿Y tú? ¿Por qué no nos hablabas tú?

—Entiendo la pregunta, sí —dije—, pero antes tampoco parecía que hablaran mucho entre ustedes… Pero entonces aparece Sam y de pronto son los mejores amigos del mundo.

—Es más fácil hacerse amigo de alguien que no sabe por qué los demás creen que eres un bicho raro —dijo Jackson.

—Yo no sé por qué la gente cree que son raros.

—Será porque ni te has preocupado por preguntarlo —dijo Jackson apretando los labios.

Eso parecía una acusación. Pero en cualquier caso era cierto. Todo lo que sabía era que a esa mesa se sentaban los *cupcakes*. No sabía por qué los llamaban así y no había hecho ningún esfuerzo por averiguarlo.

—Bueno, pues lo pregunto ahora —dije—. ¿Por qué razón piensan que son raros?

Se hizo un silencio hasta que Paul levantó la mano y dijo:

—Yo, por lo visto, soy un blando porque voy a ballet y me pinto las uñas.

—Y yo porque tengo asma —dijo Trevor— y no puedo hacer deporte.

Paul se incorporó para mirarlo.

—¡Claro! ¡Por eso te llaman «Asmito»!

—¡Odio ese apodo! —susurró Trevor.

Volteé a ver a Jackson por ver qué decía, y me encontré con una versión exagerada del arqueo de cejas de la Musser.

—Y yo les parezco rarito porque me gustan los deportes pero soy muy malo en todos, porque no dejo que nadie me toque el pelo, porque traigo comida que todos piensan que es de otro mundo y porque no vivo en la misma zona de la ciudad que todos ustedes. Elijan la razón que quieran.

—Vaya —dije—, son muchas... Pero son tonterías.

—¡Todas las razones son tonterías! —dijo Paul.

Apostaría a que Orson se había sentido de la misma manera que Jackson cuando había sido visible. Era como si el resto de alumnos lo viera, pero sin darse cuenta de cómo era en realidad.

Todos miramos entonces a Matt, que estaba comiéndose su almuerzo tranquilamente. Al final, este nos miró y dijo:

—Okey.... Cuando estaba en cuarto, fui a una piyamada en Halloween y me hice pis en la cama. Pero fue solo porque me había bebido un litro de cerveza de raíz de un trago justo antes de ir a dormir. ¿Satisfechos?

Ninguna de las razones que habían ofrecido parecían suficientes para hacer de esos chicos unos marginados. ¿A quién podía importarle lo que había pasado en tercer o cuarto grado? ¿Y qué tenía de malo pintarse las uñas o hacer ballet?

—Yo le pedí a Blake que fuera mi novio —expliqué—. Él me insultó y entonces le quemé un proyecto de Ciencias.

—¡Vaya! —Los ojos de Matt se habían hecho enormes.

—Pues lo tenía muy fácil —dijo Jackson—. Bastaba con que dijera «No, gracias». ¡Ya está!

—¡Eso mismo dije yo! —coincidí riendo.

Todos los chicos empezaron a hablar a la vez. Me preguntaron cómo había quemado el proyecto de Blake, por qué había querido que fuera mi novio y si había sido él quien había tirado mis cosas a los excusados. Cuando estaba contando cómo me había metido en el jardín de Blake, Gordi se deslizó hasta nuestra mesa.

—No pienso ir a ningún lugar para ver a Blake —le dije—. Ya puedes decírselo.

Gordi mantenía la mirada baja y negaba con la cabeza.

—No estoy aquí por él.

—¿Y entonces?

—Yo... —Gordi me miró—. ¿Puedo sentarme con ustedes, chicos?

Mi primer impulso fue decirle que no, pero no creía que Gordi tuviera ningún otro lugar al que ir y no podía hacerle esa grosería. Miré a los demás. Como nadie protestó, le dije:

—Okey. Aquí todo el mundo es bienvenido.

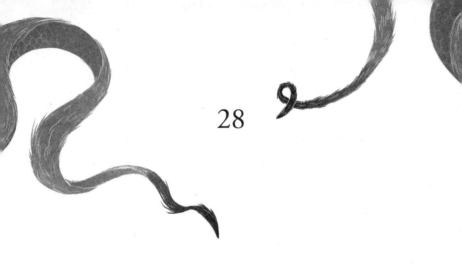

28

Sam no volvió a la escuela hasta el viernes, y me parecieron los tres días más largos de toda mi vida. En casa intentaba hablar con Jason, pero él encontraba cualquier excusa para escabullirse. Solamente quería saber por qué me había defendido ante Blake y Conrad, cuando no perdía ocasión de demostrarme que prefería que yo no hubiera nacido. En la escuela no hubo muchos cambios. Blake me miraba, pero sin hablarme, ni siquiera para insultarme mientras dábamos vueltas al campo. El entrenador las había reintroducido tras la pausa del lunes. Yo seguía evitando a Orson y no me volvía invisible: estaba demasiado enojado como para preguntarle qué le había llevado a incriminar a Blake por el robo de la pulsera. El único cambio real era el de los almuerzos, porque había ido tratando a los demás chicos. Lamentaba haber tardado tanto en concederme la posibilidad de conocerlos.

El viernes por la mañana me encontré a Sam esperándome en la biblioteca.

—¿Estás bien? —pregunté.

—Solo fue un resfriado —me dijo con la voz todavía un poco ronca—. ¿Me perdí algo?

Le conté lo que había ocurrido con Blake: que lo habían culpado del robo de la pulsera de la coronel Musser y que había sido Orson quien la había colocado en su casillero para que lo castigaran. No le mencioné que le dije a Orson a gritos que me dejara en paz.

—¿Y cómo pudo hacerlo? —dijo Sam cuando finalicé mis explicaciones—. Pensaba que no podía influir en las cosas de este lado.

—Pues no lo sé.

—¿No se lo has preguntado?

Negué con la cabeza, incapaz de mirarla a los ojos.

Con expresión de extrañeza, Sam agarró el *walkie-talkie* de su mochila y lo encendió.

—¡Por fin! —se oyó exclamar a Orson tras un chirrido—. ¡Hector, lo siento! ¡Si hubiera sabido que ibas a enojarte tanto, no lo habría hecho!

Sam me miró y luego miró el *walkie-talkie*.

—¡Me pierdo! A ver, ¿qué ocurre aquí?

—¡Por favor, no vuelvas a ignorarme, Hector! ¡Estoy tan solo, sin nadie con quien hablar! ¡No volveré a hacer algo así nunca más, te lo prometo!

Orson parecía realmente arrepentido y yo me sentía fatal por haber sido tan antipático con él. Había experimentado la soledad durante mucho tiempo, y justo cuando había encontrado a alguien con quien volver a hablar —a mí—, yo lo había abandonado.

—No tenías que haber metido en problemas a Blake, pero siento haberte gritado.

Me resultaba difícil hablar con Orson sin poder verlo. Miré a Sam, y debió de adivinar lo que estaba pensando, porque dijo:

—Vamos, adelante.

Me volví invisible. En el momento en que lo hice, Orson me echó los brazos al cuello y me abrazó tan fuerte que dolía.

—Lo siento, Hector. Por lo que más quieras, no vuelvas a dejarme así. Nunca más me meteré con Blake, lo prometo.

Los últimos rescoldos de mi enojo se habían apagado. Lo que había hecho Orson estaba mal, pero no podía seguir enojado con él, porque su única intención había sido ayudarme. Le devolví el abrazo.

—Está bien. Somos amigos.

—¿Hola? ¿Orson? ¿Hector?

Solté a Orson y volví a hacerme visible.

—Luego te lo explico —le dije a Sam.

—No hace falta. Creo que lo entiendo. —Aquel tono hizo que me sintiera todavía más culpable por cómo había tratado a Orson—. Yo lo que quiero saber, Orson, es cómo pudiste dejar la pulsera en el casillero de Blake.

Hubo un silencio. Intenté imaginar la cara de Orson, su manera de apretar los labios mientras pensaba.

—A veces puedo devolver las cosas que se pierden y aparecen en este lado empujándolas hacia su lado —dijo.

Sam me miró y se encogió de hombros. Luego dijo:

—¿Y la puerta del casillero? ¿Cómo la abriste?

—Ya estaba abierta. Yo lo que tenía planeado era dejar la pulsera en el cajón del pupitre de Blake, pero estaba huyendo del gélim...

—¿El gélim te perseguía? —pregunté angustiado, sintiendo que se me erizaba el vello de la nuca.

—Creo que sí… Lo sentía cerca. Volteaba todo el tiempo mientras corría para ver si me seguía y acabé en los vestidores. La puerta del casillero de Blake estaba abierta, y me pareció que era un lugar tan bueno como cualquier otro para dejar la pulsera.

—¿Y cómo sabías cuál era su casillero? —preguntó Sam.

Se oyó un bufido por el *walkie-talkie*, alto y claro.

—Conozco todos y cada uno de los casilleros de esta escuela. Pero ¿tienen una idea de lo aburrido que es esto? ¡Estoy solo! ¡Me aburro tanto que a veces me siento a escuchar las clases de la señora Ford! ¡Y eso solo para sentirme parte de su mundo!

Sam arrugó la nariz.

—¡Uf, increíble!

Para volver al tema, dije:

—¿Y qué vamos a hacer respecto a Blake?

—No creo que haya nada que podamos hacer —dijo Sam, dándose golpecitos en los labios mientras pensaba—. Por otra parte, me preocupa más que el gélim no deje a Orson en paz.

Cuando Orson volvió a hablar a través del *walkie-talkie*, parecía que se había tranquilizado.

—Últimamente viene más a menudo a la iglesia por la noche. Puedo oírlo por las ventanas. Se burla de mí, repite mi nombre… A veces me parece que lo más fácil sería dejar que me capturara de una vez.

—¡Ni se te ocurra! —dije—. ¡Quítate eso de la cabeza!

Orson no dijo nada por unos segundos.

—¿Estás ahí? —dijo Sam—. ¿Orson?

Por fin volvimos a oír su voz.

—No se preocupen, que no me rindo. Solo que es duro, eso sí.

Después de todo lo que Blake había dicho y hecho, me sabía mal que cargara con una culpa que no le correspondía, pero Sam tenía razón: el gélim era la amenaza más inmediata.

—¿Alguna idea sobre cómo luchar contra el monstruo y traer de vuelta a Orson?

—Pues realmente hay algo que quiero probar —dijo Sam.

—¿Qué? —dijimos a la vez Orson y yo.

Sam apretó los labios.

—Sé que es peligroso con el gélim rondando por allá, pero necesitaría que te convirtieras en invisible en la sala de los archivos y que la dejaras abierta para mí. ¿Puedes hacerlo?

—No funcionará —dijo Orson.

—¿Por qué no? —preguntó Sam.

Yo también sentía curiosidad. El *walkie-talkie* chasqueó.

—Si la sala de archivos está cerrada en su lado, también lo estará en este.

Miré a Sam y me encogí de hombros.

—Lo siento.

—¿Saben quién tiene las llaves?

—Bueno, la señorita DeVore, pero...

—Yo podría distraerla —dijo Orson—. Entonces Hector puede agarrar las llaves, abrir la puerta y dejarlas luego en su lugar antes de que la señorita DeVore se dé cuenta.

—¿Cómo van a hacer eso? —preguntó Sam.

La miré y luego miré hacia el lugar donde antes había visto a Orson, esperando a que uno de ellos hablara primero.

—¿Por qué no soy yo quien distrae a la señorita DeVore? —dijo Sam—. Puedo hacer que salga de la oficina y así Hector le roba las llaves, mientras tú, Orson, vigilas.

Era un buen plan... Pero yo tenía una objeción.

—¿Y el gélim?

No podía evitar recordar ese tentáculo recorriendo las escaleras, esos dientes hundiéndose en mi tobillo...

—¡Oye! —dijo Orson—. Yo no permitiré que nada te haga daño mientras vigilo.

Sabía que era imposible, pero habría jurado que sentía su mano en mi hombro.

—¿Y para qué necesitas que la sala de archivo esté abierta, si puede saberse? —le pregunté a Sam.

—Tengo una teoría que quiero confirmar —contestó ella—. Entonces ¿podrás hacerlo?

Tomar las llaves y abrir la puerta solo me llevaría unos segundos. No iba a ser invisible durante el tiempo suficiente para que el gélim supiera que estaba allí, y Orson estaría vigilando detrás de mí. Nada iba a hacerme daño. Eso esperaba.

—Okey, cuenten conmigo.

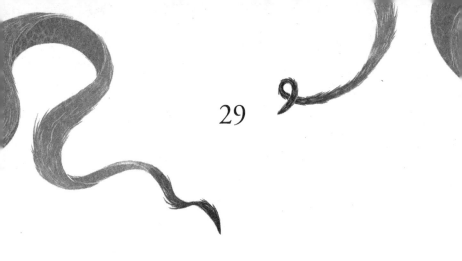

29

Orson me estaba esperando en las escaleras al final del día. Nos pegamos a la pared del exterior de la oficina principal mientras los demás alumnos se apresuraban en su camino hacia la parte delantera del edificio, donde se encontrarían con los padres o subirían al autobús. Sam llegaría pronto para distraer a la señorita DeVore, pero no disponíamos de mucho tiempo. Jason probablemente ya estaba fuera esperando a que Pop nos recogiera.

—Lo siento —dijo Orson de pronto.

—No pasa nada...

Volteó a verme.

—Sí que pasa. No hice bien incriminando a Blake en un robo. —Se dejó caer hasta la alfombra y se abrazó las piernas flexionadas—. He estado solo tanto tiempo... Ahora, después de conocerte, me aterroriza la posibilidad de volver a quedarme solo. Pensé que, si le hacía pagar a Blake lo que te había hecho, conseguiría gustarte y así no me dejarías...

Me senté junto a él, hombro con hombro.

—Ya me gustas, Orson. Somos amigos. Tú y Sam son mis mejores amigos, por mucho.

No podía ni imaginarme lo que yo habría hecho por tener amigos, de haber estado solo durante tanto tiempo como Orson. Tenía la esperanza de que Sam y yo podríamos ayudarle a encontrar el camino de regreso a casa.

—¿De verdad? —preguntó Orson—. ¿Incluso después de lo que hice?

—Te guste o no, aquí estamos, pegaditos. —Sonreí, y él se echó a reír.

Finalmente, Sam llegó corriendo por el pasillo en el que estábamos nosotros, frente a la puerta de la oficina de la señorita DeVore.

—Listos, ¿verdad? —susurró. Y luego entró—. Señorita DeVore, hay uno de segundo que no quiere bajar de un árbol. Necesito que alguien hable con él y lo haga entrar en razón.

Orson rio entre dientes.

—¿No se le pudo ocurrir nada mejor? ¿Que un chico no quiere bajar de un árbol?

Le indiqué que guardara silencio, por mucho que nadie pudiera oírnos.

—Ay, no sé —dijo la señorita DeVore—. Parece algo que haría mejor el entrenador...

—¡No hay tiempo! ¡Vamos!

Un momento después Sam, seguida por la señorita DeVore, salía apresuradamente de la oficina. Ahora me tocaba a mí. Me hice visible, tomé las llaves del escritorio, volví a invisibilizarme y corrí hasta donde Orson me esperaba. Abrí la puerta del archivo y la probé para asegurarme de que permanecería abierta. Luego volví corriendo a la oficina de la señorita DeVore y volví a dejar las llaves donde estaban. Esperaba que no notara que alguien las había tocado. Me sentía como un agente secreto.

—¡Oye! —le grité a Orson—. ¿Tú por qué crees que Sam quiere entrar en la sala de los archivos?

Orson no contestó. Cuando salí de la oficina, tenía la cabeza inclinada a un lado, como un perro que escucha un sonido inaudible para un humano, y apoyaba el peso del cuerpo a uno y otro lado, alternativamente.

—¿Qué...?

—Calla... —Se llevó el índice a los labios—. ¿No lo notas? —susurró.

No había notado nada hasta que él lo mencionó, pero el aire parecía más frío. Húmedo. Estaba a punto de decirlo cuando vi un par de tentáculos arrastrándose desde las puertas frontales. El extremo de uno me golpeó en el pecho y me lanzó de espaldas contra la pared; me quedé sin respiración.

Estaba aturdido y me dolía todo, pero Orson me agarró el brazo y se lo puso alrededor de los hombros.

—¡Tenemos que correr, Hector!

Orson medio cargó conmigo, medio me arrastró pasillo abajo, lejos de los tentáculos que seguían avanzando. Primero dos. Luego tres. Hasta cuatro consiguieron penetrar. Las bocas hambrientas de la parte inferior chasqueaban los labios y entrechocaban los dientes. Podía percibir su aliento. Era tan apestoso como el de Jason por la mañana. Pero peor que aquel olor nauseabundo eran los sentimientos, que amenazaban con ahogarme. Nunca podría escapar. Era un fraude, un fracasado. Un *cupcake*. Era todo lo que Blake decía que era, y no podría cambiar eso, por mucho que lo intentara.

—Déjame aquí y ponte a salvo.

—¡¿Qué dices?! —contestó Orson—. No dejes que se te meta en la cabeza.

Me agarré a su voz. Orson era el chico que había escapado del gélim durante años. Y si él lo había hecho durante tanto tiempo, yo podría hacerlo durante unos cuantos minutos más. Me concentré en poner un pie delante de otro, apoyándome en Orson, pero sin frenarlo en la medida de lo posible.

Salimos del edificio por atrás. Orson me dejó recuperándome contra la baranda mientras él cerraba las puertas.

—Dame tu cinturón —dijo.

Parecía mucho más calmado que yo. El corazón estaba a punto de salírseme por la boca, y tenía ganas de vomitar.

Los tentáculos golpeaban las puertas y Orson retrocedió para tomar impulso y empujarlas con todas sus fuerzas para impedir que el monstruo las abriera. Me quité el cinturón y se lo entregué. Orson lo utilizó para atar firmemente las manijas.

—No aguantará mucho —dijo.

—¿Vamos a la iglesia? —logré preguntar.

Las puertas temblaban mientras el gélim empleaba toda su fuerza para traspasarlas.

Orson negó con la cabeza.

—A la iglesia voy yo. Tú hazte visible y sal de aquí.

—Pero...

—No tienes por qué quedarte. Yo no puedo hacer otra cosa, y no tiene sentido que los dos nos arriesguemos a que nos atrape.

Las puertas dejaron de temblar.

—Ahora vendrá por el otro lado. Yo lo despistaré. Biblioteca. Lunes por la mañana.

Sin darme tiempo para objetar nada, corrió hacia la iglesia.

No me gustaba irme, pero Orson no me había dado otra opción. Tal vez si hubiera sido más valiente, lo habría seguido y los dos nos habríamos enfrentado juntos al gélim. En lugar de eso, salí en dirección opuesta, por la fachada de la escuela hacia el lugar en el que dejaban y recogían a los alumnos, donde Pop probablemente estaría esperándome, molesto porque llegaba tarde. Antes de alejarme demasiado, pensé en mi cinturón. Mamá me regañaría si llegaba a casa sin él, y ya no quería darle más razones para enojarse conmigo. Retrocedí hacia las puertas de atrás y casi lancé un grito cuando vi a Conrad Eldridge rondando por allí, como olfateando rastros.

Yo seguía siendo invisible, pero aun así contuve la respiración, temeroso de hacer ningún ruido. Había alguna cosa rara en él. Bueno, de hecho, Conrad siempre me parecía alguien raro e inquietante. Pero cuanto más lo observaba, más me convencía de que algo en él no me cuadraba. Me acerqué sigilosamente sin dejar de ser invisible y fue entonces cuando vi cuál era el problema: ¡Conrad no tenía sombra! Me moví a su alrededor con cuidado y lo comprobé desde todos los ángulos. Efectivamente, no tenía sombra. ¿Y qué significaba eso? Orson decía que solo carecían de sombra los objetos que pertenecían al lugar adonde iban las cosas perdidas. ¿Acaso Conrad era invisible como yo? ¿Era él el gélim? Ese pensamiento se me hacía demasiado inconcebible. Tenía que hablar con Orson y Sam. Un momento después, la cabeza de Conrad se enderezó como si hubiera captado un rastro y corrió en la misma dirección que había tomado Orson.

Recuperé el cinturón desatándolo de las manijas y me fui corriendo hacia la fachada delantera de la escuela. Deseé convertirme en visible, pero no ocurrió nada. Me detuve y me concentré. Sentía como si algo me fijara al lugar con velcro.

Tenía que jalarme con fuerza para liberarme. Vi que mi reflejo en las ventanas relumbró y se desvaneció. Apareció un segundo y luego desapareció. Cerré los ojos y lo intenté con todas mis fuerzas, con un empujón enorme. Sentí como si fuera un grano de maíz al separarse de la mazorca. De cualquier modo, cuando abrí los ojos, comprobé aliviado que volvía a reflejarme en el cristal.

Llegué a la parte delantera de la escuela, preparado para una reprimenda de Pop por haber llegado tarde, pero en lugar de eso, vi que su coche se marchaba.

—¡Pop! ¿Adónde vas? —Hice gestos con los brazos y corrí detrás, pero no me vio.

Volví vacilante a los escalones de la entrada y me senté. No podía creer que Pop se hubiera ido sin mí. ¿Cómo había hecho algo así? ¿Le habría dicho Jason que me había ido con alguien? ¿Creían que mamá me había recogido para alguna visita en el dentista? ¿Qué más podía salir mal?

—¿Hector? ¿Qué estás haciendo aquí? ¿No viste que tu padrastro se marchaba? —La coronel Musser estaba de pie ante mí, protegiéndome del sol con su larga sombra.

Asentí con tristeza.

Se sentó junto a mí.

—Entonces supongo que tendremos que esperar juntos a que se dé cuenta de su error.

No se me ocurrió qué contestarle. No había tenido tiempo de procesar la nueva persecución del gélim y ahora además me preocupaba que Conrad Eldridge no tuviera sombra, aun desconociendo cómo era eso posible ni qué significaba... Y luego estaban los problemas a la hora de volverme a hacer visible. No quería dejar solo a Orson en el país de las cosas perdidas, pero me aterrorizaba quedarme atrapado allí con él.

—¿Va todo bien, Hector?

Estaba claro que no podía decirle la verdad.

—Sí, bien. Sí, supongo.

—Parecen cambiados. Tú y Blake Nesbitt. Tú te vas de clase y luego inventas historias de monstruos. Él no hace los trabajos asignados, se ha vuelto un contestón y... —La voz de la Musser se apagó. Se miró la pulsera en su muñeca—. Ustedes dos son amigos, ¿verdad?

—Lo éramos.

—¡Ah! —Se mantuvo en silencio por un momento. Era muy raro eso de estar hablando con ella. Parecía una persona real, y no solo una profesora—. ¿Has oído hablar del experimento de la doble rendija, Hector?

—No, señora.

La coronel Musser se aclaró la garganta.

—Según la versión corta, la luz tiene tanto las propiedades de las partículas como las de las ondas. El experimento de la doble rendija probaba que la luz sigue actuando como una onda incluso cuando es una partícula solitaria. Lo hicieron disparando luz, de fotón en fotón, a través de una barrera con dos rendijas en ella para que el fotón pasara.

—Qué raro —dije.

La Musser rio.

—Lo más extraño fue que cuando los científicos quisieron determinar por qué rendija pasaban los fotones individuales, estos dejaron de actuar como ondas.

—¿De verdad?

Aunque las Ciencias no eran mi asignatura preferida, la coronel Musser sabía cómo hacerlas interesantes.

—De verdad —dijo—. El hecho de observar los fotones hizo que cambiaran su manera de actuar.

—Estupendo.

Y realmente lo era. Pero no entendía qué tenía que ver eso con nada de lo que nos estaba pasando.

—Pues la gente a veces se comporta como esos fotones, Hector. Pueden comportarse de una manera cuando están solos y de otra cuando otros los miran. —Me miró a los ojos—. Es como eso de que los alumnos de esta escuela lleven más de veinte años llamándome «la coronel» a mis espaldas.

Incliné la cabeza y dije:

—Lo siento.

—No es más que un apodo —dijo la Musser.

—Pero los apodos pueden hacer daño.

—Sí, es verdad, pero a veces las palabras tienen poder solamente porque nosotros se lo damos. Eso de que me llamen «la coronel Musser» no me preocupa porque sé que, tras la broma, en el fondo me tienen un poco de miedo.

Nunca se me había ocurrido pensarlo así.

—Pero algunos apodos son insultos y no deberíamos emplearlos, ¿verdad?

—Verdad —dijo—. ¿A ti te han insultado? Porque nuestra política es de tolerancia cero con el acoso.

—Yo... —me interrumpí, cerré la boca y bajé la cabeza.

—Ser diferente es difícil —dijo la Musser con un suspiro—. Confía en mí en cuanto a esto. Lo sé por experiencia.

—¿Ah, sí?

Ella asintió.

—Pero que te insulten por permanecer fiel a lo que eres es mejor que intentar ser lo que no eres para ser popular. Tienes que estar orgulloso de ser quien eres, Hector Griggs, un día el resto del mundo se dará cuenta de lo que vales.

La patrulla de Pop se dirigía hacia nosotros.

—Parece que vienen por ti —dijo la Musser, dándose una palmada en la rodilla antes de levantarse.

—Gracias, señorita Musser. —Me puse en pie y me dirigí hacia el vehículo.

—Y recuerda lo que te dije sobre las partículas de luz, Hector.

En cuanto me metí en el coche, Pop se giró.

—Siento lo que pasó, amigo. Hicimos todo el camino hasta casa antes de darnos cuenta de que no estabas en el asiento de atrás.

Jason me miraba, con una expresión más confundida que la habitual en él.

—¿Se olvidaron de mí?

Pop se echó a reír.

—Normalmente estás tan callado que me sorprende que no pase más a menudo.

—Pues vaya...

Cuando Pop salía del estacionamiento, pude ver a Conrad junto a la iglesia con el padre Carmichael al lado sermoneándolo.

—¿Qué miras? —me preguntó Jason.

—Es solo una cosa... —murmuré.

La sombra del padre Carmichael se proyectaba desde sus pies como la manecilla de un reloj, pero Conrad no tenía sombra alguna. Sin embargo, el hecho de que el padre Carmichael pudiera verlo quería decir que no era invisible. Era enteramente otra cosa, pero no sabía cuál.

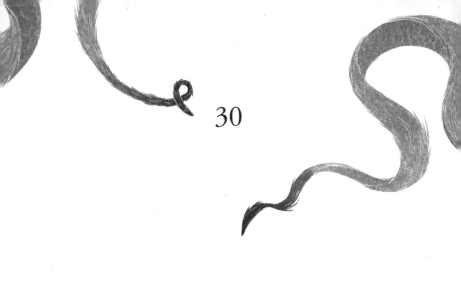

30

Pop encargó pizza el viernes e incluso me dejó elegir para disculparse por haberme olvidado en la escuela. Estuvimos viendo una peli de superhéroes como una familia, y como Pop no paraba de preguntar qué decían todos los personajes, mamá al final puso los subtítulos. Jason, por su parte, hacía bromas todo el rato y Lee estaba demasiado ocupado mandando mensajes a una chica por el celular como para reparar en que existíamos. Me sentía más normal de lo que me había sentido desde la primera vez que me había vuelto invisible en la iglesia, dos semanas antes. Por una noche intenté no pensar ni en Orson, ni en el gélim, ni en lo que significaba la ausencia de sombra de Conrad Eldridge. Pero no podía dejar de pensar en lo que me había explicado la Musser sobre la manera de actuar de los fotones cuando nadie los veía. Eso me dio una idea.

El sábado por la mañana fui con la bici hasta la casa de Blake y llamé a la puerta. Salió una de sus madres. Yo la llamaba señora N., y a su otra madre la llamaba señora Nesbitt.

—¡Hector! Qué alegría verte, cariño. ¿Cómo va esa sonrisa?

La señora N. era dentista y las dentaduras la obsesionaban.

—¿Está Blake en casa?

Se hizo a un lado para dejarme pasar.

—Está en su habitación.

Si la señorita Musser estaba en lo cierto, entonces tal vez mi única posibilidad de arreglar las cosas con Blake era intentarlo donde nadie de la escuela pudiera oírnos. Tal vez, si actuaba de aquella manera, era porque siempre había otras personas alrededor. Esa era mi teoría, por lo menos.

El problema era que Blake no estaba solo. Podía oír que estaba hablando con alguien, y reconocí la voz de la otra persona. Mi primer impulso fue hacerme invisible, para poder escuchar lo que decían sin que me vieran, pero no habría estado bien espiarlos... ¡Además me preocupaba no poder volver a hacerme visible! También pensé en marcharme, pero la señora N. le habría contado a Blake que yo había estado allí, y ya solo faltaba que pensara que le tenía miedo. Sí, le tenía miedo, pero no quería que él lo supiera. Así que, después de considerar todas las posibilidades, entré en su habitación.

Blake y Evan Christopher se voltearon al mismo tiempo. Estaban sentados en el suelo jugando a algo de carreras con el Play. Supuse que Blake había convencido a sus madres para que se lo devolvieran. Evan me sonrió y me saludó con la mano, pero Blake torció el gesto.

—¿Qué haces tú aquí? —preguntó.

Nunca había necesitado una razón para presentarme en su casa. Casi desde el día en que nos habíamos conocido se podía decir que compartíamos casas. A nuestras madres les parecía muy bien que nos quedáramos a comer en casa del otro. Habíamos sido inseparables. Y ahora me sentía como un intruso.

Evan empujó a Blake con el hombro, mirándolo.

—Ay, ¿no pueden hacer las paces? ¡Es una tontería!

Blake le arrebató el control y lo lanzó a un rincón.

—Cállate la boca o lárgate.

Evan me miró un momento y luego apartó la vista.

Yo bajé la cabeza.

—No debería haber venido.

Empecé a darme la vuelta y Blake dijo:

—Eso es, muy bien. ¡Corre, friki!

Me detuve. Había ido a casa de Blake a decirle algo, e iba a decírselo aunque no estuviera solo.

—Hay algo de Conrad Eldridge que no es normal. —No podía explicar eso de que no tuviera sombra, puesto que no lo entendía, pero Blake tenía derecho a saber que ese alumno de octavo no era lo que parecía—. No deberías andar con él.

Blake soltó una risotada.

—¿Y con quién tengo que andar? ¿Contigo y con todos los *cupcakes*? ¡No, gracias!

—¡Por favor, Blake! Escucha, solo...

—¡Por favor! ¡Por favor! —se burló Blake, antes de volver a reír—. Ya sé que fuiste tú quien puso la pulsera en mi casillero, y lo pagarás.

Me di la vuelta para salir de allí.

—¡Lo pagarás, friki!

La señora N. intentó hablar conmigo cuando bajé las escaleras, pero tuve que salir de la casa de Blake antes de empezar a llorar.

Ese mismo día, más tarde, estaba sentado al piano e intentaba practicar cuando apareció mamá. Se sentó a mi lado y me puso el brazo alrededor de los hombros. Era el primer abrazo desde nuestra última pelea. Lo había echado en falta.

—Acabo de hablar por teléfono con Nora Nesbitt.

—Ah...

Era fácil imaginar lo que la madre de Blake le había dicho.

—Melanie y ella están preocupadas por ti. Dice que hacía tiempo que no te veían y que te fuiste de su casa a punto de llorar. —Mamá hizo una pausa—. No tienes por qué contarme lo que pasa entre Blake y tú, pero, si quieres, aquí me tienes.

No podía hablarle de Orson, ni de Sam, ni del gélim, ni siquiera de Conrad Eldridge, y dudaba de que pudiera ayudarme con lo de Blake, pero tal vez sí que podía ayudarme a entender por qué me odiaba tanto.

—Le pedí a Blake que fuera mi novio, y él se enojó y me insultó.

Mamá se puso tensa.

—¿Te insultó? ¿Qué te dijo, Hector?

Negué con la cabeza.

—Por favor, no me hagas decirlo. Y, sobre todo, no se lo digas a sus mamás. Eso solo empeoraría las cosas.

Mamá no dijo nada, así que seguí hablando:

—Cuando me dijo eso, yo estaba tan furioso que me metí en su jardín y le prendí fuego a su proyecto de Ciencias.

—¡Hector Myles Griggs! —Mamá me soltó y se giró para mirarme a los ojos—. ¿En qué estabas pensando?

—¡No podía pensar en nada! ¡Luego intenté disculparme! Le dije que lo sentía y me ofrecí a contárselo a la señorita Musser, pero no quiso escucharme.

Mamá cerró los ojos y respiró hondo.

—Tendremos que hablar de eso de jugar con fuego, pero de momento dejémoslo... ¿Por qué me lo contaste hasta ahora?

—Blake me odia —dije—. Y pensé que, si te lo decía, tú se lo dirías a la señora N. y a la señora Nesbitt, y que entonces Blake me odiaría todavía más.

—Por lo menos ahora ya entiendo por qué has tenido tantos problemas últimamente.

Sentí deseos de poder decirle que lo de Blake no era más que una parte de mis problemas.

—Pero, mamá, ¿por qué es tan malo Blake? Eso es lo que no entiendo.

Resopló y se pasó la mano por el pelo.

—Se me hace que le dio miedo pensar en todo lo que dirían los demás chicos de la escuela si llegaban a enterarse.

—¿Por qué?

—Pues porque la gente puede ser muy cruel con los que son diferentes.

—Pero no hay nada malo en ser diferente —dije—. Todos somos diferentes, de una manera o de otra.

La sonrisa de mamá llevaba una carga de tristeza.

—A la mayoría le lleva una eternidad entender eso que dices. Y hay personas que no llegan a entenderlo nunca. Una de las cosas que más me gustan de ti, Hector, es que ya lo sabes.

—Entonces, según tú, Blake se comporta así conmigo porque no quiere que la gente piense que es diferente.

—Tal vez te dijo lo que te dijo porque sabía hasta qué punto palabras como esa les habían hecho mucho daño a sus dos mamás. Pensó que a ti también te dolería.

Bajé la cabeza.

—Ahora desearía no haberle pedido nunca que fuera mi novio.

Mamá volvió a abrazarme.

—No es así como debes pensar, Hector. No puedes permitir que las inseguridades de otras personas impidan que tú sigas lo que te pide el corazón.

Dejé que mamá me abrazara un rato más porque así me sentía seguro y querido, y después de todo lo que había pasado era algo que necesitaba. Cuando sentí que el abrazo de mi madre me colmaba, dije:

—¿Qué puedo hacer para arreglar las cosas con Blake?

Mamá me estrechó todavía más.

—No estoy segura de que tú puedas hacer algo. Sospecho que es algo que tiene que hacer él por su cuenta.

No era esa la respuesta que esperaba.

—Entonces ¿tengo que dejarlo en paz?

—De momento, sí. Pero eso no significa que tengas que resignarte. Si sigues siendo tú mismo, un día él podrá cambiar de opinión.

—Eso espero.

—Y yo también, Hector. Yo también.

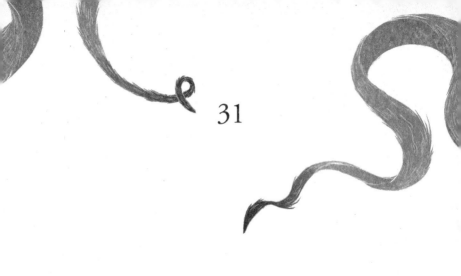

31

El sábado por la mañana, mamá hizo unos *waffles* como a mí me gustan, con nata y fresas, y cuando Jason se quejó porque a él le gustan más los *hot cakes*, ella le dijo que ya era mayorcito como para preparárselos él mismo, si tanto se le antojaban. No dejó de mirarme mientras se comía sus *waffles*, lo que hizo que el desayuno me supiera todavía mejor. Más tarde, estaba tocando el piano cuando mi madre me dijo que alguien me estaba esperando en la puerta. Corrí rápidamente hacia la puerta de entrada, con la esperanza de que fuera Blake, pero no era él, sino Sam.

—Que alguien se muestre tan decepcionado al verme no es algo que me pase todos los días —dijo.

—Creía que eras otra persona.

—Pues a veces lo soy. Pero hoy solamente soy yo. —Sam sonrió un momento—. ¿Podemos hablar?

—¡Mamá! —grité para que se me oyera en toda la casa—. Voy afuera un rato con Sam. —Salí antes de que pudiera venir y preguntarle a Sam un montón de cosas. —¿Cómo has venido hasta aquí?

Señaló su bicicleta apoyada contra el buzón.

—Ya me figuraba que no podíamos vivir muy lejos cuando el tío Archie te trajo a casa ese día. Llegué en un momento.

Caminamos por el acceso a la casa y al llegar a la calle giramos a la izquierda y seguimos hacia abajo. El día estaba nublado, pero hacía calor y las gotas de sudor se acumulaban en mi frente.

—Ayer me pasé el día en la sala de los archivos y encontré algo inquietante. —Me miró fijamente—. Gracias por abrirme la puerta, por cierto. Miré un tutorial en YouTube sobre cómo abrir puertas, pero no sé si lo habría conseguido. ¿Te encontraste con muchos problemas?

Solté una carcajada.

—¡Se puede decir que más bien hui de los problemas!

Le conté cómo había agarrado las llaves de la señorita De-Vore, el encuentro con el gélim y todo lo de Conrad Eldridge, pero omití la parte en que me las había visto y negras para volverme visible, y también que mi padrastro se olvidó de mí y se fue sin esperarme. No quería darle todavía más preocupaciones.

En cuanto hube acabado, permaneció callada un instante y luego dijo:

—Lo siento, Hector, no era mi intención ponerte en peligro.

—No fue culpa tuya.

—¿Crees que Orson está bien?

—Ha sobrevivido en ese lugar durante mucho tiempo antes de conocernos, ¿no?

Sam asintió. Parecía perdida en sus pensamientos, y no quería molestarla demasiado, pero tenía preguntas urgentes.

—¿Tú qué crees que puede significar que Conrad no tenga sombra?

—No lo sé —contestó Sam—. Pero de alguna manera tiene que ver con lo que vine a contarte y también con la razón por la que quería entrar en la sala de los archivos. ¿Recuerdas que estuvimos hablando sobre que Orson no era el primer alumno que desaparecía? Bueno, pues estudié los registros de estudiantes, en busca de alguna pauta, y encontré una. Estoy bastante segura de que en Saint Lawrence se han ido sucediendo las desapariciones de alumnos casi desde el día de su fundación.

Me detuve y la miré.

—¿De verdad?

—La señorita DeVore es muy meticulosa a la hora de guardar datos, pero hay expedientes (al menos el de un chico cada cinco años) en los que de repente se dejan de anotar datos del alumno. Y no consta que sea porque se vaya a otra escuela o porque deje el Saint Lawrence por cualquier otro motivo. Lo que es común en todos esos casos es el mal momento que pasaban los chicos en clase. Algunos de ellos sufrían acoso y a otros les costaba integrarse. Creo que el gélim utilizaba la soledad que sentían para animarlos a caer entre las grietas que llevan al lugar adonde van las cosas perdidas.

—¿De modo que el gélim ha estado raptando chicos de la escuela desde hace setenta años? —Hice los cálculos mentalmente—. Eso quiere decir que puede que haya secuestrado a unos quince chicos.

Chicos desaparecidos. Olvidados. Por los que nadie volvió a preguntar y a los que nadie echó de menos.

—Creo que encontré a catorce —dijo Sam—. Eso sin incluirte a ti.

—Pero Orson desapareció hace solo tres años. ¿Por qué me persigue a mí ahora?

Sam se limitó a encogerse de hombros.

—Pero hay una cosa más —dijo.

Me daba miedo preguntarlo.

—¿Qué?

—No hay ningún expediente de Conrad. Nada.

Arrugué la frente.

—¿No será que la señorita DeVore lo tiene en su mesa?

Sam negó con la cabeza.

—Lo busqué ahí también. No existe ningún estudiante en Saint Lawrence que responda al nombre de Conrad Eldridge, y no estoy segura de que existiera alguna vez.

Había estado sopesando esa posibilidad durante todo el fin de semana, pero no me había atrevido a expresarlo, y la revelación de Sam me envalentonó.

—¿Crees que Conrad puede ser el gélim?

Sam abrió los ojos desmesuradamente.

—Es posible. En realidad, pensaba que era como tú, que podía moverse entre el lugar perdido y nuestro mundo.

—Creo que Conrad no es como yo, para nada. De cualquier manera, no era invisible cuando lo vi. Compruébalo tú misma si no me crees. —Miré hacia el suelo para comprobar que efectivamente ahí estaba mi sombra—. Conrad es el monstruo. Tiene que serlo. Tiene mucho sentido.

La idea del monstruo merodeando por la escuela vestido de Conrad como si fuera un disfraz lo hacía aún más terrorífico que antes.

—Todavía no podemos dar nada por seguro, y no deberíamos sacar conclusiones precipitadas. Si el gélim puede existir en nuestro mundo y puede parecer humano, entonces puede ser cualquiera. No me digas que no puedes ver a la señora Ford comiendo niños sin sentirse culpable.

—Bien visto —dije—. Pero si Conrad no es el monstruo, ¿por qué no tiene sombra y...? —Entonces recordé todas las veces que había visto a Conrad susurrándole cosas a Blake.

—¿Qué pasa, Hector?

—Si Conrad es el gélim, entonces tal vez le esté haciendo algo a Blake. Quizá él sea la razón por la que Blake está actuando así. Tiene que ser eso. Conrad lo ha estado envenenando, lo ha hecho actuar como un monstruo. Si podemos convencerlo para que se vaya, Blake volverá a ser como antes.

—Espera un momento. —Había tristeza en los ojos de Sam—. Sí, es posible que el comportamiento de Blake sea culpa del gélim o que el gélim haya hecho explotar la rabia que llevaba dentro, pero, sea como sea, no sabemos si Conrad es el monstruo, y es muy peligroso asumir sin pruebas que lo es.

Yo estaba tan seguro de que tenía razón que nada de lo que Sam pudiera decirme iba a hacerme cambiar de opinión.

—Blake no era cruel antes de hacerse amigo de Conrad. Si nos libramos de él, tendremos a Blake de vuelta.

Solo quedaba saber cómo hacerlo.

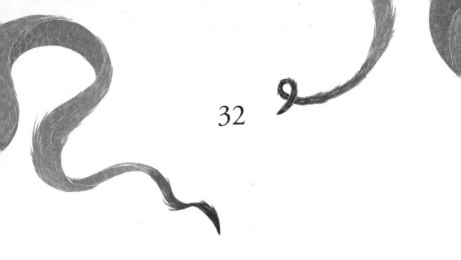

32

El lunes por la mañana en la biblioteca, Sam y yo pusimos al corriente a Orson de todo lo que habíamos averiguado. Antes solo habíamos supuesto que él no había sido el primer chico en desaparecer, pero ahora teníamos pruebas de que realmente no lo era. Deseaba que las pruebas acerca de que Conrad era el monstruo fueran igual de sólidas.

—No sé —dijo Orson a través del *walkie-talkie*—. En esto estoy bastante con Sam.

Ella me dirigió una mirada que no era la típica de «ya te lo decía yo», pero se le parecía mucho.

—¿Cómo te explicas entonces que no tenga sombra cuando es visible? —le pregunté—. ¿Y que apareciera en la puerta justo después de que el gélim no pudiera traspasarla? ¿Y qué me dices de esa manera de susurrarle al oído a Blake? ¡Conrad es el responsable del nuevo comportamiento de Blake, seguro!

Aun en el caso de que no fuera el monstruo, era un monstruo, con total seguridad.

Sam me puso la mano en el hombro.

—Entiendo que sea muy importante para ti, pero sin pruebas no podemos acusarlo de ser el gélim.

—Pero ¿qué haríamos si dispusiéramos de esas pruebas? —preguntó Orson—. Porque no podemos llevar el caso a la policía de los monstruos...

Me sentía como si los dos se hubieran aliado contra mí.

—Vamos a ver —dije—. Orson, ¿tú no quieres volver a tu casa?

—Bueno, sí, claro...

—Y tú, Sam... —Me giré hacia ella—. ¿No has dicho que el gélim es el motivo por el que Orson está atrapado en el otro lado?

—Sí, es verdad —contestó.

—Pues entonces tenemos que enfrentarnos a él.

Orson se rio.

—¿Ya olvidaste sus tentáculos y sus dientes? El gélim tiene mucho de las dos cosas.

—¿Y por qué no hablamos con él aquí, cuando tiene la forma de Conrad, en lugar de en el otro lado, cuando tiene dientes y tentáculos?

—¡Qué idea tan horrible! —dijo Orson.

—¡Qué buena idea! —exclamó Sam al mismo tiempo.

Y entonces los dos empezaron a discutir sobre si era la mejor o la peor idea que yo había tenido nunca. Me les quedé mirando. Lo único que sabía con seguridad era que teníamos que hacer algo si queríamos rescatar a Orson y también a mi mejor amigo. Y aunque a Sam le gustaba mi idea, yo sospechaba que seguía sin querer confirmar que Conrad fuera realmente el gélim antes de que nos enfrentáramos a él, así que propuse un plan:

—Uno de nosotros tendría que seguir a Conrad para obtener pruebas de que es el monstruo que yo creo que es.

Sam dejó de discutir con Orson y me miró.

—¿Te presentas voluntario? —me preguntó—. Lo digo porque me parece que será demasiado peligroso...

—Yo lo haré. —Orson, al otro lado del *walkie-talkie*, parecía más valiente de lo que yo me sentía.

—No tienes que hacerlo —le dije.

—Pero lo haré. —Imaginé que Orson se estaría encogiendo de hombros—. Estar todo el día contemplándolos es aburrido.

Admiraba su valentía al tiempo que me sentía aliviado de no tener que invertir tiempo en la vigilancia de Conrad.

—Muy bien, Orson se encarga de Conrad. ¿Qué haremos si resulta que tengo razón y Conrad es el gélim? Necesitamos un plan para hablar con él sin interrupciones.

—¿Hablar con él? —preguntó Sam.

—Sí —dije—. No podemos herir al gélim, pero tal vez podamos razonar con él. Si convencemos a Conrad de que lo sobrepasamos en número, tal vez libere a Orson. Incluso podríamos persuadirlo para que se vaya de la escuela…

Ni Sam ni Orson parecían demasiado convencidos de que mi idea pudiera funcionar, pero tampoco se opusieron. Decidimos que mientras Orson obtenía pruebas de que Conrad era el gélim, Sam y yo llevaríamos una vida normal para evitar que se diera cuenta de que sospechábamos de él.

Pero no éramos los únicos que andábamos planeando algo. Debería haberme imaginado lo peor cuando vi que los de octavo volvían tan tarde de Educación Física. Iban todos más sudados de lo normal, enrojecidos y agotados. Tanto que apenas parecían tener fuerzas para tenerse en pie cuando abandonaban la pista. Incluso Jason parecía hecho polvo.

—Escuchen, muchachos —nos dijo el entrenador Barbary, con sus brazos musculosos cruzados sobre el pecho. Un silbato colgaba de una cuerda alrededor de su cuello de toro. Parecía contento consigo mismo, y eso me asustaba—. Esta semana practicaremos una serie de rutinas atléticas diseñadas para poner a prueba el rendimiento físico. Recibirán puntos según dicho rendimiento, y una vez computados, servirán para situarlos respecto a sus compañeros.

Casi ni se oyó una mosca.

—Esto no es ninguna competencia —continuó diciendo—, pero sí que es importante que cada uno sepa dónde se encuentra respecto a los demás. —Señaló un depósito de agua junto a la valla del bosque—. Quiero que se mantengan hidratados, así que beban mucha agua cuando lo necesiten.

Nunca era buena señal cuando un adulto nos advertía que debíamos mantenernos hidratados. La última vez que me había pasado fue cuando Pop me hizo probar el *flag football* con Jason. Entre hidratarme, el calor y los *hot cakes* del desayuno..., había acabado vomitando.

El entrenador nos tuvo haciendo flexiones de brazos hasta que no pudimos más, y luego sentadillas, y dominadas, y *burpees...* Al final de la clase sentía los brazos como ligas de caucho gastadas. Naturalmente, Blake no tuvo problemas con ningún ejercicio. Creo que obtuvo la mejor puntuación en todas las categorías, mientas que yo seguro que obtuve la peor.

El martes, el entrenador nos hizo correr, escalar y arrastrarnos por una pista de obstáculos de su creación. Hacíamos el recorrido de uno en uno, mientras el resto de los compañeros miraba y animaba... o en algunos casos se burlaba.

La Educación Física no me había gustado nunca, pero a las alturas del miércoles ya me parecía absolutamente insoportable. El entrenador todavía no había mostrado las clasificaciones, pero todos sabíamos que Blake estaba arriba de todo y que yo estaba abajo, y eso lo hacía insufrible. Lo único que me mantenía con vida era la esperanza de que Orson diera con alguna prueba de que Conrad era el monstruo: así podríamos liberar a Blake del hechizo del gélim. Pero hasta ese momento no había encontrado nada.

El viernes, el entrenador Barbary anunció que la última prueba sería una carrera de fondo. Después de cambiarnos, cuando nos dirigíamos hacia la pista, el entrenador me dio una palmada en la espalda y me dijo:

—Esas clasificaciones no están grabadas en piedra, Hector. Y con lo que has entrenado tienes mucho ganado.

Aunque me preocupaba eso de que el entrenador actuara como si las vueltas a la pista fueran un favor y no un castigo, estaba contento de poder participar por fin en una prueba en la que no iba a ser el último. Cuando todos estuvieron listos, el entrenador sopló el silbato. Algunos de los chicos, como Gordi, Evan y Matt, esprintaron de buenas a primeras y corrieron destacados durante un rato, pero apenas habíamos recorrido un kilómetro cuando ya tuvieron que pararse, con calambres y pinchazos. Yo no tenía que ser el más rápido de la pista, sino que tenía que durar más que el resto, así que adopté un ritmo que me fuera cómodo e ignoré lo que pasaba alrededor, concentrándome en poner un pie delante del otro. Así podía correr y correr todo el día.

Uno tras otro, los chicos fueron abandonando por la sed o por el agotamiento, y cuando la clase estaba a punto de concluir, Blake y yo éramos los únicos que seguíamos corriendo. Durante toda la carrera me había llevado ventaja, pero poco a poco había cedido espacio y ahora íbamos a la par.

—¡Déjalo ya, Hector! ¡No podrás ganarme en la vida!

—No me importa si no te gano. —Me ardían los muslos, me dolían los pies y me costaba mantener el ritmo de la respiración—. ¡Lo único que quiero es recuperar a mi mejor amigo!

—¡Friki! —murmuró—. ¿Y qué tal si le dices a todo el mundo que tú pusiste la pulsera en mi casillero? Si lo haces, te dejo ganar.

—Solo si dejas de llevarte con Conrad Eldridge. —Realmente, no podía seguir hablando si quería continuar suministrándome el oxígeno que necesitaba.

Blake rio con desdén.

—¿Y qué más? ¿También quieres que me siente a la mesa de los *cupcakes* contigo? ¡Claro que no!

Estábamos en el extremo más alejado de la pista, pero podía oír a algunos chicos coreando el nombre de Blake. No creía que a nadie le importara si él ganaba o no. Lo único que querían era que me ganara a mí.

—Solo éramos amigos por un motivo —dijo Blake—: porque me dabas pena. No le gustas a nadie aquí. Hasta tu propio hermanastro te odia. Dice que lo peor que le ha pasado en la vida es que su papá se casara con tu mamá.

Tropecé, pero conseguí seguir corriendo.

—Jason no puede haber dicho eso.

Blake soltó una risita.

—¿Estás seguro?

No, no lo estaba, porque mi hermanastro podría haber dicho perfectamente algo así. Empezaban a faltarme las fuerzas. ¿Para qué seguir corriendo si Blake iba a ganarme de todas maneras? ¿Por qué iba a molestarme en hablar con Conrad Eldridge si Blake no quería ayuda de ninguna clase? Tal vez mi madre tenía razón y no había nada que yo pudiera hacer por él. Tal vez debería dejarlo antes de salir lastimado.

—¡Última vuelta! —anunció el entrenador Barbary cuando pasábamos por delante de él—. ¡El primero en llegar a la meta gana!

Los chicos animaban a Blake y gritaban su nombre. Pero luego lo oí:

—¡Vamos, Hector!

¡Alguien me animaba a mí! Era Gordi. Estaba allí de pie, con Paul, Matt y Evan. Todos me animaban. Cuando pasamos por delante de ellos, unos cuantos chicos se añadieron. No eran tantos los que gritaban mi nombre como los que animaban a Blake, pero oírlos me recordó que no estaba solo.

—No lo conseguirás —dijo Blake a mitad de la vuelta final—. Eres débil. No puedes ganarme a mí, ¡y tampoco puedes ganarle a él!

Yo ya no tenía nada más que decir. Busqué en el fondo de todas las fuerzas que me quedaban. Seguro que pasaría el resto de la semana sin poder moverme, pero no iba a ceder ante Blake Nesbitt.

En la curva final, las gradas impedían la visión del entrenador y del resto de la clase. Blake se desvió hacia mí y me hizo una zancadilla. Sentí que en un momento estaba corriendo y al siguiente rodaba por el suelo. Primero impacté con la rodilla y luego con el codo y el hombro. Las explosiones de dolor me recorrían el cuerpo. El mundo se inclinaba hacia un lado, estaba aturdido... Al principio no entendía lo que había pasado. Lentamente, me puse en pie con una mueca de dolor. Tenía sangre en los brazos y en las piernas. Alcé la mirada a tiempo de ver cómo Blake cruzaba la meta, levantando los brazos, victorioso.

Nadie había visto la zancadilla que me había hecho Blake, así que iba a parecer que yo no sabía perder si se lo decía al entrenador. No le había bastado con ganar: también había tenido que humillarme. Tal vez yo debería sentirme mejor, puesto que, para ganarme, Blake había recurrido a una trampa. Pero no me sentía mejor.

No me preocupé por acabar la carrera. Me limpié y me fui hacia los vestidores para que nadie pudiera verme llorar.

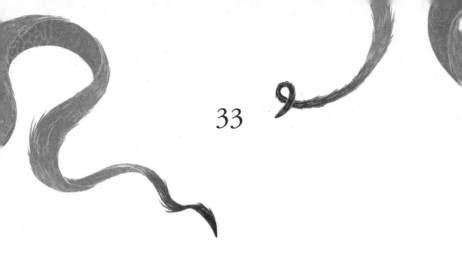

33

—No es justo —dijo Paul en el almuerzo—. Todos sabemos que te puso la zancadilla.

Todos, incluso Sam, que ni siquiera había estado allí, estaban de acuerdo.

Ese día, Evan se había añadido a nuestra mesa sin siquiera pedirlo. Se había presentado, había tomado asiento junto a Gordi y había actuado como si todos los días almorzara con nosotros. Incluso compartió con nosotros una bolsa de M&M's que llevaba con su comida.

—¿Y desde cuándo Blake se convirtió en semejante acosador? —preguntó Gordi.

—Desde que anda con ese Conrad —dijo Evan.

Jackson tosió y todos volteamos a verlo.

—¿Qué? —le pregunté.

—Vamos, di lo que tengas que decir —dijo Sam.

Pero ahora que Jackson había conseguido la atención de toda la mesa, parecía que prefería no disponer de ella.

—Bueno, es que Blake siempre se ha comportado un poco como un acosador.

Negué con la cabeza.

—Eso no es verdad.

Paul asentía, y creí que estaba de acuerdo conmigo, pero dijo:

—Jason tiene razón. De hecho, no era como es ahora, pero a veces, sin darse cuenta, podía ser muy cruel.

No podía creer lo que estaban diciendo.

—No lo entienden. El que está haciendo actuar a Blake así es Conrad.

—¿Recuerdas —le preguntó Matt a Trevor, dándole un codazo— aquella vez que no te dejaba en paz después de que te picara una ortiga?

—Pero eso solo fue una broma de Blake —dije.

—Pues para mí no fue nada divertido —dijo Trevor.

Después de esto se abrieron las compuertas. Todos los *cupcakes* tenían alguna historia que contar sobre Blake burlándose de ellos.

Incluso Evan y Gordi contribuyeron con un par de ellas. Era como si estuvieran hablando de una persona completamente diferente del Blake al que yo conocía. Cuando ya no pude más, empujé hacia atrás la silla y me levanté.

—Espera, Hector —dijo Sam—. ¿Adónde vas?

—Al baño.

Me metí en el compartimento del retrete estropeado para estar tranquilo.

Me dolían los codos y las rodillas. El entrenador me había enviado a la enfermería, pero no habían podido hacer mucho, aparte de limpiar y vendar.

Me volví invisible y me encontré con Orson apoyado contra la pared. Exhibió una gran sonrisa en cuanto me vio, pero yo no se la devolví.

—¿Oíste lo que decían? —le pregunté—. ¿Cómo pueden pensar que Blake siempre ha sido un acosador?

Orson cruzó los brazos por delante de su pecho.

—Tal vez no pudieras verlo porque era tu mejor amigo. O tal vez no quieres creerlo porque, si Blake ya hacía *bullying* antes de empezar a llevarse con Conrad, entonces lo que te dijo cuando le pediste que fuera tu novio no era porque estuviera bajo la influencia del monstruo.

Eso no podía ser cierto. Blake me llamó aquello por culpa del gélim.

—No sabes de lo que estás hablando. Además, ¿qué haces aquí? ¿No deberías estar vigilando a Conrad?

—Es la hora del almuerzo. No se mostrará como gélim en el comedor. —Orson calló un momento—. Oye, mira, yo no estoy diciendo que Blake fuera una mala persona antes, pero es posible que no siempre fuera bueno.

—¿Y me puedes decir entonces qué sentido tiene salvarlo de Conrad? —Levanté las manos—. ¿Qué sentido tiene todo esto?

Orson tosió.

—Bueno, tú también me estás ayudando a mí...

Yo estaba enojado porque decían que Blake siempre había hecho *bullying*, mientras que Orson estaba literalmente luchando por su vida.

—No me refería a... Claro, yo quiero ayudarte, también. Perdona. Es que he tenido un mal día y...

—Lo entiendo, Hector. No debe de ser fácil para ti aceptar que Blake no haya sido siempre la mejor de las personas.

Hacer lo que es debido es una opción. El gélim que le susurra al oído le está robando la capacidad de tomar sus propias decisiones.

—Pero ¿y si convencemos a Conrad de que deje en paz a Blake y él opta por seguir comportándose como un impresentable?

Orson se encogió de hombros.

—Entonces tú por lo menos sabrás que hiciste todo lo que pudiste para ayudarlo.

Bajé la cabeza.

—No me parece que tenga sentido.

Orson me agarró de los hombros.

—En los últimos tres años hubo un montón de ocasiones en las que pensé que era mejor que el gélim me atrapara. ¿Sabes lo que me ha permitido seguir adelante?

—Pues supongo... —susurré.

—El pastel de pollo.

Me eché a reír.

—¿El pastel de pollo?

Orson se frotó la barriga.

—Mi mamá prepara el mejor pastel de pollo del mundo. Y también las mejores galletas, se te funden en la boca... —Se limpió los labios de saliva imaginaria.

No pude evitar reírme.

—Pues yo no creo que Blake sepa hacer galletas...

—Lo que digo es que tienes que encontrar una razón para no abandonar, aunque sea una tan tonta como la de volver a comer pastel de pollo.

Tal vez Orson tuviera razón. Tal vez no importaba quién había sido Blake o quién era. Cada nuevo día era una oportunidad para ser mejores personas que el día anterior. Todo lo que teníamos que hacer era tomar una decisión. Necesitaba saber qué tipo de persona elegiría ser Blake sin el gélim susurrándole al oído, y si abandonaba no podría averiguarlo nunca.

—Gracias, Orson. Estoy muy contento de haberte conocido.

Me dio unas palmadas en la espalda.

—Lo mismo digo.

Me volví visible, aliviado porque me resultó fácil, y volví a la mesa. Los demás dejaron de hablar en cuanto aparecí, de manera que supuse que habían estado hablando de mí. Blake no era la única persona que necesitaba ser mejor.

—Disculpen si no les creí cuando hablaban de Blake. —Empecé muy despacio, mientras iba reuniendo mis pensamientos—. Cuando él hacía bromas, yo simplemente daba por sentado que todo el mundo participaba en ellas. —Pero cuanto más pensaba en las cosas que Blake había dicho, más me parecía que no todo el mundo le reía las gracias—. Tendría que haber alzado la voz. Tendría que haberle dicho que parara. Pero no lo hice, y lo siento.

—Yo también —dijo Gordi.

Y Evan también añadió su disculpa.

Sabía que Blake no era así, porque había conocido a una persona estupenda cuando estábamos solos, pero eso no cambiaba el daño que les había hecho a otros.

—Gracias —dijo Jackson, sonriendo.

Y solo con eso, todo volvía a estar bien.

Sonó el timbre y todos fuimos hacia el edificio principal. Mientras caminaba, sorprendí a Sam mirándome.

—¿Qué pasa? —le pregunté.

—Vamos a salvarlo —dijo—. Te lo prometo.

—¿De verdad crees que podemos? —En cuanto lo dije, me di cuenta de cómo había sonado, así que añadí—: No estoy dándome por vencido. Es solo que ni siquiera pude vencer a Blake en una carrera. ¿Cómo le haremos para vencer a un auténtico monstruo?

—Juntos —dijo Sam—. Lo haremos juntos.

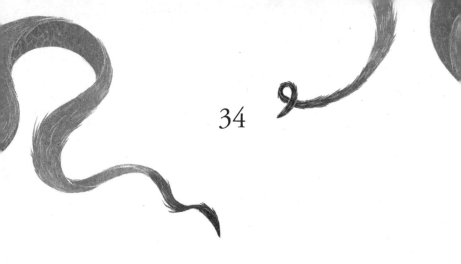

34

Orson encontró pruebas que convencieron incluso a Sam de que Conrad era el gélim, y ella vino el sábado a casa a compartir las novedades conmigo.

—Fue una suerte que estuviera en la biblioteca de la escuela con el tío Archie hasta tarde —me dijo Sam—. De otro modo, Orson habría tenido que esperar hasta el lunes para decírnoslo.

—¡Cuenta, cuenta! —la apremié con impaciencia.

Sam lamió un poco de chocolate que le había quedado en los dedos y luego tomó otra galleta de la bandeja que teníamos delante. Lo normal era que mamá no me dejara comer en mi cuarto, pero como estaba con Sam hizo una excepción.

—El viernes, Orson siguió a Conrad cuando acabaron las clases. Los demás días de la semana, Conrad tomaba el autobús, pero el viernes se escondió en el aula de la señora Gallagher hasta que los otros profesores se fueron a casa. Y no adivinarías nunca adónde fue después.

—A la rectoría —dije.

La sonrisa emocionada de Sam se convirtió en una mueca decepcionada.

—¿Te lo contó Orson?

Negué con la cabeza.

—Pero si Conrad es el gélim y la rectoría es su nido, entonces tiene sentido que fuera allí. ¿Cuánto tiempo pasó dentro?

—No lo sé. Orson usó el *walkie-talkie* por si uno de nosotros estaba todavía por allí y supongo que le sorprendió que yo contestara. Me dijo que seguiría vigilando durante el fin de semana.

No supe qué decir.

—Tenías razón, Hector —siguió diciendo Sam—. Conrad es el culpable de que hayan seguido desapareciendo chicos durante setenta años, de que Blake sea tan cruel contigo y de que Orson esté atrapado al otro lado. Tal vez podamos acabar con esta situación cuando nos enfrentemos a él.

—Es muy raro. Cuando me volví invisible la primera vez, pensé que no podía haber nada mejor, me pareció que era como un superhéroe o algo así. Pero no lo soy, ni siquiera volviéndome invisible. Solo que voy a ese lugar tan raro al que van a parar los calcetines perdidos.

Sam tenía un aspecto muy diferente sin el uniforme escolar, parecía más relajada. Apoyada en un lado de la cama de Jason, extendió las piernas ante ella.

—Oye, pero desaparecer es impresionante —dijo—. Tienes que pensarlo. Estás cambiando de realidad y entras en un mundo completamente diferente.

—Sí. Un mundo con monstruos.

—Con un monstruo —me corrigió, pero luego añadió—: Al menos, que nosotros sepamos...

—Me podía haber quedado atrapado en ese lugar de las cosas perdidas, como Orson. —Miré a Sam a los ojos—. Eso es lo que hace el gélim, ¿verdad? Selecciona a chicos a los que nadie va a echar de menos. Yo era invisible mucho antes de ese día en la iglesia.

Sam negó con la cabeza.

—No creo que el gélim te escogiera.

Incliné la cabeza a un lado.

—¿Qué quieres decir?

—He estado pensando en eso. Los demás chicos fueron desapareciendo cada cinco años, ¿verdad? —Sam agarró la mochila que había traído y sacó una pila de carpetas—. Tienes razón en que el gélim acosa a chicos que son susceptibles de deslizarse por las grietas que conducen al otro lado y luego los atrapa allí para alimentarse de su miedo. Pero suele tardar cinco años en verse obligado a encontrar a otro chico.

La manera que tenía Sam de hablar de aquel asunto me hacía sentir incluso peor respecto a Orson. No era solo que llevara tres años viviendo en el lugar de las cosas perdidas, sino que además había estado luchando por su vida durante todo ese tiempo. Pero esa era una lucha que nunca podría ganar, porque mientras conseguía seguir vivo le estaba dando al gélim exactamente lo que quería: su miedo.

—Pero no han pasado cinco años desde que Orson desapareció —siguió diciendo Sam—. Creo que tu capacidad de desplazarte entre ambos mundos sorprendió al gélim, y estoy bastante segura de que por eso fue por ti, tanto cuando intentó atraerte a la rectoría como cuando volvió a Blake contra ti. No creo que te busque porque seas débil, sino porque hay algo en ti que lo asusta.

Eso era algo que me habría gustado creer, pero ciertamente, yo no parecía haber asustado al monstruo en absoluto. Las dos últimas veces que lo había visto había sido yo el que había corrido y había gritado. Pero tenía la sensación de que era inútil hablar con Sam sobre el asunto. Además, tenía otra pregunta para ella:

—¿Qué ocurre si rescatamos a Orson y convencemos a Conrad para que se vaya, pero Blake sigue comportándose mal?

—Es una posibilidad —contestó Sam tras morderse el labio inferior.

Pensé en lo que había dicho Orson: que Blake había sido un acosador antes de empezar a andar con Conrad.

—¿Y qué pasa si yo no quiero salvarlo?

—Sí que quieres —dijo Sam—. Pero, aunque no quisieras, ayudar a la gente no significa solamente ayudar a quienes queremos. Todo el mundo merece tener la oportunidad de cambiar. Y si Blake es la persona que tú crees que es, entonces tienes que confiar en que hará lo que es debido.

Sam y yo pasamos el resto de la tarde pensando en cómo íbamos a abordar a Conrad Eldridge y qué le íbamos a decir. Por mucho que fuera un monstruo, yo no quería herirlo. Esperaba que fuéramos capaces de convencerlo de que liberara a Orson y de que se fuera del Saint Lawrence. Sam no parecía tan optimista.

Cuando se fue, me quedé en el cuarto leyendo y al cabo de un rato apareció Jason y se sentó en el borde de su cama. Intenté ignorarlo, pero sentí sus ojos en mí. Cuando ya no pude más, miré por encima de mi libro y le pregunté:

—¿Qué pasa?

—Nada —dijo negando con la cabeza—. Olvídalo.

Pero no se marchaba.

Cerré mi libro y me incorporé.

—¿Qué pasa, Jason?

—Oí que hablaban de Conrad.

—¿Qué oíste? —pregunté con precaución.

—Tienen que permanecer apartados de él. Es... Hay algo en él que no me gusta.

Volví a pensar en cómo Jason me había defendido cuando Blake me había arrinconado junto a la biblioteca.

—¿Cómo es que eso te preocupa? Si ni siquiera te caigo bien...

—Pero me gusta tener un hermano pequeño.

Eso fue una sorpresa.

—¿De verdad?

Apretó los labios.

—Que me ría porque te caes no quiere decir que no vaya a darle un puñetazo en la nariz a cualquiera que te empuje.

—Oh.

—Pero dejen en paz a Conrad, ¿okey? Ese chico no me da buenas sensaciones, y de verdad que no quiero tener que enfrentarme a él.

—Okey, pues gracias... Creo.

Yo no quería que ninguno de nosotros tuviera que enfrentarse a Conrad Eldridge, pero Jason estaba dispuesto a hacerlo si era necesario, y eso me hacía pensar que no debía tenerlo en tan mal concepto. Y si había algo bueno en Jason, entonces también quedaba alguna esperanza para Blake.

35

El plan para atrapar a Conrad y hablar con él era sencillo. Si acaso funcionaba. El almuerzo parecía el mejor momento para llevarlo a cabo, ya que la mayoría de los profesores y estudiantes estaría en el comedor. Sam deslizó una nota en el casillero de Conrad, en el gimnasio, en la que decía que yo conocía su secreto y le proponía que nos reuniéramos en los baños de arriba durante el almuerzo. Y entonces me escondí en uno de los cubículos y esperé pacientemente. Una parte de mí esperaba que Conrad apareciera y otra parte rezaba para que no lo hiciera.

—Sigo pensando que esto no va a funcionar —dijo Orson por el *walkie-talkie*—. No creo que el monstruo que me ha estado aterrorizando y que se ha alimentado de mi miedo durante tres años vaya a parar solo porque le pidamos, por favor, que lo haga.

Suspiré y cambié de posición para aliviar un calambre que sentía en la pierna izquierda.

—Quizá tengas razón, pero no sabemos si podemos herir al gélim, y de esta manera tenemos la posibilidad de evitar una pelea que probablemente perderíamos.

Antes de que Orson pudiera responder, se abrió la puerta. Miré por la abertura del retrete, pero el ángulo no era el más indicado y no pude ver quién había entrado.

—¿Y bien? Aquí estoy. —La voz de Conrad sonaba como papel de lija arañando el metal.

Había llegado. Quité el pasador, abrí la puerta del cubículo y salí para encontrarme con él. El problema era que no parecía ningún monstruo. Llevaba su pelo castaño muy corto, tenía una nariz pequeña y respingona y era muy pecoso. Me recordaba a un inofensivo NPC de un videojuego. Tal vez, en otro universo, Conrad y yo hubiéramos hecho buenas migas. Pero en este no.

Cruzó los brazos sobre el pecho. Aunque no sabía por qué lo habíamos convocado, su sonrisa era arrogante. Los fluorescentes del techo eran lo suficientemente brillantes como para proyectar sombras. Conrad no tenía ninguna.

—¿Y bien? —repitió—. ¿Cuál es ese gran secreto que crees que sabes sobre mí?

Sam se deslizó en los baños por detrás de Conrad y cerró la puerta. Me miró y asintió. Era la señal que indicaba que estábamos solos y que aquel era un lugar seguro. Conrad estaba atrapado allí con nosotros, así que podíamos hablar, aunque sería más preciso decir que nosotros estábamos atrapados en los baños con él.

Conrad miró hacia atrás y, dirigiéndose a Sam, le dijo:

—Aquí no están permitidas las chicas.

—Pero ¿cómo...? —empezó a decir Sam, pero yo ya estaba con una pregunta diferente.

—¿Te dice algo el nombre de Orson Wellington?

—¿Te refieres al niño asustado que se esconde en ese retrete? —dijo Conrad, mirando hacia la puerta que había quedado a mis espaldas—. No puedo ver tus piernecillas temblorosas, cuatro ojos. ¿Por qué no sales?

—¿Puedes verlo? —pregunté.

—Eeeh... ¿Qué hago? —oímos que nos preguntaba Orson. Su voz sonó en el *walkie-talkie* que yo llevaba en el bolsillo trasero.

Conrad sabía que Sam era una chica, podía ver a Orson y no tenía sombra. Eso confirmaba que era el gélim. Ahora solamente teníamos que convencerlo para que liberara a Orson y dejara en paz a Blake.

—Sabemos que has estado haciendo actuar a Blake como un acosador. Sabemos que no perteneces a esta escuela. Sabemos que en realidad eres el gélim y que has estado haciendo desaparecer a chicos del Saint Lawrence desde hace setenta años.

Conrad echó la cabeza hacia atrás y se empezó a reír, pero con un sonido hueco, sin alma, desprovisto de alegría.

—Respecto a Blake, te equivocas, Hector. Yo lo único que hago es cuidar el fuego, ponerle leña. Pero eres tú quien se ocupa de encenderlo.

Las palabras de Conrad se deslizaron hasta mis oídos, me envolvieron el cerebro y me arrebataron la capacidad de hablar. Tal vez tuviera razón y yo tuviera la culpa de que Blake se hubiera convertido en un acosador. Había ignorado las bromas de mal gusto que les hacía a otros chicos, lo había desconcertado pidiéndole que fuera mi novio y luego lo había empeorado todo aún más al quemar su proyecto de Ciencias. Quizá Blake actuaba de esa manera no por lo que Conrad le decía, sino por lo que yo no había tenido el coraje de decir. Quizá todo lo que había pasado había sido por mi culpa.

—No lo dejes entrar en tu cabeza, Hector —dijo Orson a través del *walkie-talkie*—. El gélim retuerce la realidad.

Como yo dudaba y no sabía qué decir, intervino Sam, con una voz clara que se abrió paso entre la niebla de mi conciencia.

—¿Quién eres? ¿Y qué quieres?

—He tenido muchos nombres, pero como pasa con los desperdicios de su mundo que caen en el mío, mi verdadero nombre se ha perdido. —Conrad volteó a ver a Orson—. Uno de tus predecesores me llamaba gélim. Eso es incorrecto, pero no impreciso.

—Sea con el nombre que sea, ¡eres un monstruo! —respondió Orson.

Conrad chasqueó la lengua con desprecio y extendió las manos.

—¿Una araña es un monstruo porque come moscas? ¿Un león es un monstruo porque devora gacelas? —Conrad concentró su atención en mí—. ¿Los humanos son todos unos monstruos por aprovecharse de todas las plantas y los animales de este mundo, por devorarlo todo en su camino hasta que no queda nada?

—¿No podemos llegar a un acuerdo? —pregunté—. Solo queremos que liberes a Orson y que dejes de hacer lo que sea que le estés haciendo a Blake.

Conrad inclinó la cabeza hacia un lado.

—¿Eso es todo? ¿Y qué quieren que haga después?

—Yo...

—¿Quieren que deje mi casa?, ¿que me vaya a otra escuela, tal vez?, ¿que construya un nuevo nido?, ¿que cultive una nueva cosecha de niños que quieran atormentar a sus compañeros y luego atraiga a aquellos otros más vulnerables hasta el borde de mi pegajosa telaraña para que se queden atrapados en ella y yo pueda alimentarme de ellos hasta que no quede más que su carcasa? ¿Les parece bien que siga haciendo lo que hago siempre que no tengan que conocer los nombres o los rostros de los que me sirven de alimento? —Conrad nos miró uno por uno—. ¿Quién es el monstruo aquí?

El gélim tenía razón. No podíamos dejar que se quedara en Saint Lawrence, pero tampoco podíamos permitir que se fuera. No podíamos intercambiar a Orson y a Blake por otros chicos solamente porque no los conocíamos.

—Orson...

Su voz nos llegó a través del *walkie-talkie*:

—Ya lo sé, Hector.

—¿Sam?

Sam apretó la mandíbula y asintió. Todos habíamos llegado a la misma conclusión. No había manera de razonar con el gélim. No había acuerdo al que pudiéramos llegar. No era posible negociar con un monstruo.

—Ah —dijo Conrad—, así que al final llegamos a la violencia. Los humanos siempre recurren a ella. Es su estilo. Son tan prisioneros de su naturaleza como yo de la mía. Pero a diferencia de ustedes, yo como lo que cazo.

Sam se adelantó hacia el gélim.

—Me he enfrentado a cosas peores que tú, ¡y nosotros te detendremos!

Conrad volteó a verla y luego se le acercó con las manos en los bolsillos.

—Tú eres una extraña, como él. —Conrad se desplazó perezosamente hacia mí—. Aunque eres una extraña diferente. Los dos se van a lugares que no conocen, pero él se acurruca con los perdidos, mientras que tú caminas desafiante entre lobos.

—Déjala en paz —dije con los puños apretados.

Conrad dio un rodeo para acercárseme por detrás y se inclinó hacia adelante para olisquearme.

—Tu terror es delicioso. Aromático y dulce. No podrás luchar contra mí siempre, viajero. Pronto me pertenecerás y me daré un festín que durará años.

Se lamió los labios lentamente.

—Tú no harás nada de eso —dijo Sam—. No vamos a dejar que le hagas daño a nadie más.

—Pero ¿qué haces? —le susurré a Sam.

Nuestro plan, si hablar con Conrad fallaba, era dejar que se fuera y luego reagruparnos para considerar cuáles eran los pasos siguientes. No íbamos equipados para la lucha hacia la que Sam parecía conducirnos.

—¿Hola? ¿Sam? ¿Hector? —La voz de Orson sonaba débil a través del *walkie-talkie*.

Conrad sonreía, con dientes deslumbrantes.

—Realmente piensan que me capturaron, ¿verdad? Se imaginan que este cuerpo es el gélim, que me encerré en este saco de carne tan frágil.

—Algo va muy muy mal aquí —dijo Orson en un tono de voz más alto.

Pero mis ojos estaban fijos en Conrad. No podía hablar. No podía apartar la mirada de él.

—Pues claro que eres el gélim —dijo Sam—. No tienes sombra. Y vimos que te metías en la rectoría.

Los ojos de Conrad se veían enormes y su piel había enrojecido.

—Estoy seguro de que habrán oído hablar de *Ophiocordyceps unilateralis*, el delicioso hongo que se infiltra en el cuerpo de una hormiga y la transforma en su marioneta, ¿no?

—Sí —dijo Sam.

—Es desagradable —dije yo al mismo tiempo.

—El hongo utiliza a la hormiga para extender sus esporas a otras hormigas y crear una colonia. Algunas colonias de hongos son capaces de permanecer conectadas a lo largo de grandes distancias.

La sonrisa de Conrad se convirtió en una mueca siniestra.

—No eres el gélim —dijo Sam, inclinando la cabeza a un lado.

—Exacto.

—Estás suplantando a alguien en esta escuela —continuó Sam— y usas a Conrad como si fuera un *walkie-talkie*.

—Correcto otra vez. Y creo que esta hormiga en particular ha sobrevivido a su utilidad.

—¡Aquí está ocurriendo algo! —gritó Orson.

El cuerpo de Conrad se agitó con una carcajada. La piel cedía, se retraía, se volvía del color del tocino quemado.

—¿Hector? Creo que será mejor que nos vayamos —dijo Sam, jalándome de la manga para conducirme hacia la puerta.

En el *walkie-talkie*, Orson balbuceaba:

—¡No! ¡Ahora no! ¡Por favor, no!

—¿Hector? —dijo Sam.

Conrad explotó y me lanzó hacia atrás, proyectado hacia un cubículo, donde resbalé hacia el suelo, aturdido. Su risa me sumergió en una espiral de confusión mientras intentaba emerger.

—¿Hector? —Sam me llamaba.

Intenté levantarme, pero las piernas no me respondían. Orson alargó las manos para ayudarme a ponerme en pie.

—¿Orson?

Tenía los ojos fuera de las órbitas y temblaba.

—Tenemos que correr —dijo—. ¿Puedes correr?

¿Me había vuelto invisible? Pero ¿cuándo había ocurrido eso? Nada tenía sentido, y la cabeza me dolía como si una pequeña bola de demolición estuviera golpeando mi cerebro.

—¿Sam?

—Tenemos que correr, Hector.

Orson señalaba el lugar en el que antes estaba Conrad. Ahora solo se veía una masa de zarzas que se agitaban, crecían y engordaban hasta convertirse en tentáculos y en dientes restallantes.

Orson me jaló del brazo, me arrastró hacia la puerta e intentó abrirla manipulando la manija.

—¡Nos vemos para la cena, Hector Griggs!

La voz del gélim ya no sonaba como la de Conrad. Era más rasposa, más aguda y vagamente familiar.

Las zarzas se extendían hacia mí, intentaban enrollarse alrededor de mi tobillo. Grité y pateé para liberarme.

—¡Corre!

Orson abrió la puerta y corrimos. Al llegar a las escaleras, los tentáculos del gélim surgieron desde abajo. Sam, que no se daba cuenta de lo que ocurría, me llamaba, pero yo no podía responderle, porque bastante tenía con luchar por mi vida.

Corrí hacia el aula más próxima, me subí a un pupitre y fui saltando de uno a otro hasta llegar a la puerta trasera. Las zarzas más pequeñas ya se habían hecho tan gruesas como mis piernas y surgían sin cesar de los lavabos.

—¡Vamos! —Jalaba a Orson para llevarlo conmigo.

Teníamos una oportunidad. Teníamos que llegar a las escaleras de delante del edificio antes que el gélim. Corrí todo lo que pude, como si mi vida dependiera de eso. Íbamos a conseguirlo. Íbamos a...

—¡Hector!

Orson tropezó y cayó. Un tentáculo de los baños le rodeó la pantorrilla y lo jaló, arrebatándomelo. El gélim de las escaleras se proyectó hacia él y se le enrolló en el brazo.

—¡Hector! —gritaba Orson.

A gran velocidad, los tentáculos y las zarzas lo envolvieron en un capullo y lo arrastraron hacia las escaleras.

No podía hacer absolutamente nada. El gélim era demasiado fuerte, había demasiados tentáculos y yo no disponía de armas con las que luchar.

Así que corrí.

Lloraba y corría, y no paré de correr hasta que llegué a la iglesia. Me encerré en un confesionario, flexioné las piernas y me abracé las rodillas. Rogué para volver a hacerme visible.

No ocurrió nada.

Cerré muy fuerte los ojos y me concentré en volverme visible, pero era como si una mano me apretara el pecho. Como si tuviera un ancla sujeta al tobillo. No. Yo era una mariposa clavada en un cartón. Inmovilizado.

Nos habíamos creído muy listos. Pensamos que podríamos razonar con el gélim y convencerlo para que liberara a Blake y a Orson, para acabar con la amenaza en la escuela. Pero, en lugar de eso, el gélim había capturado a Orson y me había atrapado a mí. Habíamos fracasado, y eso nos había costado muy caro.

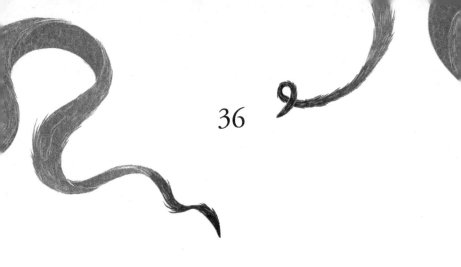

36

Podía oír los gritos de Orson. No sabía si eran reales o si surgían de un recuerdo, pero en cualquier caso estaba demasiado asustado como para salir del confesionario. El gélim se había llevado a Orson por mi culpa. Antes de que Conrad se disolviera en una masa de tentáculos, había dicho que el gélim se ocultaba en el cuerpo de alguien más en Saint Lawrence, pero no teníamos ni idea de quién podía ser. El gélim también había dicho que había invadido a Conrad igual que los hongos invaden a las hormigas, así que podía ser que su historial académico se hubiera perdido o que constara en los archivos con otro nombre y por eso Sam no había encontrado su expediente. Era imposible saber durante cuánto tiempo el gélim había utilizado a Conrad. Este quizá había sido un abusón, pero no se merecía lo que el gélim le había hecho. Ni lo que le había obligado a hacer.

Seguía intentando volverme visible, pero era inútil. Tenía la sensación de haber caído en una de esas inhumanas trampas de pegamento que personas horribles usan para cazar ratas, sentía que iba a quedarme inmovilizado y que iba a sufrir hasta la muerte.

Tras un par de horas, cuando estuve hasta cierto punto seguro de que el gélim no venía por mí, me atreví a sacar la cabeza del confesionario. La iglesia estaba vacía. Me deslicé hasta el cuarto de almacenamiento donde Orson tenía su refugio. Al llegar a la esquina contuve la respiración, con la esperanza de encontrarlo sentado entre todo lo que había ido recogiendo, pero no estaba allí. No había nadie. Me senté en el suelo y lloré.

Pasaron más horas. Me había saltado el almuerzo y ahora ya debía de ser la hora de la cena, pero no tenía hambre. En lugar de hambre, sentía un vacío persistente en el estómago, como el recuerdo de sentir hambre. Tampoco estaba cansado. Tenía doloridos los brazos y las piernas y estaba destrozado, pero sabía que si cerraba los ojos pasaría horas mirando la parte de atrás de mis párpados, a la espera de un descanso que nunca llegaría.

Cayó la noche. No sabía si mamá y Pop estarían buscándome. ¿Serían conscientes de mi ausencia? ¿Recordarían siquiera mi existencia? Pensé en Sam. ¿Me habría olvidado? ¿Habría mirado a su alrededor en los baños una vez que Orson y yo habíamos huido, confundida sobre la razón que la había llevado allí? Me pregunté dónde podía tener escondido a Orson el gélim.

Pero la respuesta a esta última cuestión ya la tenía: en la vieja rectoría.

Si el Saint Lawrence era la telaraña, entonces la rectoría era el centro de la red, así que, por mucho que quisiera rescatar a Orson, ir allá sería el equivalente a salpimentarme e ir directamente a la boca abierta del gélim.

Llevaba horas oculto en la iglesia cuando oí un ruido en el exterior. Era una canción. Alguien estaba cantando. No entendía la letra, pero seguí la melodía y salí a la nave central, donde me subí a una banca para poner la oreja sobre un vitral.

Sal, Hector —parecía decir la canción—. *No tienes nada que temer. No tienes adónde huir, ni dónde ocultarte. No puedes luchar, y el tiempo está de mi parte.*

Me tapé los oídos con las manos, pero ahora que ya había oído la canción, aquellos versos eran como abejas que construían su panal en mi cerebro.

Sabroso, salado, dulce, delicioso.
Tu miedo sazonará muchos de mis platos.
Durante años y años, tus lágrimas sorberé y
tu dolor cultivaré para que no deje de crecer,
hasta que estés agotado, seco y vacío,
y tus huesos huecos ya no me sirvan.
Y esa noche, en esa última cena,
mi delicioso niño, ante mí te arrodillarás por fin.

Corrí de vuelta al refugio de Orson y me quedé pegado a una pared. No entendía cómo había podido sobrevivir allí durante tres años; yo dudaba que pudiera durar una sola noche.

Me abracé las rodillas contra el pecho y esperé la llegada del día.

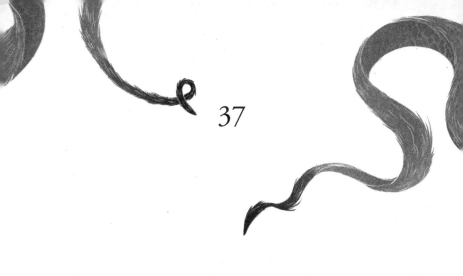

37

Salí de inmediato de la iglesia para ir a la biblioteca en cuanto me pareció que era seguro hacerlo, aunque sabía por experiencia que eso de la seguridad era relativo. La puerta estaba abierta, así que me deslicé al interior. Sam estaba en la sala de música y sometía la batería a un severo y escandaloso castigo. Tenía los ojos cerrados y en la cara se le reflejaban el dolor y la tensión mientras los brazos se le movían como tornados.

—¡Sam! ¡Sam! ¡No puedo ni oír mis pensamientos!

El señor Morhill se había quedado plantado en la puerta, con las piernas abiertas y los brazos cruzados.

Sam dejó de tocar y levantó la mirada. Sostenía las baquetas como armas.

—Fue por mi culpa, tío Archie. Todo fue por mi culpa. Me pareció bien seguir con el plan de hablar con Conrad Eldridge, y ahora perdimos a Orson y a Hector.

Las lágrimas asomaron a sus ojos, pero no cayeron.

Claro, Sam se lo había contado a su tío. Era de esperar. Lo que me sorprendía más era que ambos me recordaran. Tal vez ese era un buen augurio; quizá no todo estaba perdido.

—¿Estás llorando, Sam? ¿Te ayudan las lágrimas en un momento como este?

—No hay nada malo en llorar...

—Yo no dije que lo haya —dijo el señor Morhill—. Solo te pregunté qué utilidad tiene llorar ahora.

—¿Y qué quieres que haga? Conrad desapareció, no sé dónde está el gélim y no puedo contactar con Hector ni con Orson. ¿Qué es lo que debería estar haciendo exactamente?

La expresión del señor Morhill se suavizó.

—Tu trabajo, Samantha. Te prepararon para ello.

—¿Cómo? No puedo acceder al otro lado como lo hace Hector.

—No, pero tal vez haya otras maneras de dar con ese monstruo. De todos modos, te puedo asegurar que no lo descubrirás encerrándote aquí a tocar la batería.

Sam resopló.

—Para ti es muy fácil decirlo.

El señor Morhill hizo una pausa.

—Tengo fe en ti, Samantha —dijo por fin. Asintió para confirmarlo—. Y Kairos también.

Y luego se fue.

¿Su trabajo? ¿Kairos? No tenía ni idea de qué podían estar hablando, pero empezaba a sospechar que el señor Morhill era más que un bibliotecario y que Sam era más que una estudiante. Incluso me pregunté si realmente era su sobrina.

Sam dejó a un lado las baquetas y se sacó un *walkie-talkie* de su bolsillo. Lo encendió y se lo acercó a la cara.

—¿Hector? ¿Estás ahí? ¿Puedes oírme? Estoy en la biblioteca, no sé si estás dentro del alcance de los *walkie-talkies*...

Me saqué el *walkie-talkie* del bolsillo trasero. Me había agarrado a él como si fuera una manta de seguridad, desde el enfrentamiento con Conrad.

—Hector, si puedes oírme, háblame, ¿okey? Sé que las cosas están muy mal, pero puedo ayudarte. Podemos arreglarlo. Juntos.

Pero ¿qué sentido tenía? No podíamos hablar con el gélim. Habíamos perdido a Orson mientras intentábamos razonar con él, y ahora yo también estaba perdido. Lo que no nos dejaba más opción que luchar, aunque lo cierto era que necesitábamos un ejército para derrotar al monstruo, pero sabía que eso no iba a detener a Sam. Yo, sin embargo, no podía soportar el pensamiento de que algo le pasara a alguien por mi culpa.

Ahora entendía mejor a Orson. Su soledad. Lo desesperado que había estado por tener a alguien con quien hablar, pero también cuánto le asustaba ser el motivo de la perdición de otra persona. Incluso entendí que su desesperación por cuidar de sus amigos le había llevado a implicar a Blake en el robo de la pulsera de la Musser. Yo no culpaba a Orson de mi situación, pero no iba a dejar que Sam corriera mi misma suerte.

—¿Hector? Vamos, anda, sé que puedes oírme. Por favor, háblame, y pensemos cómo salir de esta.

No había podido salvar a Orson del gélim, ni había podido evitar que el monstruo me capturara, pero sí podía asegurarme de que Sam no se convirtiera en su presa. Dejé el *walkie-talkie* junto al piano y me fui.

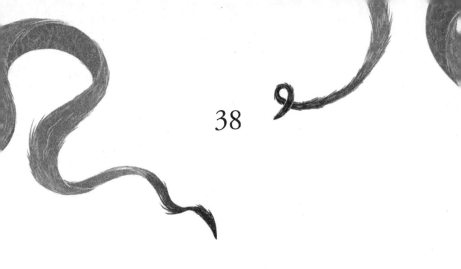

38

Me fui a casa.

Pensé que, si el gélim realmente vivía y cazaba en Saint Lawrence, sería más seguro estar en casa que en la escuela. Dado que nadie podía verme ni oírme, y dado que nadie —aparte de Sam y el señor Morhill— me recordaba, no tenía más elección que caminar. Había caminado hasta casa una vez que Pop había tenido que quedarse en el trabajo y mamá estaba en una reunión. Jason y yo caminamos los siete kilómetros que nos separaban de nuestro hogar. Caminar esa distancia con mi hermanastro no me había parecido un gran suplicio, pero el camino se me hizo eterno al tener que hacerlo solo.

Cada vez que oía algún sonido extraño, pegaba un respingo. Dado que el gélim existía, parecía probable que otros monstruos vivieran en este extraño mundo adonde iban las cosas perdidas. Intenté no imaginar qué aspecto podían tener, pero mi mente convocaba a bestias con colmillos, garras, escamas y vientres viscosos.* Monstruos que se alimentaban del dolor y del miedo y de chicos invisibles.

La canción del gélim sonaba en bucle en mi cabeza, pegajosa como uno de los viejos discos de pop.

Para pasar el rato, pensé en la conversación que habían tenido Sam y el señor Morhill. Él le había dicho que encontrarme era su trabajo y había mencionado un nombre extraño. Kairos. Parecía griego, pero no estaba seguro. Estaba claro que Sam no era una simple alumna del Saint Lawrence, y empezaba a pensar que no había sido una coincidencia que hubiera aparecido en la escuela cuando lo hizo. Y tal vez la llegada del señor Morhill tampoco había sido casual. Pero ¿qué importancia tenía eso? Ninguno de los dos podía ayudarme. Si hubieran podido, ya lo habrían hecho. Estaba atrapado en el mundo de las cosas perdidas. Era invisible. Me habían olvidado. Era como un viejo juguete que acumulaba polvo.

Cuando finalmente llegué a casa, solo encontré a mamá. Estaba ocupada trabajando en su estudio. Me senté en el suelo y la miré un rato. Ella no podía verme, pero yo quería oír el sonido de su voz.

—Por favor, ayúdame, mamá. Por favor, tienes que verme. Tienes que acordarte de mí. Soy Hector, tu hijo.

Mamá tecleaba, clicaba con el ratón y murmuraba cosas, pero no levantó la mirada en ningún momento.

Di una vuelta por la casa. Mi cama y mis cosas seguían en mi cuarto. Me pregunté qué pasaría con ellas ahora que todos me habían olvidado. ¿Acabarían apareciendo en ese lugar perdido, conmigo? ¿Y mamá y Pop las veían o sus miradas

* Alusión a *Slimy Underbelly*, novela de Kevin J. Anderson. *(N. del T.)*

pasaban por encima de ellas sin percibirlas? Aproveché para ir a curiosear en la habitación de Lee, porque nunca dejaba que entrara nadie, pero la verdad es que me llevé un chasco. Estaba desordenada, con ropa y toallas en el suelo, y olía mal, pero no había nada interesante escondido en ninguna parte. Encontré una vieja novela gráfica que se había deslizado entre las grietas y me arrastré con ella hasta mi cama... Y así pasé el resto de la tarde, leyendo viejos libros que creía perdidos.

Tampoco estaba tan mal. De alguna manera, no era tan diferente a mi vida habitual. Desde que mamá y Pop se casaron, yo había sido un invisible de otra clase. Por lo menos ahora no tenía que soportar rodillazos en el muslo y nadie iba a obligarme a asistir sentado a un partido de beisbol solo porque jugaba Jason. Podía decidir qué actividades hacer.

Pero toda esa determinación desapareció a la hora de la cena.

Pop llegó a casa y mamá empezó a cocinar. Estaba haciendo pollo frito, macarrones con queso, hojas de mostaza y galletas. Todo cosas que me gustaban. Me senté junto a la encimera para verla canturrear mientras rebozaba y freía el pollo. Le dio a Pop en la mano con la cuchara de madera porque él intentó robar un trozo de queso, pero cuando al final consiguió su objetivo, le sonrió.

Jason y Lee estaban jugando juntos a los videojuegos. Pop puso la mesa. Cuatro platos, cuatro servicios de cubiertos, cuatro vasos.

No me echaban de menos. Eran felices sin mí. Todas las pruebas de mi existencia estaban a su alrededor —aparecía en las fotografías de la pared, mis libros estaban sobre la mesa y mi último examen de Mate seguía colgado en el refri—, pero no podían verlas. No podían verme a mí. Me habían eliminado de la familia y no se daban cuenta de que no estaba con ellos.

—¡Estoy aquí! —grité cuando mamá los llamó a cenar—. ¡Por favor, di mi nombre! ¡Hector! ¡Tu hijo! ¡Estoy aquí! ¡Por favor, escúchame! ¡Tienen que verme!

Pero nada sucedió. Ninguno de ellos me veía. Por no ser, ni siquiera era un fantasma. No era nada.

—Mamá, ¿por favor?

Ahora entendía por qué Orson había vuelto al Saint Lawrence después de ir a su casa. No podía ni imaginarme la posibilidad de quedarme allí, en la casa en la que había vivido, sin que nunca me vieran. Sería un recuerdo constante de que estaba perdido y de que era probable que nunca me encontraran.

Salí de casa y corrí calle abajo. Solamente cuando llegué a la carretera, me di cuenta de que ya era demasiado tarde para volver a la escuela. No sabía lo que podía acechar allí en la oscuridad, con la intención de convertirme en su comida. Pero tampoco podía volver a casa, porque no podía soportar la idea de pasar un segundo más en ese lugar en el que ya no me recordaban.

Como las buenas opciones se habían acabado, escogí la menos mala de todas y caminé hacia la casa de Blake.

Me planté en la escena del crimen. La última vez que había estado en aquel jardín trasero, estaba tan enojado que no podía pensar con claridad. Llevaba en la mano un encendedor que había tomado del banco de herramientas de Pop, en nuestro garaje. Blake y sus madres habían ido a pasar el día fuera. Sabía que lo que estaba haciendo estaba mal, pero esa palabra resonaba en mi cabeza una y otra vez. Me había insultado con esa palabra que empezaba por eme, y que no era friki. Era la palabra que nadie le podía decir a otra persona, bajo ninguna circunstancia. Con un movimiento de mi pulgar, prendí el encendedor y acerqué la llama a la esquina del diorama.

El papel maché prendió mucho más rápido de lo que esperaba. Miré durante unos segundos cómo los dinosaurios de plástico se derretían y el volcán se quemaba. Luego me asusté de lo que había hecho. El fuego se extendía demasiado rápido. Fui por la manguera, la desenrollé y lo apagué. Pero ya era demasiado tarde para el proyecto de Blake; estaba completamente destruido.

Pensé en qué habría dicho Blake al llegar a casa y ver su diorama —el proyecto en el que había invertido tantas horas— quemado y empapado. Pensé en si habría llorado o si directamente habría tomado el camino de la rabia.

Había planeado tirar el encendedor para ocultar pruebas de lo que había hecho, pero en algún lugar entre la casa de Blake y la mía lo perdí.

Miré a través de las ventanas. Las madres de Blake estaban sentadas en el sofá viendo una película. La cena había concluido, y los platos estaban lavados y en su lugar. No veía a Blake por ninguna parte. Con cuidado, abrí la puerta de atrás y me deslicé al interior. Conocía tan bien la casa de los Nesbitt como la mía.

—¡Hola, señora Nesbitt! ¡Hola, señora N.! —dije, como si se tratara de una tarde normal y ellas pudieran oírme.

Imaginé que me saludaban con la mano sin mirarme y que la señora Nesbitt me decía que Blake estaba arriba en su habitación.

Subí las escaleras. Blake estaba sentado en el suelo jugando a *Final Fantasy VII Remake*. Le gustaban los juegos de *Final Fantasy*, pero el VII y el XV eran sus favoritos. Había ganado tantas veces que yo ya había perdido la cuenta. Me senté en el borde de su cama para mirar un rato. Yo no era muy bueno con los videojuegos —podía sobrevivir en modo fácil—, pero las habilidades de Blake, en cambio, eran prodigiosas. Sus dedos se movían tan rápido que apenas podía seguirlos. Solamente bajaba el ritmo cuando jugábamos alguna partida de dos jugadores. Nunca se quejaba de tener que esperarme o de que lo frenara.

—¡Lo siento tanto, Blake! —dije—. Estuvo muy mal que quemara tu proyecto de Ciencias. Sí, ya te lo había dicho, pero esta vez lo digo de corazón. Me equivoqué.

Se me había hecho un nudo en la garganta. Tuve que parar y tomar aire antes de continuar:

—Pero tú también estabas equivocado. Todas esas veces que me dijiste eso... Ya sé que las palabras no hieren físicamente, pero eso que me dijiste duele, porque me lo dijiste tú.

Blake sacudió la cabeza y se metió el dedo en la oreja, como para limpiársela.

Me senté en el suelo y quise imaginar que todo volvía a ser como antes.

—Antes de ti nunca había tenido un mejor amigo, Blake. En la otra escuela tenía amigos, pero no podía hablar con ellos como hablaba contigo. No hay nadie en todo el mundo con quien me guste más pasar el rato que contigo. Por eso quería que fueras mi novio. Pensé que no pasaría nada si a ti no te parecía bien la idea, que yo seguiría siendo tu mejor amigo.

Blake estaba subiendo el pilar del Sector 7 de los Suburbios y luchando contra las Tropas de Élite Riot, pero estaba sufriendo más daños de los habituales. Seguía con sus sacudidas de cabeza y no dejaba de hurgarse en la oreja.

—Me gustaría poder seguir echándole la culpa a Conrad Eldridge por todas esas cosas que me dijiste y que me hiciste, pero compartí el rato con los *cupcakes* en los almuerzos (por cierto, creo que te gustarían si los conocieras) y dicen que siempre has sido un poco abusón. Lo dicen incluso Evan y Gordi.

»Yo no me daba cuenta porque estaba a tu lado riéndome contigo, lo que también me convierte en un abusón, claro, pero sé que en realidad no eres así. Sé que de haber sabido que estabas hiriendo los sentimientos de la gente habrías parado. Todo esto me ha hecho pensar hasta qué punto una broma solamente es divertida si todo el mundo puede reírse. De hecho, te sientes mal si sabes que alguien no se ríe de una broma, ¿verdad?

Blake puso el juego en pausa y soltó el control. Se apretó las palmas contra las orejas y torció los labios. Cerró los ojos con fuerza e hizo una mueca.

—¿Blake? ¿Estás bien? ¿Qué te pasa?

Obviamente, no podía oírme. Nadie podía oírme. Tras unos segundos, Blake se libró de la molestia que tuviera y retomó el juego.

—Te extraño mucho. Extraño a mi mejor amigo. No sé si sigues siendo tú, pero yo quiero de verdad que lo seas. Quiero que todo vuelva a ser como antes, cuando hablabas conmigo sin que pareciera que quisieras pegarme. Cuando no empleabas esos horribles insultos contra mí, los mismos que la gente había empleado con tus mamás. —Las lágrimas me inundaban los ojos y corrían lentamente por mis mejillas—. ¡Lo siento tanto, Blake! Lo siento de verdad. Lo siento. Por favor, no me odies más.

—Cállate.

La voz era tan tranquila que al principio creí que me la había imaginado, pero después de limpiarme los ojos vi que Blake me estaba mirando.

—¿Blake?

—¡Cállate! —Se apretó las orejas con los puños y gruñó.

—¿Blake? ¿Qué te ocurre? ¿Puedes oírme?

Un líquido negro y espeso empezó a manar por las orejas de Blake y se le escurrió cuello abajo.

—¿Qué es eso? —Me levanté para correr escaleras abajo en busca de ayuda, pero me detuve cuando recordé que las madres de Blake no iban a oírme. Me sentía desvalido, pero no podía rendirme.

Al volverme a mirar a Blake recordé cuántas veces Conrad Eldridge le había susurrado al oído. El gélim había dicho que lo que había transformado a Conrad en una estructura sin contenido había sido algo parecido a un hongo. ¿Y si el monstruo se había valido de esa artimaña? Tal vez cada palabra que el gélim le había dicho a Blake lo había infectado. Y tal vez, de algún modo, yo fuera la cura.

—¡Tienes que luchar contra eso! —le dije—. ¡Tú puedes vencerlo! ¡Tú puedes hacer todo lo que te propongas! ¡Yo creo en ti, Blake!

Blake se retorcía en la alfombra, gruñendo, y se tapaba los oídos como si el sonido de mi voz le hiciera daño. No sabía si estaba en lo cierto, pero tenía la intuición de que tenía que seguir hablando.

—¿Recuerdas el año pasado, cuando tu mamá Nora nos llevó a la feria y estuvimos intentando batir el récord de Kyle McNeil de subidas al Gravitron? Llegamos a siete y luego vomitaste los churros. Yo quería volver a casa, pero solamente teníamos que subir una vez más para ganarle a

Kyle y tú querías superarlo. ¡Eso fue mucho más duro que esto!

—Cállate —murmuraba Blake una y otra vez. El jarabe oscuro seguía saliéndole por las orejas. Imaginé que eran todas las cosas horribles y llenas de odio con las que el gélim le había hinchado la cabeza. Esperaba que fuera eso. Si lo hubiera herido, nunca me lo habría perdonado.

—¿Y te acuerdas de cuando tuve aquel recital de piano en diciembre y me daba mucho miedo hacerlo mal? Tú me dijiste que no importaba, porque todo el mundo comete errores y no pasa nada.

Blake ya casi no se movía. Ya no le salía tanto líquido alquitranado de los oídos.

—¿Y qué me dices del año pasado, cuando el señor Marshall se burló de cómo Gordi decía «vizconde» y tú estuviste empleando esa palabra siempre que podías, pronunciándola como Gordi? Conseguiste que todo el mundo te imitara, y al final el señor Marshall tuvo que amenazarnos con un castigo para que paráramos.

Me agaché al lado de Blake.

—Yo no creo que seas una mala persona. Yo lo que creo es que eres una gran persona que ha hecho algunas cosas mal. Y, después de todo, sigo creyendo que eres mi persona preferida.

En cuanto esas palabras salieron por mi boca, el cuerpo empezó a arderme como si alguien me hubiera echado una jarra de magma por la cabeza. Me sentía como una pieza de velcro que se separa de la otra. Dolía más que aquella vez que Lee me pegó un trozo de papel adhesivo en el brazo y luego lo jaló. Y luego, tan rápidamente como había llegado, el dolor cesó hasta que no fue más que un recuerdo.

Blake se fue incorporando poco a poco. Pestañeaba, sacudía la cabeza... Parecía aturdido. Me miró.

—¿Hector?

—¿Puedes verme?

Me echó los brazos al cuello.

—¡Lo siento, Hector! ¡Lo siento mucho!

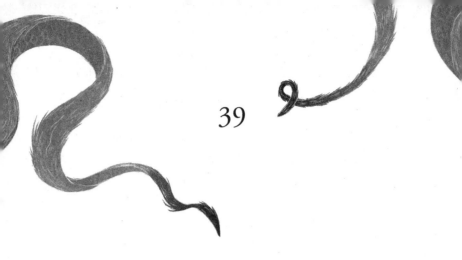

39

No quería que Blake me soltara. En parte, porque sentaba bien abrazarlo tras las semanas que llevaba odiándome, y, en parte, porque temía que si me soltaba yo podía volver a desaparecer. Pero al final Blake dejó de abrazarme y se quedó sentado.

Por fortuna, yo seguía siendo visible.

—No entiendo lo que ocurre —dijo—. ¿Cómo llegaste aquí? Antes no estabas, ¿verdad? Pero me parecía oír tu voz... ¡Estoy muy confundido!

No sabía muy bien por dónde empezar, pero intenté explicarle todo lo que había pasado, aunque había partes que todavía me resultaban difíciles de entender.

—Entonces ¿Conrad era ese gélim? —dijo Blake—. ¿Y me susurraba cosas malas al oído?

Asentí.

—Pero Conrad era más bien como una marioneta que el gélim controlaba.

—Y tú crees que también intentaba controlarme a mí, ¿no?

Blake miraba hacia el punto en el que yo había visto caer la sustancia alquitranada que manaba de sus oídos. Ya no podía ver la mancha, pero suponía que si me convertía en invisible sí que sería capaz de verla. Sin embargo, pensé que era mejor no probarlo. El dolor que había sentido tal vez lo había causado el hecho de liberarme de la trampa del gélim. No me veía con fuerzas suficientes para comprobar si mi libertad era permanente.

—Pues sí.

Blake se apoyó en su cama y se pasó las manos por el pelo. Agarró una de las bolas que tenía para practicar malabares y empezó a pasársela de una mano a la otra mientras reflexionaba sobre todo lo que le había contado.

—Todavía no me creo que puedas volverte invisible. Eres como un superespectro o algo así.

—Ya sabía yo que ibas a dar con un nombre de superhéroe mucho mejor del que yo podría encontrar.

Le conté alguna de mis ocurrencias y nos estuvimos riendo un rato.

Luego Blake calló. Seguía con la bola de los malabares y se quedó mirando la alfombra. Cuando finalmente levantó la vista, tenía lágrimas en los ojos.

—Todas esas cosas que te dije no iban en serio, Hector.

—Sí, ya lo sé. Fue Conrad...

Negó con la cabeza, interrumpiéndome antes de que pudiera acabar.

—No, no... Pero también es verdad que sí, sí... Estas dos últimas semanas son una nebulosa. Lo que recuerdo más es que estaba enojado todo el tiempo. Todo lo demás es como tratar de recordar un sueño.

—¿Lo ves? No es culpa tuya.

—Siento de verdad todo lo que te he hecho últimamente, pero ahora me refería a lo que te dije antes de que apareciera Conrad. Nadie me dijo que te insultara de ese modo. Supe que estaba mal en el mismo momento en que lo hice.

—¿Y por qué lo hiciste entonces?

Blake se secó los ojos con la manga.

—Eres el mejor amigo que he tenido nunca, Hector. Si tuviera un hermano, querría que fuera como tú. —Hizo una pausa, como si tuviera que sopesar lo que iba a decir a continuación—: Cuando me pediste que fuera tu novio, me asusté.

—¿De qué?

—Pensé que, si te decía que no, tú ya no querrías saber nada más de mí.

—¡Qué tontería! —exclamé.

—Ocurrió tan deprisa... —dijo Blake—. Me sorprendiste con la petición, y mi primer pensamiento fue que, si yo no quería ser tu novio, tú encontrarías a alguien para sustituirme, y eso me pareció algo terrible. Luego traté de pensar en ti como tú pensabas en mí, y eso me llevó a preguntarme si me ocurría algo... Y al final, todos esos sentimientos se enredaron, como cuando en un videojuego intentas vencer a un jefe al final de un nivel y lo haces todo bien, pero, aun así, te mata.

Asentí, sabía lo que quería decir, porque montones de jefes me habían matado al final de muchos niveles.

—En ese momento tenía sentido para mí. Me enfurecía conmigo mismo por no sentir lo mismo que tú, y me enfurecía contigo por haberme puesto en esta situación, y me asustaba que dejaras de ser mi amigo. —Blake bajó la cabeza—. Así que te dije lo que sabía que podía herirte más.

—Pues me hirió, desde luego.

—Lo sé —dijo Blake en voz baja—. Y luego, una vez que lo dije, sentía como si no hubiera vuelta atrás, lo que me puso aún más rabioso.

—Todavía tengo los arañazos para demostrarlo. —Intenté bromear, pero la culpa en los ojos de Blake silenció mi risa.

—Al día siguiente, en la escuela, fue la primera vez que Conrad me habló. No sé por qué lo escuché. Podría haberle dicho que se largara, podría haberte pedido disculpas, y nada de todo esto habría pasado. —Se pasó el dorso de la mano por la nariz—. Pero era más fácil culparte por todo lo que había pasado, así no tenía que sentirme avergonzado por lo que te había dicho. Si mis mamás se hubieran enterado, se habrían llevado una gran decepción.

—Supongo que el gélim usó tu rabia para meterse en tu cabeza. Vio una oportunidad y envió a Conrad a envenenar tus pensamientos y a ponerte contra mí. —Empujé con el pie a Blake—. Pero va, te perdono.

—Pues no deberías.

—¿Qué? —pregunté—. ¿Por qué?

Parecía hecho polvo. Tenía los ojos hinchados y las mejillas enrojecidas.

—Porque, por mucho que no recuerde bien todo lo que dije y todo lo que hice, Conrad, el gélim o lo que fuera eso no habrían podido hacerme sentir cosas si yo no las hubiera llevado dentro de mí. No soy una buena persona, Hector.

Volví a pensar en lo que había dicho Sam y en lo que me había dicho mi madre.

—Todos llevamos lo malo dentro. Tú me insultaste. Yo le prendí fuego a tu proyecto de Ciencias. No soy lo que se dice «inocente».

Eso hizo que Blake se riera un poco, pero luego preguntó:

—¿Y no te preocupa que vuelva a insultarte?

—Claro que sí, pero creo que eso es bueno.

—¿Bueno?

—¡Claro! Si no me preocupara, eso significaría que tú tampoco me importas, Blake, y tú eres mi mejor amigo. Tienes que prometérmelo: la próxima vez que te enojes por algo que haga, la próxima vez que algo mío te dé rabia, habla conmigo.

—Lo prometo. —Volvió a abrazarme, y esta vez lo hizo tan fuerte que apenas podía respirar—. Voy a compensarte. Voy a ser el mejor amigo que hayas tenido nunca. No voy a dejar que nada ni nadie te haga daño.

Me eché a reír.

—¡Cómo se nota que no has visto al gélim!

—Lucharé contra diez gélims por ti. —Me soltó y se sentó—. Tal vez podríamos probarlo con alguna broma. ¿Tú crees que a los gélims les gustan los chistes? Porque sé algunos bastante buenos.

La puerta del cuarto de Blake se abrió y entró la señora Nesbitt.

—¡Vaya, tú por aquí, Hector! No recuerdo haberte visto entrar.

Prácticamente me sentía relucir, simplemente porque ella podía verme.

—Eso es porque antes era invisible —dijo Blake.

—¡Blake! —dije asustado.

La señora Nesbitt se echó a reír.

—Oye, tu mamá llamó. Te está buscando, así que será mejor que vayas a casa. Le diré que ya vas para allá.

No quería dejar a Blake ahora que lo había recuperado, pero deseaba volver a ver a mi madre, y que ella me viera también.

—¿Nos vemos mañana por la mañana en la biblioteca antes de las clases? —pregunté.

—Cuenta con ello.

Mamá estaba esperándome en la cocina cuando llegué a casa. Pensaba que iba a estar enojadísima, pero me dio un abrazo que yo no quería que se acabara nunca. Cuando finalmente me soltó, le pregunté:

—¿Y esto, es por algún motivo especial?

Me revolvió el flequillo con la mano y sonrió.

—No es por ningún motivo especial. Pero llevo todo el día sintiendo como que había olvidado algo.

Por mucho que mi madre no me hubiera recordado mientras estaba perdido, tal vez para ella fuera imposible olvidarme completamente. Tal vez alguna pequeña y silenciosa parte de ella había sabido todo el rato que yo estaba perdido. Si esto era así, entonces todavía había esperanza para Orson.

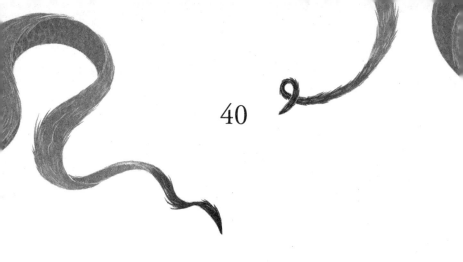

40

Sam corrió atravesando toda la biblioteca y casi me derribó cuando se lanzó sobre mí para abrazarme. El señor Morhill permanecía tras el mostrador de la entrada, contemplando la escena con una sonrisa, como si hubiera estado esperando mi llegada.

—¡Volviste! —dijo Sam—. ¿Cómo? ¿Cuándo? Pero… ¿cómo?

Antes de que pudiera contestar a las preguntas de Sam, Blake entró en la biblioteca. Miró a su alrededor y sonrió al verme.

—¿Qué hace este aquí? —preguntó Sam, evidentemente tensa.

Levanté las manos para evitar cualquier acción precipitada.

—¡No pasa nada! ¡Blake ya está bien! ¡Volvemos a ser mejores amigos!

Sam estiraba el cuello para mirarlo con escepticismo.

—¿Estás seguro? Podría ser una trampa.

—No lo es —dije—. De verdad. Te lo explicaré todo, ya verás.

Sam se contuvo y finalmente se dirigió a la sala de música. Blake me dio un toque en el hombro y susurró:

—Tenías razón. Sí que es una chica.

La sensación que tenía era que de alguna manera había perjudicado a Sam al contarle a Blake la noche anterior que en realidad era una chica... Pero no estaba del todo seguro de eso. Ella siempre evitaba responderme cuando le preguntaba sobre ese tema.

Blake y yo la seguimos hasta la sala de música. Una vez allí, le expliqué rápidamente todo lo que había pasado después de que Conrad me hubiera atrapado en el lugar adonde van a parar las cosas que se pierden. Incluso después de mi explicación, Sam no parecía fiarse de Blake, pero por lo menos dejó de mirarlo como si estuviera pensando en la manera de ofrecérselo al gélim para que se lo comiera.

Yo tenía un montón de preguntas, como por qué ella podía acordarse de mí cuando todo el mundo me había olvidado o por qué Blake había podido oírme y yo había podido volver a hacerme visible..., pero la pregunta más importante era la que finalmente les formulé:

—¿Cómo rescatamos a Orson?

—Yo creo que tenemos que combatir al gélim frontalmente. —Sam sujetaba las baquetas y las hacía girar entre sus dedos mientras caminaba por la habitación.

Yo quería hablar con ella sobre la conversación que había escuchado entre ella y su tío, sobre ese «trabajo» que se suponía que tenía que hacer, y quería preguntarle quién era Kairos, pero la vida de Orson estaba en peligro, así que necesitaba concentrarme en él.

—Eso es imposible —contesté, sintiendo que la desesperación se iba apoderando de mí—. Es demasiado grande, y no podemos hacerle daño. Yo apenas pude sobrevivir una sola noche ocultándome del gélim. Podría haberme devorado de un bocado.

Sam gruñó de pura frustración.

—Lo sé. Sentí todo su poder cuando hablábamos con Conrad. Es un ser viejo, fuerte y hambriento.

—¿Kairos puede ayudarnos?

Sam me miró como si acabara de expulsar sapos por la boca.

—¿Cómo sabes de ellos?

—Eso no importa. ¿Pueden ayudarnos o no?

—Oye, ¿qué pasa? —dijo Blake.

—¿Me has estado espiando? —preguntó Sam.

No sabía si estaba enojada porque podía haber oído algo que no debía o preocupada por lo mucho que podía haber escuchado.

—¿Hector? —dijo Blake—. ¿Sam?

—No te espiaba...

—Entonces ¿cómo sabes que existe Kairos?

—Si no se le puede hacer daño al monstruo en ese lugar de las cosas perdidas del que hablan —dijo Blake—, ¿por qué no lo traes aquí?

Sam y yo dejamos de discutir y volteamos a verlo.

—¿Qué dijiste? —preguntó Sam.

Blake tenía las manos en los bolsillos. Se aclaró la garganta.

—Podrías traer aquí al monstruo. No sé si en este lado será más fácil luchar contra él, pero por lo menos no tendrás que hacerlo solo.

Negué con la cabeza.

—No puedo hacerlo. Para empezar, no sabría cómo.

Sam arrugó la nariz.

—Pero... ¿y si fuera posible?

—No lo es. ¿Recuerdas cuando intenté traer a Orson de vuelta conmigo? Se me resbaló de entre los dedos.

—Pues yo no he dejado de darle vueltas al asunto —dijo Sam. Eso era una novedad para mí. Dejó las baquetas a un lado y sacó su libreta de la mochila—. No creo que la gente olvide a los chicos que el gélim atrapa. Creo que si quedan atrapados es porque el gélim hace que el mundo los olvide. Ya vimos con el brazalete de la Musser que los objetos perdidos pueden volver a nuestro lado, pero el gélim se asegura de que los chicos que se deslizan por las grietas no puedan volver borrándolos de la memoria de la gente.

Con la mención de la pulsera de la señorita Musser no pude evitar hacer una mueca, y le susurré un «lo siento» a Blake.

—Por lo tanto, mi teoría —siguió diciendo Sam— es que, si suficientes personas se acordaran de Orson, tú podrías traerlo de vuelta a casa.

—Pero, entonces ¿por qué yo pude volver si solo tú y el señor Morhill se acordaban de mí? —Ladeé la cabeza—. ¿Cómo puede ser que me recordaran?

Sam ignoró mi segunda pregunta.

—Tú eres diferente, Hector. Orson y los demás chicos se deslizaron por las grietas y aparecieron en el mundo de las cosas perdidas, pero tú puedes ir allí siempre que quieras. Todo lo que necesitas es tener un ancla en este lado.

Los dos volteamos a ver a Blake.

—¿Yo? —dijo.

—Cuando liberaste a Blake de la influencia del gélim, te liberaste a ti mismo —me explicó Sam, encogiéndose de hombros como si fuera una evidencia.

Examiné su teoría en busca de puntos débiles, pero no encontré ninguno que fuera obvio.

—Entonces ¿crees de verdad que si hubiera suficientes personas que recordaran a Orson yo podría sacarlo del mundo de las cosas perdidas?

Sam asintió.

—Y también creo que podemos traer al gélim aquí.

—¡Sí! —dijo Blake—. ¡Ese monstruo no podría luchar contra toda la escuela!

—¡Oye, oye, esperen un segundo! —Quería captar su atención, pero ni Sam ni Blake me escuchaban.

—Hector podría traer al monstruo al comedor a la hora del almuerzo —dijo Blake, hablando cada vez más rápido por la emoción.

—¡Eso sería perfecto! —dijo Sam.

—¡Basta! —grité. Y al final se callaron—. Ninguno de ustedes dos ha visto al gélim. Aunque pudiera hacerlo visible, incluso aunque pudiéramos herirlo de algún modo, nunca podremos derrotarlo.

—Es que no tenemos que hacerlo —dijo Sam—. Solamente tenemos que traerlo aquí y...

—¿Y aparecerá Kairos y acabará el trabajo? —aventuré.

Sam me estaba ocultando cosas. Normalmente, no metería las narices en sus asuntos, pero estábamos hablando de poner nuestras vidas en peligro.

—No hay tiempo para explicarlo todo —se limitó a decir—. Pero necesito que confíes en mí, ¿de acuerdo?

La miré a los ojos.

—¿Me dirás qué o quién es Kairos cuando acabe esto?

—Te lo prometo.

—¿Cuándo se supone que lo hacemos? —preguntó Blake.

—Hoy, si podemos —contestó Sam.

—Solo para tenerlo claro —dije—, el plan es volverme invisible, que rescate a Orson, que arrastre al gélim al comedor y que luego lo haga visible frente a todos los estudiantes, ¿verdad?

La idea de volver al lugar adonde iban a parar las cosas perdidas me revolvía el estómago.

Sam arrugó la frente.

—Me encantaría que hubiera otra manera. Pero, por si te hace sentir mejor, quiero que sepas que, después de haberte liberado, no creo que el gélim pueda atraparte otra vez.

—Sí, claro. Muy bien.

Blake me rodeó los hombros.

—No estarás solo, Hector. Iré contigo.

—No puedo llevar a nadie —dije negando con la cabeza.

—¿Lo has intentado con alguien que no sea yo? —me preguntó Sam ladeando la cabeza.

—No, pero...

—Pues me apuesto algo a que puedes llevarte a Blake. Me apuesto dos barras Nutty Buddy, va.

—Oye, parece que va en serio, Hector.

La confianza de Sam era abrumadora. Creía en lo que decía con toda su alma, y para mí la única manera de probar que se equivocaba era intentarlo. Pensé que también podía acabar con aquello de una vez, así que, con el brazo de Blake todavía rodeándome los hombros, me volví invisible.

—¿Funcionó? —preguntó Blake, soltándose para ponerse la mano ante la cara—. ¿Soy invisible? Yo me veo...

Busqué la sombra de Blake, pero ya no estaba. ¡Lo había conseguido! Lo había hecho invisible y ni siquiera había resultado difícil.

—Ya lo sabía... —dijo Sam—. Y ahora, ¿pueden volver?

Agarré a Blake por el brazo, cerré los ojos y deseé volver a la sala de música. Me daba miedo que no funcionara, pero la fuerza que me había pegado al lugar de las cosas perdidas la última vez había desaparecido y, ahora, moverme entre ambos mundos me resultaba más fácil que nunca.

—¿Por qué pude hacerlo? —le pregunté a Sam—. ¿Y cómo es que tú sabías que podría?

—Creo que siempre has sido capaz de llevar a otras personas al otro lado. Pero conmigo esa habilidad no te funciona, y dimos por hecho que tampoco te funcionaría con los demás.

Pensé que tal vez no funcionaba con Sam porque yo podía percibir que no era un chico y porque ella había podido recordarme cuando todos me habían olvidado. Pero antes de que pudiera preguntárselo, Blake dijo:

—Entonces lo hacemos, ¿no?

—No te puedo forzar, Hector —dijo Sam—, pero no te lo pediría si no pensara que puedes llevar a cabo esta misión.

Deseaba creer en mí mismo tanto como lo hacían Sam y Blake. Pero, aunque no fuera así, Orson se había pasado años huyendo del gélim y ahora lo había capturado por mi culpa, así que, por mínimas que fueran las posibilidades de salvarlo, mi obligación era intentarlo.

Para que nuestro plan funcionara, teníamos que convencer a los demás estudiantes del Saint Lawrence de que Orson Wellington y el gélim eran reales. Sam se ofreció voluntaria para propagar la historia entre las clases de séptimo, y Blake y yo dijimos que nos encargaríamos de hacer lo mismo entre las de sexto, pero si queríamos que nuestro plan funcionara, necesitábamos que los de octavo también hablaran de Orson y del monstruo. Y el único estudiante de ese curso que podía ayudarnos era la última persona a quien deseaba pedírselo.

Blake y yo dejamos a Sam en la biblioteca y fuimos a buscar a Jason, que estaba todo sudado después de haber estado jugando básquet.

—¿Qué quieres, pianista?

—¿Podemos hablar?

Jason miró un momento a sus amigos y luego se acercó a nosotros.

—¿Qué pasa?

—Necesito que me ayudes —le dije—. No te puedo explicar por qué, pero necesito que me creas.

Jason hizo un gesto hacia Blake.

—Imagino que tú y él vuelven a ser amigos.

—Sí.

—¿Crees que puedes confiar en él? —Jason parecía preocupado, casi como se preocuparía un hermano.

Podía sentir la presión de Blake para que contestara a la pregunta. Nunca se había llevado bien con Jason.

—Ya hablamos. Ahora todo está bien.

Mi hermanastro miró a Blake.

—¿Se disculpó?

—Sí, lo hice —dijo Blake—, aunque eso no puede borrar lo horrible que fui.

Si Jason conseguía que los chicos de octavo hablaran sobre Orson y el gélim, lograríamos que los cursos inferiores también hablaran de ellos, y esa era la única forma de que nuestro plan funcionara.

—¡Por favor, Jason! Necesito tu ayuda, de verdad.

Mi hermanastro miró a Blake una vez más antes de voltear a verme.

—Okey, dime lo que quieres, pero no me vengas llorando cuando este vuelva a insultarte.

El timbre estaba a punto de sonar, así que le conté lo del gélim y lo de Orson Wellington tan rápido como pude.

—A ver si lo entendí —dijo—. Tú lo que quieres es que les diga a mis amigos que en la escuela hay un monstruo invisible que se lleva a los chicos que sufren acoso y que se alimenta de su miedo, ¿no?

—Pues sí, básicamente es eso.

—¿Y el monstruo no es la señora Ford?

El problema, precisamente, era que no sabía a quién podría elegir el monstruo para aparecer en nuestro mundo. Desde luego, podría ser la señora Ford, pero me parecía que era una elección demasiado obvia.

—Tú diles lo que te conté, y no te olvides de mencionar a Orson Wellington.

—Sí, okey. De acuerdo.

—Mira, si no quieres... —Me detuve al comprender que me había dicho que sí—. Espera, ¿lo harás?

—¡Claro! —dijo encogiéndose de hombros—. He oído historias más extrañas que esta.

El timbre sonó y todos empezaron a formar filas.

Jason me empujó hacia la de mi clase.

—No sé muy bien cómo irá la cosa, pero ten cuidado, ¿okey?

—Sí. Gracias, Jason.

Jason arrugó la nariz.

—No me des un beso. Si lo intentas, te golpeo.

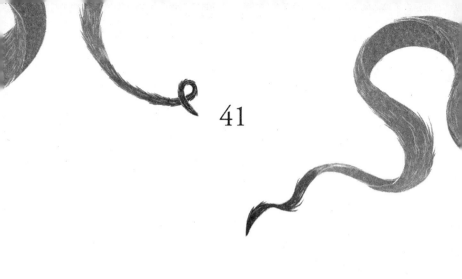

41

En la quinta hora, cuando empezábamos la clase de Educación Física, todo el mundo estaba susurrando cosas acerca de Orson Wellington y el gélim. La historia se extendió más rápido que una plaga de piojos y tomó vida por sí misma. Algunos decían que habían conocido a Orson y otros que habían visto al gélim. No sabía cuántos creían que Orson y el monstruo eran reales, pero lo importante era que hablaban de ellos. Esperaba que eso fuera suficiente.

Estaba en el vestidor cambiándome para la clase cuando Gordi y Evan me arrinconaron.

—¡Oye! —dijo Gordi—. ¿Blake y tú vuelven a ser amigos?

Evan no dejaba de vigilar con el rabillo del ojo a Blake, que se estaba cambiando en el otro extremo.

Asentí.

—¿Incluso después de todo lo que dijo? —Gordi se mordió la punta del pulgar, nervioso—. Lo que te dijo a la cara no es nada comparado con lo que decía cuando no estabas cerca.

Cuando perdoné a Blake, lo había perdonado por todo, pero me alegraba desconocer lo que habría dicho sobre mí a mis espaldas.

—Esas cosas las decía por culpa de Conrad.

Las cejas de Evan formaron de pronto una uve y se me quedó mirando como si hablara en hyliano.

—¿Quién es Conrad? —preguntó.

Nadie parecía acordarse de Conrad Eldridge, ahora que había desaparecido. No sabía cómo explicarles que había sido una herramienta utilizada por el gélim para envenenar a Blake.

—Olviden eso. La cuestión es que Blake y yo hablamos. Él se disculpó y ahora todo está arreglado.

Gordi arrugó la frente.

—¿Se disculpó? Conmigo, no.

En eso no había pensado. Blake volvía a ser mi mejor amigo, pero esa circunstancia no suprimía de repente todo lo que podía haber dicho o hecho a los demás. Yo no tenía derecho a esperar que ellos lo perdonaran.

—No tienen por qué ser amigos suyos si no quieren, pero creo que pueden hablarlo con él. Últimamente estaba irreconocible, pero ahora creo que los escuchará si le explican lo que sienten.

Tanto Evan como Gordi parecían escépticos, y no me extrañaba. Esperaba que le dieran una oportunidad a Blake, pero tenía que salir de ellos mismos.

—¡Hector, a mi oficina! Los demás, vayan saliendo y formen equipos para un partido de *flag football*.

Era la voz del entrenador Barbary, que se abrió paso entre el alboroto de los vestidores.

No me sentía tan seguro cuando fui a su oficina. En la pared colgaba el pizarrón con las clasificaciones de nuestra clase en las pruebas de la semana anterior. Yo figuraba en último lugar. Encontré al entrenador sentado con las manos sobre el escritorio.

—¿Sabías que yo había estudiado aquí cuando tenía tu edad? —me preguntó—. Desde preescolar hasta octavo. Entonces la señorita Musser era una joven profesora y el director era el señor Mitchell en lugar del señor O'Shea, pero la señorita DeVore ya trabajaba en la oficina y tenía el mismo aspecto que ahora.

Me resultaba difícil imaginarme al entrenador con mi edad o a la señorita Musser de jovencita.

—Tenía un mejor amigo. Gideon Lane, se llamaba. Nos sentábamos juntos en el almuerzo y leíamos cómics. No éramos demasiado populares, pero eso no importaba, porque nos teníamos el uno al otro.

—¿Sigue siendo amigo suyo? —pregunté.

El entrenador bajó la mirada.

—Gideon desapareció en séptimo.

Me enderecé en la silla y presté más atención a lo que me estaba contando.

—Lo más extraño es que todo el mundo pareció olvidarlo enseguida. Incluso sus padres. Pero yo no pude olvidarlo. —Levantó la mirada. Estaba sonriendo—. No importaba lo mal que yo me sintiera, Gideon hacía lo que fuera para hacerme reír.

—Pues sí que parece que era un buen amigo, entrenador.

—El mejor. —Barbary tenía un aspecto diferente, menos intimidante—. Pero antes de que desapareciera nos habíamos peleado. Llevábamos sin hablarnos un par de semanas.

Me había enojado con él por alguna tontería. ¿Quién sabe?, quizá si hubiéramos seguido siendo amigos, no habría desaparecido...

De pronto algo me vino a la cabeza.

—¡¿Por eso nos obligó a correr juntos a Blake y a mí?!

El entrenador Barbary hizo un amago de encogimiento de hombros.

—Me limito a pensar que a ustedes, los chicos, les favorece mucho más ayudarse unos a otros que criticarse y destrozarse, ¡aunque lo que hagan sea ayudarse para hacerme la vida imposible a mí!

—¿Puedo hacerle una pregunta, señor? —Cuando el entrenador me contestó con un gesto afirmativo, dije—: ¿Por qué nos hizo competir la semana pasada?

—Para demostrarles que todos somos buenos en algo. Incluso tú.

—¡Pero si fui el último en todas las pruebas!

El entrenador miró hacia el tablero y gruñó.

—Eso solo ocurrió porque, cuando te caes, abandonas. Así que la próxima vez que te caigas, espero que te levantes y sigas corriendo.

—¿Y no hay momentos en los que es mejor abandonar? —pregunté—. Cuando te lesionas o cosas así, ¿no?

—Sí, claro —murmuró—. Cuidar del cuerpo y de la mente es muy importante, y está bien admitir que necesitas un descanso o pedir ayuda. Pero eso no es lo mismo que abandonar el barco cuando las cosas se ponen feas. Mientras lo intentes con todas tus fuerzas y permanezcas fiel a ti mismo, nunca perderás. ¿Lo entiendes?

—Sí, señor.

El entrenador asintió.

—Muy bien. Y una cosa más. —Me mostró un objeto pequeño y brillante. Yo lo agarré y lo hice girar en mi mano. Era una llave. Como lo miraba con expresión interrogadora, me dijo—: Nunca se sabe. Te puede resultar útil.

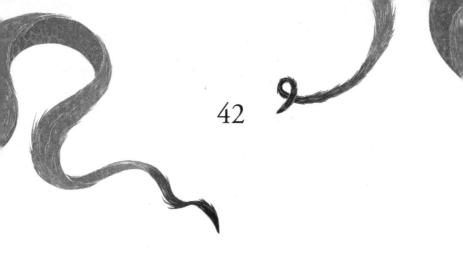

42

Sam, Blake y yo nos encontramos en los baños de arriba cuando sonó el timbre que anunciaba el tiempo libre del almuerzo. Mientras el resto de alumnos cruzaba el estacionamiento hacia el comedor, llevamos a cabo los preparativos finales para enfrentarnos al gélim y rescatar a Orson.

—Solamente dispones de cuarenta y cinco minutos antes de que se acabe el almuerzo —dijo Sam en lo que ya me parecía que era la décima ocasión.

—Ya lo entendí.

—Y no intentes luchar contra el gélim. Tú solo ve a la rectoría, rescata a Orson y atrae al monstruo al comedor.

—¿Y cómo le hacemos para meter al gélim en el comedor? —preguntó Blake.

—Creo que esa será la parte más fácil del plan. —Sam se metió las manos en los bolsillos—. ¿Qué harías tú si alguien intentara robarte tu almuerzo?

—Probablemente, dejaría que se lo comieran —dije yo.

—No creo que el gélim sea tan generoso —dijo Blake entre risas.

Sam me entregó un nuevo *walkie-talkie*.

—Tendré encendido el mío por si acaso me necesitas. —Luego me puso los brazos alrededor del cuello—. ¡Buena suerte!

Miré a Blake en cuanto Sam se metió en uno de los cubículos del baño para ocultarse.

—¿Listo? —le pregunté.

—Siempre.

Temblaba de la cabeza a los pies. Pensar en que iba a volver a hacerme invisible y enfrentarme al gélim hacía que sintiera ganas de vomitar. La última vez solo había sido capaz de correr y de ocultarme en la iglesia. ¿Cómo iba a rescatar a Orson cuando yo apenas podía mantenerme a salvo?

Blake me tomó la mano y la apretó.

—Vamos a salvar a tu amigo, ¿de acuerdo?

Asentí, incapaz de hablar, y nos convertimos en invisibles.

—¡Qué extraño es esto! —dijo tras ponerse ante el espejo y comprobar que no tenía reflejo.

Me habría gustado dejarlo disfrutar un rato de su nueva condición, pero no teníamos tiempo para distracciones.

—Tenemos que irnos.

Blake me miró y salió de los baños tras de mí.

—Entonces no somos realmente invisibles, ¿verdad? —dijo mientras nos dirigíamos a la rectoría.

Se me hacía raro ir voluntariamente a la madriguera del monstruo, pero si Orson todavía estaba vivo, estaba seguro de que se hallaría cerca de donde el monstruo pudiera controlarlo.

—Realmente no.

—Entonces tal vez deberíamos llamarlo de otra manera...

—¿Cómo?

—¿Cambio?

—Sí, bueno... —respondí—. Pero incluso si no soy realmente invisible, me siento como si lo fuera. Nadie me ve, nadie me oye y todo el mundo se olvida de los chicos que se quedan atrapados en este lugar, aunque creo que eso es por culpa del monstruo.

—¡Ah! —dijo Blake. Tras unos instantes callado, por fin preguntó—: ¿Qué tal te ha ido estos días comiendo con los *cupcakes*?

—No deberías llamarlos así —dije—. En realidad, son de lo más geniales.

Me sentía raro llevándole la contraria a Blake, pero también me preguntaba por qué no lo había hecho antes.

—No quería... —Se detuvo—. Tienes razón. Lo siento. En el fondo, supongo que estoy celoso.

—¿De qué?

—Solía pensar que si algo sucedía o acabábamos en escuelas diferentes, estarías solo sin mí porque no podrías hacer nuevos amigos, pero fue justo al revés, ¿verdad?

—No...

—Vamos, Hector. Solo bastó un par de semanas para que todos me ignoraran. Empiezo a pensar que la única razón por la que la gente se acercaba a mí era porque tú eras mi amigo.

—Pero eso era por culpa de Conrad.

—No todo fue por culpa de Conrad —dijo Blake, hundiendo más las manos en sus bolsillos.

Recordé cuánto me había enojado cuando en el almuerzo los chicos habían hablado de lo que Blake les inspiraba. Pero él estaba reaccionando mejor que yo.

—Creo que lo que ocurre es que a veces puedes ser malo cuando crees que eres divertido.

—Sí, ya lo sé —dijo Blake—. Pero si la gente se ríe de otro, no se ríe de mí. —Bajó la cabeza—. Tengo que pedir perdón a muchas personas.

Le rodeé los hombros con el brazo.

—Cuando todo esto acabe, te presentaré a todo el mundo. Creo que te gustarán en cuanto los conozcas.

Gordi, Evan y Jackson tenían todo el derecho a no perdonar a Blake, pero confiaba en que lo hicieran.

Tal vez fuera mi imaginación, pero el cielo parecía oscurecerse a medida que nos acercábamos a la rectoría. Sentía como si nos mirara, escrutándonos, preparada para atacar. Pero solo era un edificio, y los edificios no están vivos. El auténtico peligro estaba dentro.

Blake aminoró la marcha cuando nos estábamos acercando a la puerta por la que el gélim había intentado arrastrarme la última vez.

—¿Me convierte en un cobarde no tener ningunas ganas de entrar?

—No, eso te hace inteligente. —Hice una pausa—. No tienes por qué hacerlo. Puedo encontrar a Orson sin ti.

Blake sonrió y se sacudió el miedo que lo atenazaba.

—Sé que podrías hacerlo, Hector, pero estamos juntos en esto.

Sonreí, contento de que Blake hubiera cambiado de opinión. Respiré profundamente y me dispuse a abrir. La manija no giraba. Como el gélim me había atraído dos veces antes hacia esa puerta, pensaba que podía estar abierta.

—¿Y ahora qué hacemos? —dijo Blake, estirando el cuello para buscar otra manera de entrar—. Podemos forzar las contraventanas de una de esas ventanas. O podemos buscar una escalera. Las ventanas del segundo piso no tienen persianas.

Me busqué en el bolsillo y saqué la llave que el entrenador Barbary me había dado. Si por casualidad... La llave encajó suavemente en la cerradura y giró.

—¡Vaya! —Los ojos de Blake se abrieron—. ¿De dónde la sacaste?

—Me la dio el entrenador —respondí.

—¿De verdad?

Yo tampoco lo entendía. ¿Cómo había podido saber el entrenador Barbary que iba a necesitar esa llave para entrar en la rectoría? Me prometí que, si sobrevivía, se lo preguntaría.

—Entremos —dije después de abrir la puerta.

Como las persianas de las ventanas del primer piso estaban bajadas, apenas entraba luz. No se veía nada. Pero tal vez fuera mejor así. El suelo estaba cubierto por una capa de mugre y las telarañas colgaban del techo y de los rincones. Las paredes de paneles de madera estaban cubiertas de musgo y moho que se extendían como una infección. Incluso el aire en la casa era algo caliente y viciado. Había objetos perdidos y olvidados por todos lados. Lentes de sol, tazones, plumas estilográficas, montones de libros, zapatos desparejados, canicas, cajas de lápices, coches en miniatura... La rectoría era como una poza de marea a la que habían ido a parar aquellas pertenencias de los alumnos que se habían deslizado por las grietas del mundo real. Encontré un bate de beisbol y lo agarré.

—Creía que no podías tocar nada si eras invisible —dijo Blake frunciendo el ceño.

—Si no tiene sombra —dije entregándole el bate—, entonces es algo real en este lado.

Blake se sacó una linterna del bolsillo, la encendió e iluminó lo que teníamos alrededor. Había un montón de cosas sin sombra y en equilibrio precario arrimadas a las paredes; si llegaban a caerse, quedaríamos sepultados bajo ellas.

—Entre toda esta basura, seguro que hay cosas que valen la pena.

La idea de rebuscar en aquel montón de desperdicios me revolvió el estómago.

—Vamos, tenemos que darnos prisa.

Blake hizo ademán de devolverme el bate, pero le dije que se lo quedara. Con lo bueno que él era en beisbol, le resultaría más útil que a mí.

Por dentro, la rectoría era mucho más grande de lo que parecía por fuera. Franqueamos la puerta que había a la derecha del recibidor y nos encontramos con una estancia que en el pasado debió de ser una sala, pero ahora estaba llena de cajas de cartón y montones de anuarios. Llevaban amontonados allí desde hacía tanto tiempo que parecían montañas minerales y teníamos que avanzar sorteándolos como en un laberinto, con mucho cuidado para evitar desprendimientos.

Blake pegó un grito y me agarró por detrás.

—¿Qué, qué?

—¡Cucarachas, Hector! Y creo que pueden vernos.

A mí tampoco me gustaban las cucarachas, pero a Blake lo aterrorizaban. Sobre todo las *palmetto*, que es un bonito nombre para una variedad voladora.

—Orson me explicó que creía que las cucarachas podían ir y venir a su antojo de este mundo al nuestro, y que eso las hace maestras de la supervivencia.

—Estupendo —susurró Blake—. Otra razón para odiarlas.

Le indiqué que se diera prisa, y a continuación llegamos a la cocina.

Parecía que alguien hubiera salido de allí en plena comida. La mesa en la esquina todavía estaba puesta, con los platos cubiertos de polvo. Un moho oscuro corría por el suelo de linóleo y en los muros había erupciones granulosas que latían y de las que supuraba un moco gris.

—Creo que vamos por el buen camino.

—Eso es lo que me asusta —dijo Blake.

En la esquina de una mesa cubierta por algo semejante a la ceniza, distinguí un objeto de plástico que me resultó familiar. Me dirigí hacia él y estaba a punto de agarrarlo cuando la voz de Blake me detuvo:

—¿Qué es eso?

No podía creer lo que estaba viendo. Traté de tranquilizarme y dije:

—Es el encendedor con el que quemé tu trabajo.

—¿De verdad?

Asentí con la cabeza, porque no sabía si podría pronunciar ni una sílaba. Era ese encendedor. Reconocí las marcas en la parte inferior que Pop había hecho al usarlo para abrir botellas.

—¿Y cómo habrá llegado aquí? —preguntó Blake.

—Creía que lo había perdido después de...

Blake me puso la mano en el hombro.

—Tranquilo, no pasa nada. Eso es parte del pasado, ¿recuerdas?

Deseaba poder perdonarme de la misma forma que lo hacía Blake.

—El gélim debió de encontrarlo y lo trajo aquí.

—¿Nos lo llevamos?

Seguía con la mano tendida.

—No —dije—. Dejémoslo en este lugar.

Mientras nos movíamos por la cocina, con cuidado de no tocar nada, tuve la sensación de que nos estaban vigilando y de que cosas sin sombra se escondían en las sombras, pendientes de nuestros movimientos. La cocina se comunicaba con una habitación que estaba llena de antiguos escritorios que nos bloqueaban el paso como si fueran zarzas. Tuvimos que trepar por ellos para poder pasar. Al llegar de nuevo al pasillo, encontré un palo de golf con una pesada cabeza metálica. Pop había intentado enseñarme a jugar al golf, pero apenas había conseguido golpear la bola una vez. En esta ocasión apuntaría a algo mucho más grande, lo que no sabía si era bueno o no.

La voz de Sam sonó de pronto por el *walkie-talkie*, y tanto Blake como yo pegamos un respingo. Gritamos y caímos uno sobre otro, riendo después del susto.

—¿Cómo va? —preguntó Sam.

—Estamos en la rectoría —dije—. Da bastante miedo. Todavía no hemos encontrado a Orson.

—Dense prisa. Ya casi no hay tiempo.

Sam tenía razón, pero apresurarnos era demasiado peligroso. Cabía la posibilidad de que el gélim nos estuviera esperando y de que utilizara a Orson como cebo para que cayéramos en una trampa. Guardé el *walkie-talkie* de nuevo en mi bolsillo y me giré hacia Blake.

—¿Por dónde vamos?

Miró alrededor.

—Para asegurarnos, deberíamos comprobar cada habitación, pero algo me dice que debemos mantenernos alejados del piso de arriba, así que es probable que sea ahí adonde debamos ir.

No podía siquiera mirar hacia las escaleras sin sentir escalofríos. El moho negro y las protuberancias eran más espesos allá arriba, en la balaustrada, en cuyo nivel la luz parecía como ahogada. Por muy desesperadamente que deseara no subir, sabía que Blake tenía razón.

—Vamos.

Abrí la marcha, escaleras arriba. Mis mocasines se quedaban adheridos a los escalones como si se hundieran en un barrizal y tenía que exagerar los movimientos para sacarlos.

Blake soltó una risita nerviosa.

—Es como si estuviéramos en un videojuego. Tú y yo arrastrándonos por la madriguera del enemigo para luchar contra el gran jefe al final del nivel.

No pude evitar sonreír.

—Lástima que esta no la pueda jugar en modo fácil...

—¿Por qué se mueven las paredes? —preguntó Blake cuando llegamos al rellano.

Encendió la linterna. Las cucarachas se agitaban en todas las direcciones. Blake gritó y retrocedió, como si no recordara que tenía las escaleras detrás. Agitó los brazos y la linterna salió despedida y se perdió en la oscuridad de abajo. Me di la vuelta rápidamente y pude agarrarlo por la camisa para evitar que se cayera, pero tuve que soltar el palo de golf y agarrarme a la barandilla para conservar el equilibrio. Conseguí que Blake lo recuperara, pero mi mano se hundió en la balaustrada y unas pequeñas zarzas se me enredaron en los dedos.

—¡Socorro!

Blake empezó a golpear la barandilla con su bate y me solté lanzando un chillido. Alcé la mano hasta el pecho. Sentía que me ardía, pero no había ninguna herida.

—¿Estás bien? —preguntó Blake.

Asentí con la cabeza. No sabía si podía pronunciar palabra.

—Por lo menos sabemos que estamos en el lugar indicado.

Recuperé mi palo de golf sin dejar de mirar la balaustrada.

—Vamos.

Inspeccionamos cada habitación: algunas estaban vacías y otras llenas de basura. Décadas de acumulación de objetos que habían sido embalados, almacenados y luego olvidados. Las cajas y los baúles estaban cubiertos de las extrañas protuberancias, y Blake y yo teníamos que andar con mucho cuidado para evitar las colonias de moho negro y reluciente que había en el suelo. Él se detuvo y señaló un charco formado por la acumulación viscosa de ese material.

—¿Era eso lo que me salía por las orejas?

Asentí con expresión tensa.

Blake intentó no estremecerse violentamente, pero apenas lo consiguió.

Cuando acabamos de explorar la última habitación, volteó a verme.

—¿Qué hacemos ahora?

Solamente quedaba un lugar al que no habíamos ido.

—¿El desván?

—Tenía la esperanza de que no lo dijeras.

Al final del descansillo del primer piso, en el techo, se veía una pequeña abertura. Blake se agachó para que yo pudiera ponerme de pie sobre sus hombros, se levantó lentamente y entonces pude alcanzar la manecilla y extender la escalera. La explosión de aire pútrido que salió por aquel agujero me provocó arcadas.

Ya lo teníamos. Estaba convencido de que, si Orson todavía vivía, lo encontraríamos en el desván. Blake se desplazó hacia las escaleras, pero lo detuve.

—Pase lo que pase —le dije—, tienes que sacar a Orson de aquí.

Me miró como si las cucarachas estuvieran saliéndome por la nariz.

—¿Crees que voy a dejarte?

—No quiero que lo hagas, pero tampoco sabemos cómo vamos a encontrar a Orson, y es posible que a él le haga más falta tu ayuda que a mí.

Negó con la cabeza.

—Hector...

—Prométemelo —insistí—. Yo ya puedo cuidarme de mí mismo, ¿okey?

Dejó caer los hombros y por fin asintió.

—Pero solo si no hay más remedio.

—De acuerdo.

Agarré fuerte mi palo de golf y Blake hizo lo mismo con su bate. Los dos nos giramos hacia el desván y empezamos a subir la escalera.

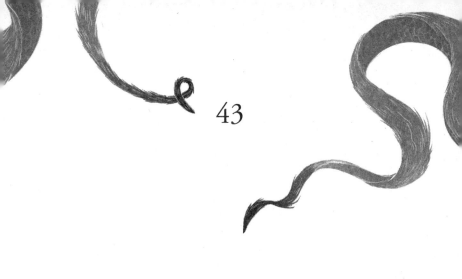

43

Las protuberancias eran más gruesas en el espacio reducido del desván. Crecían como espuma desde el suelo y cubrían las paredes y el techo. Por encima de nuestras cabezas, las erupciones supuraban un moco gris que se solidificaba en estalactitas. El moho negro se extendía en todas las superficies. Me recordaba a un hongo que se desarrollaba muy rápidamente y que la señorita Musser había traído a clase una vez.

—Mucho cuidado con tocar nada —susurré.

—Eso no tienes que repetírmelo.

Allá arriba todo era todavía más oscuro. Blake había perdido su linterna cuando estuvo a punto de caer escaleras abajo, así que nuestra única luz provenía de las pequeñas ventanas que había a cada lado de la estancia, pero estaban tan sucias que eran casi opacas. Todo el desván parecía respirar y estremecerse. Ruidos susurrantes rebotaban por las paredes sumergidas en sombras, de modo que parecían proceder de todas partes a la vez.

—¡Hector, mira! —Blake señaló un par de mocasines que asomaban en un charco de mucosidad—. Y allí hay más.

Dejé que mis ojos se acostumbraran a la oscuridad y vi otros objetos atrapados en esa sustancia, como los bichos en el ámbar: un libro de texto, unos lentes, una mochila... Algo brillante captó mi atención y utilicé el palo de golf para repescarlo. Era un reloj de pulsera de acero. Lo froté en la tela de mis pantalones para limpiarlo y le di la vuelta. En la parte de atrás se leía: «Feliz cumpleaños, Gideon».

—¿Piensas que estas cosas pertenecían a los alumnos del Saint Lawrence que han desaparecido? —preguntó Blake.

Así era. Todo lo que había en ese desván era de las personas atrapadas por el gélim. Era más que un lugar adonde iban a parar las cosas perdidas. Era un cementerio. Guardé el reloj en mi bolsillo.

—Vamos a encontrar a Orson.

Fuimos avanzando muy despacio. Era difícil ver nada y me preocupaba que pudiéramos pasar al lado de Orson sin darnos cuenta. Oí un gemido y me dirigí hacia el lugar de donde procedía, con el palo de golf bien agarrado, preparado para lo peor. En lo más profundo de las sombras, en el rincón más alejado de la puerta del desván, por fin encontramos a Orson. Estaba pegado al suelo, sentado, con las piernas extendidas ante él. Todo el cuerpo, hasta la barbilla, estaba preso en la mucosidad y las protuberancias, y el rostro parecía desprovisto de vida.

—¡Tenemos que sacarlo de ahí!

Me arrodillé y traté de liberarlo con el palo de golf, pero no pude atravesar con él aquella espesa mucosidad.

Blake se sacó una navaja suiza del bolsillo y extendió la hoja pequeña.

—Me parece que esto resultará más práctico.

Clavó la navaja en la capa viscosa y avanzó a través de ella cortando limpiamente.

La casa se estremeció. Gritó. Los ojos de Orson parecieron moverse y soltó un sonido ahogado...

—Sigue así —dije.

A medida que Blake cortaba más y más, pude introducir los dedos en las aberturas, ignorando el líquido que se desprendía y que hacía que me ardieran las manos. Agarré el brazo de Orson y lo atraje hacia mí para liberarlo. Mientras Blake y yo tratábamos de sacar a Orson de allí, sentí que las cosas se movían en la oscuridad a nuestro alrededor, hacia nosotros, pero yo seguí concentrado en Orson. Blake continuaba abriéndose paso a través de la mucosidad tan rápido como podía, pero esa materia se retraía y volvía a cerrarse tan pronto como la abría. Juntos conseguimos descubrir el pie de Orson, pero era evidente que, a esa velocidad, el almuerzo habría concluido antes de que lográramos liberarlo del todo.

Blake se limpió el sudor de la frente con el dorso de la mano.

—Vamos a intentarlo jalando los dos de él.

Yo agarré a Orson por la muñeca, Blake lo sujetó del tobillo y jalamos con todas nuestras fuerzas. Pero aquella mucosidad se negaba a soltarlo.

—Es el peor juego de estirar la cuerda de toda mi vida —dije con los dientes apretados.

Orson abrió los ojos y gritó. Luchaba contra el moho y contra nosotros, manoteando como un loco, sin ninguna conciencia de lo que estaba ocurriendo. Pero Blake y yo no lo soltamos y, con un jalón final, pudimos liberarlo de su pegajosa prisión.

Tanta energía habíamos puesto en ese movimiento final que salimos despedidos hacia atrás y acabamos aterrizando en una de aquellas protuberancias. Algo surgió de ella y me agarró el brazo, pero me lo sacudí y salté fuera de su alcance.

—Vamos, ¡larguémonos de aquí!

Blake se puso en pie primero. Un tentáculo se alzaba ante nosotros, danzando de lado a lado como una cobra e impidiéndonos llegar a la salida. Blake se inclinó para levantar el palo de golf que yo había soltado y se lanzó contra él. El tentáculo gritó y reculó cautelosamente.

—¿Orson? —Le sacudí los hombros para despertarlo—. Orson, ¿puedes oírme?

—¿Hector? —La voz era ronca y débil.

—Sí, amigo, soy yo.

—¿Viniste? – La sonrisa era frágil.

—Pues claro que vine. Somos amigos, ¿no?

Los ojos de Orson se quedaron totalmente en blanco por un momento.

—¡Estaba tan asustado! ¡No podía despertar de la pesadilla!

—El gélim ya no puede hacerte daño. —Le rodeé los hombros—. ¿Puedes caminar?

Intentó incorporarse, pero las piernas no lo sostenían.

—Hector, no podemos quedarnos aquí. —Blake seguía golpeando con fuerza los tentáculos que se formaban desde los charcos de mucosidad negra y que nos atacaban.

Orson dio un paso y tropezó, arrastrándonos a los dos.

—Váyanse sin mí.

—Sí, hombre, ahora te voy a dejar, después de todo lo que he pasado para encontrarte. —Intenté forzar una carcajada para que no notara lo aterrorizado que estaba, pero solo conseguí ponerme a toser—. Blake, tú eres más fuerte. Ayúdame con Orson.

Blake me pasó el palo de golf para relevarme; se acercó a Orson. En cuanto estuvieron juntos, tomé una decisión que esperaba que entendieran sin resentimiento:

—Vayan al comedor y díganle a Sam que ya voy.

No disponía de mucho tiempo para considerar lo que hacía. Simplemente sabía que no nos quedaban muchas posibilidades de salir de esa casa si teníamos que luchar y además cargar con Orson. Si Sam, Blake y yo habíamos hecho bien nuestro trabajo aquella mañana y todo el mundo sabía quién era Orson Wellington, entonces era posible que los tres pudiéramos volver al otro lado. Pero si nos íbamos todos juntos, perderíamos la oportunidad de atraer al gélim al comedor. Fue en ese momento cuando recordé la pulsera de la señorita Musser. Orson me había dicho que podía empujar los objetos perdidos de vuelta al mundo al que pertenecían, y en esos momentos no había nada más perdido que nosotros.

Sabía que, si intentaba explicarle mi razonamiento a Blake, él me pondría peros, así que me limité a llevar a cabo mi plan. Los empujé a los dos de aquí para allá con todas mis fuerzas. Para Blake y Orson, la transición sería instantánea: dejarían de ver el moho, la mucosidad y los tentáculos y se encontrarían en un viejo y polvoriento desván… sin mí.

Los ojos de Blake se agrandaron cuando comprendió lo que había hecho.

—¡Hector! ¡No! ¡No puedes hacer esto! ¡Hector!

Orson miraba alrededor, pestañeando, como si no pudiera creer que por fin había vuelto a casa.

—Gracias —susurró.

Los dos seguían en el desván, de pie. Podía verlos y oírlos. Ya estaban seguros al otro lado, donde la rectoría y el gélim no podían hacerles daño.

Pero ahora yo estaba solo.

Como ya no tenía que preocuparme de ayudar a Orson, corrí por el desván sin parar de atizar con el palo de golf para mantener alejadas las pegajosas zarzas. Bajé las escaleras y corrí a la planta baja. Salir de la casa no me iba a resultar difícil. Lo difícil sería convencer al gélim para que se mostrara y me persiguiera hasta el comedor. Como Sam, había esperado que nos siguiera porque teníamos a Orson, pero ahora que Orson ya no estaba en el lugar de las cosas perdidas, necesitaba que se me ocurriera algo para cumplir con mi misión. Y tenía una idea, pero no era buena. De hecho, era una idea extraordinariamente mala. Pero malas ideas eran todo lo que me quedaba.

Corrí de vuelta a la cocina y agarré el encendedor.

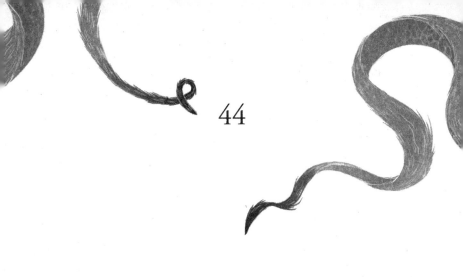

44

Ni que decir tiene que había aprendido la lección sobre lo poco conveniente que era encender fuegos, después de destruir el proyecto de Ciencias de Blake. El fuego era peligroso, y yo no tendría que haber estado jugando con él. Me había alegrado perder el encendedor y me había prometido que nunca volvería a hacer nada parecido. ¡Pero habían sido tantos los chicos atraídos a la rectoría y atrapados en ese desván! Habían pasado sus últimos días confundidos y aterrorizados mientras el gélim se alimentaba de su miedo. No podía soportar dejar en pie un lugar tan maligno. Orson había dicho que podíamos arrasar un edificio de ese mundo sin que tuviera ninguna influencia en el edificio del mundo real. Esperaba que así fuera.

—¡Oye, gélim! ¡Estoy aquí!

No tenía tiempo para pensar en qué podía quemar más rápido... ¡Los buenos candidatos eran tantos! Así que fui directamente por las viejas cortinas. En cuanto hice girar la ruedecilla del encendedor que provocaba la chispa, la casa se estremeció. Pensé que tal vez la rectoría era parte del gélim, aunque también podía ser otro tipo de monstruo. Había leído sobre el bosque de álamos en Utah, que compartían un único sistema de raíces. Tal vez la casa y el gélim estuvieran conectados de esa manera.

Mantuve la llama bajo las cortinas.

—¿Dónde estás? —grité—. ¡Yo estoy aquí! ¿Qué pensabas que haría?, ¿creías que iba a rendirme? ¡Pues te equivocabas!

La rectoría, sensible al fuego, se retraía, pero el gélim no aparecía. Acerqué el encendedor a las cortinas, y el tejido prendió enseguida. El edificio gritó como si alguien hubiera pulsado a la vez todas las teclas de un viejo y estropeado piano. Atravesé el vestíbulo y también prendí fuego a las cortinas que había allí. En un instante, las llamas de esa estancia se extendían por los paneles laterales de madera y por el techo hacia las cajas de cartón almacenadas por todas partes. La rectoría era un polvorín, un lugar preparado para incendiarse.

El humo llenaba la casa. Me dirigí a la puerta de entrada y salí. Apenas había alcanzado el exterior cuando un grueso tentáculo me rodeó el pecho e intentó exprimirme como si fuera una toalla mojada.

—¡¿Qué has hecho?! —gritó la voz estridente del gélim antes de lanzarme por los aires.

En cuanto impacté en el pasto, más tentáculos asomaron desde debajo de la rectoría en llamas y se inclinaron sobre mí, con los dientes restallantes sedientos de venganza.

Me levanté, me limpié, ignorando el dolor que sentía debido a la multitud de magulladuras, y me encaré al gélim. Salía mucho humo del edificio.

—¿Qué te pasa? ¿Te quedaste sin comida? ¡Pues si tienes hambre, tendrás que cazarme!

Y salí disparado hacia el comedor, sin mirar atrás.

Sam y yo habíamos buscado en Google Maps cuánta distancia había entre la rectoría y el comedor. Tenía que atravesar la pista de Educación Física, saltar la valla de madera, girar hacia el edificio principal y luego cruzar todo el estacionamiento. En total eran unos trescientos metros. Desde que me había peleado con Blake, había pasado un montón de tiempo corriendo, así que trescientos metros no eran nada, pero nunca los había recorrido con un monstruo rabioso y voraz a la zaga.

Me parecía que los pulmones me estallaban y estaba aturdido tras haber sido lanzado por los aires por el gélim, pero con el viento en el pelo y el sol en la cara me sentía como si pudiera volar.

Cuando llegué a la valla de madera, salté por encima limpiamente y aceleré el ritmo de carrera. Iba a conseguirlo. Iba a vencer al gélim en la carrera hasta el comedor, donde Sam y todos los demás me esperaban.

Llegué al edificio principal y me dirigí hacia el comedor, pero entonces me tropecé con un aspersor oculto en el pasto y me torcí el tobillo. Caí de bruces al suelo.

«¡No, ahora no!».

Sangraba por las heridas nuevas y por las viejas. Sentía ganas de llorar. Pero entonces pensé en lo que me había dicho el entrenador Barbary. Si había perdido en mi carrera con Blake, era porque había abandonado. A veces estaba bien no levantarse, retirarse. A veces lo más valiente era admitir que la victoria no valía la pena.

Mi carrera con Blake no había sido una de esas ocasiones, y tampoco lo era mi carrera con el gélim. Porque no se trataba solamente de ganar. Se trataba de sobrevivir. Se trataba de asegurarse de que el gélim no pudiera volver a hacer daño, ni a mí ni a nadie, nunca más. Y con tal de conseguirlo, un poco de dolor era tolerable.

Me obligué a levantarme y apoyé con cuidado el pie lastimado.

Sentía dolor, pero no había rotura. Solo me quedaba un último tramo. Un largo esprint para cruzar el estacionamiento y llegar al comedor. Podía hacerlo. Tenía que hacerlo. Eran muchos los que confiaban en mí.

El tentáculo del gélim restalló en el aire que yo acababa de ocupar y chocó contra una palmera, pero yo ya no estaba allí.

Corrí, corrí más que nunca. Corrí más que mi miedo, más que mi dolor. Más que el gélim. En lugar de oír el susurro del monstruo que me decía que no iba a conseguirlo, escuché a Blake gritando que yo podía, y a los *cupcakes* animándome. Sus voces, y la mía propia, eran más altas que las de la duda. El comedor estaba cada vez más cerca. Podía sentir al gélim detrás de mí, por mucho que en los cristales del comedor no se viera ningún reflejo.

Sentía que el monstruo acortaba distancias, pero no era lo bastante rápido como para atraparme. Iba a vencerlo. Estaba a punto de ganar.

Alcancé las puertas, las abrí y crucé esa línea de meta. El sudor me brotaba del pelo y me corría por la cara. Apenas podía respirar, pero me saqué el *walkie-talkie* del bolsillo y jadeé:

—Estoy aquí.

Me quedé en la zona vacía frente al comedor mientras quinientos alumnos terminaban su comida. Miré hacia las puertas que acababa de cruzar, sintiendo que la sombra del gélim se acercaba.

—¿Y el gélim? —preguntó la voz de Sam.

—También está aquí.

Contuve la respiración, pensando que el monstruo entraría y que haría saltar los cristales de las puertas, pero cuando se abrieron por fin no entró el gélim. Entró la señorita DeVore.

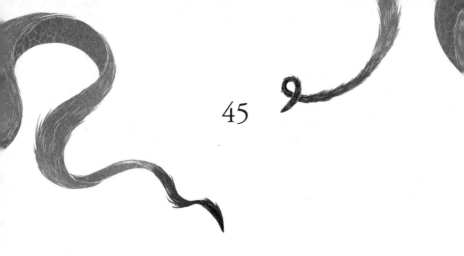

45

La señorita DeVore llevaba un vestido azul y el pelo fijado en un casco de rizos plateados. Avanzaba sin sombra hacia mí. En sus labios prominentes se dibujaba una sonrisa y podía ver sus dientes manchados de labial.

—¡Hector Griggs, qué malo eres!

Miré alrededor en busca de mis amigos y vi a Sam con los chicos sentados a la que últimamente era mi mesa. La mayoría de alumnos comía y hablaba como si su vida no corriera peligro. La señorita Musser, la señora Ford y el señor Grady recorrían las mesas para mantener a los estudiantes en orden. No vi ni a Blake ni a Orson... Esperaba que estuvieran bien.

—Siento si le estropeé el almuerzo —le dije para parecer más valiente de lo que era.

La señorita DeVore extendió las manos.

—Eres un poco escuálido, pero podré convertirte en un buen plato de comida tras arrancarte la carne de los huesos.

Acababa de hacer un esprint bajo el ardiente sol de Florida, pero me sentí frío y viscoso mientras el sudor se me helaba en la piel. Necesitaba encontrar una manera de distraer a la señorita DeVore para que dejara de ser invisible y toda la gente que estaba en el comedor pudiera verla, pero ella no dejaba de mirarme fijamente, sin pestañear.

—¿Qué es usted? —le pregunté.

La señorita DeVore extendió las manos todavía más.

—Este mundo no es solo un simple destino para los objetos perdidos. También es un lugar de sueños perdidos, de pesadillas perdidas. ¡Ni te imaginas la cantidad de cosas que hay aquí!

Dábamos vueltas sin dejar de vigilarnos, esperando aprovechar cualquier ventaja.

—Así que hizo su nido en esta escuela y pasó los últimos setenta años comiendo a chicos que pensaba que nadie iba a extrañar, ¿no es eso?

—¡Y lo fácil que me resultó! —La señorita DeVore rio como una hiena—. A todos les asusta mucho ser diferentes, ser ese con el que nadie quiere compartir la mesa en el almuerzo. Ayudarles a caer en las grietas que traen a este mundo casi no requirió ningún esfuerzo por mi parte.

—Realmente, usted es un monstruo.

—¿Quién es el monstruo? —preguntó la señorita DeVore—. Ustedes, chicos sudorosos y malolientes, se pasan todo el tiempo intentando probar que son los más fuertes. Se insultan, se pelean, se rascan las inseguridades como si fueran costras solo para ver si pueden hacer que el otro sangre. Fíjate lo fácil que me resultó que tú y ese que llamabas tu mejor amigo se odiaran.

—Entonces ¿por qué me dijo que tenía que luchar por él? —pregunté, recordando la conversación que habíamos tenido durante el castigo.

—Porque el conflicto es delicioso, Hector —dijo—. Yo quería que lo siguieras intentando porque el sabor de tu fracaso a la hora de recuperar a tu mejor amigo condimentaba muy bien la desesperación de Orson Wellington.

Miré mi reloj. El almuerzo estaba a punto de concluir. Se me acababa el tiempo.

—Pero fracasó. Blake y yo hicimos las paces.

La señorita DeVore se encogió de hombros.

—Eso es por ahora. Pero ya vendrán otros tiempos. Él encontrará a otro grupo de chicos a los que querrá impresionar o a una chica que le gustará, y te dejará de lado para ganarse su favor.

Habría deseado gritarle que Blake no iba a hacer eso nunca..., pero ya lo había hecho. Quería gritarle que mi amigo había aprendido a ser mejor y que ya no iba a volver a hacerme daño, pero no podía afirmarlo con total seguridad. La verdad era que la señorita DeVore podía tener razón. Blake y yo quizá volveríamos a pelearnos. Pero esta vez yo entendía algo, y ella no.

—Utilizó a Blake para que me maltratara haciéndome creer que no soy lo suficientemente bueno. Pero sí lo soy. —Hinché el pecho y me mantuve erguido ante la señorita DeVore—. Antes no lo creía, pero ahora sí. Es importante cómo hablamos de nosotros mismos, porque las palabras pueden ser armas, pero también pueden ser escudos.

La señorita DeVore se detuvo para mirarme, pensativa. Cautelosa.

—¿Sabes una cosa? Eres diferente. No eres como Orson, ni como mis otras comidas.

—¿Se refiere a los chicos que atrapó en su nido?

—Te he estado observando desde que te inscribiste en el Saint Lawrence, Hector. Tú eres diferente. Tú perteneces a este lugar. Tu habilidad para desplazarte a voluntad entre ambos mundos es excepcionalmente rara.

—¿Por eso intentó atraerme hacia la rectoría cuando Blake me perseguía?

La señorita DeVore sonrió y mostró unos dientes grises y curvados.

—Eso fue una prueba. Solo un chico especial como tú podía haber oído mi voz sin estar realmente en este lado. —Hizo una pausa y se pasó la lengua por los labios—. Trabaja para mí en lugar de contra mí. Seríamos un equipo formidable.

Tenía la respuesta en la punta de la lengua, pero un único pensamiento hizo que no la pronunciara. La señorita DeVore, el gélim, tenía miedo. De otro modo, ¿por qué iba a estar hablando conmigo, en lugar de atacar? ¿Por qué iba a querer convertirme en su aliado? Si tan especial era yo como decía, y ella quería utilizarme, no me lo habría pedido, me habría forzado a hacer lo que quería, y punto. Lo que significaba que no podía obligarme, y que eso la asustaba. Yo la asustaba.

—Piénsalo —insistió—. Nadie podría insultarte. Nadie podría presionarte, nadie te diría lo que debes hacer. No tendrías que tolerar que te acosaran, dormirías a pierna suelta, prescindirías de hermanos...

Me gustaría decir que nada de eso me tentaba, pero recordaba lo que había significado para mí la primera vez que Blake me había insultado. Me había sentido impotente. Me había sentido solo. Me había sentido tan insignificante que solo ansiaba ocultarme para siempre. Y no quería que nunca nadie más fuera capaz de hacerme sentir tan humillado. Aceptar la oferta del gélim podría darme esa seguridad, pero habría destruido todo lo que me hacía ser quien soy. Me habría convertido en el monstruo al que combatía.

—No, gracias —contesté.

La señorita DeVore reculó y negó con la cabeza.

—Entonces supongo que no tenemos más que hablar.

Tendió los brazos y su piel empezó a arrugársele y a burbujear.

Sonó el timbre. Quinientos alumnos se levantaron de golpe y la señorita DeVore giró la cabeza un momento. Nunca iba a tener una oportunidad mejor: me lancé sobre ella y la rodeé por la cintura con los brazos. Haciendo acopio de toda mi concentración, le rogué al universo que nos hiciera visibles.

Podía sentir que el gélim se resistía. Luchar contra ella era como nadar en papilla. Se agitaba, me golpeaba, pero yo no la soltaba. La señorita DeVore arañó el aire para permanecer anclada en su mundo, mientras yo invertía todas mis fuerzas en arrastrarla al mío. Era un reto que no sabía si iba a ganar, pero no pensaba rendirme.

Con un chasquido de lo más satisfactorio, como cuando se abre por fin la tapa del bote de mermelada que tanto se resistía, abandonamos el mundo de las cosas perdidas y caímos al suelo, en el otro lado. A nuestro alrededor, los alumnos contuvieron la respiración. Levanté la vista y me encontré con la señorita Musser, de pie y justo a nuestro lado, mirándonos.

—Hector Griggs, ¿me puedes decir qué crees que estás haciendo con la pobre señorita DeVore?

Es lo que pasa con los adultos, no saben ver más allá de lo que ocurre justo delante de sus narices. La señora Musser vio a un alumno que luchaba contra una anciana. No veía los retazos verdes y escamosos en la piel de la señorita DeVore, ni los dientes curvados que asomaban fuera de su boca, ni que tenía unas piernas y unos brazos más largos de lo humanamente posible.

Pero los demás chicos sí lo veían. Los estudiantes gritaban «¡Gélim!» o «¡Monstruo!». Sam, Blake y yo habíamos empezado a hablarles del gélim aquella mañana, pero su historia había prendido con tanta facilidad como la rectoría.

La señorita DeVore se levantó despacio. Parecía una figura de cera que se derretía, e incluso la señorita Musser acabó por entender que algo no iba bien.

—¡Es un monstruo! —grité—. ¡La señorita DeVore es el gélim!

—Vamos a ver, Hector... —empezó a decir la Musser.

Pero no pudo añadir nada más porque la señorita DeVore explotó. Centenares de tentáculos salieron proyectados del disfraz que el gélim había vestido durante setenta años. El monstruo se expandió. Nunca había visto más que un par de tentáculos a la vez, y no estaba preparado para semejante exhibición. Un cuerpo grotesco, como una verruga infectada cubierta por tentáculos y pedúnculos, creció y creció hasta que tocó el techo. La piel era verde y grumosa como la de un sapo, y rezumaba moco. Sus bulbosos ojos amarillos nos miraban amenazadoramente mientras rechinaba los dientes.

Volteé para decirle a la señorita Musser que corriera cuando un tentáculo me empujó a la altura del pecho. Cuando choqué contra la pared, no oía más que gritos.

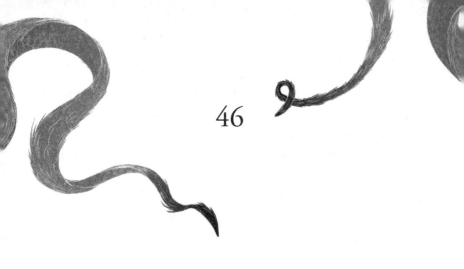

46

Mi cuerpo casi había alcanzado los límites de golpes que podía tolerar en un día. Desde la punta de los dedos de las manos hasta la punta de los dedos de los pies, todo me dolía. Sentía dolor en partes de mi cuerpo que ni siquiera sabía que podían doler. Intenté incorporarme, pero me mareé y volví a caerme. Me concentré en lo que tenía alrededor. Los alumnos estaban gritando y se escondían bajo las mesas al tiempo que los incontables tentáculos del gélim se extendían como zarzas por todo el suelo y las paredes. El comedor era un bufet libre de terror en el que el gélim se estaba dando un festín, y yo era quien había hecho sonar la campana al haberlo traído hasta aquí.

—¡Hector! —Blake se arrojó hacia mí, seguido de Orson, que se abría paso por entre el caos andando a gatas, y se dejó caer al suelo mientras intentaba recuperar el aliento.

—¡Blake! ¡Orson! ¿Qué están haciendo aquí? —pregunté, sorprendido de verlos.

—Vinimos… tan… pronto como… pudimos. —Orson tenía mal aspecto y parecía que le costaba hablar.

—Deberían resguardarse en un lugar seguro.

Blake llevaba el bate de beisbol en una mano y con la otra me sujetaba el hombro.

—Vaya truco te sacaste de la manga en el desván, ¿eh? Pero ahora estamos aquí. ¿Qué hacemos?

No sabía qué podíamos hacer. Había traído al gélim al comedor, tal como habíamos acordado, pero no tenía ni idea de qué debíamos hacer ahora.

—Deberíamos encontrar a Sam.

—¿No podríamos quedarnos aquí? —dijo Orson.

Blake le dio unas palmadas en la espalda.

—Lo siento, amigo.

Se echó el brazo de Orson a los hombros y me siguieron mientras corría agachado junto a la pared en dirección a la cocina. Un moho grasiento y negro se extendía desde todos los puntos que los tentáculos del gélim habían tocado.

No vi a Sam, pero localicé a la señorita Musser y corrí hacia ella. Gritaba órdenes a un grupo de alumnos que se habían reunido a su alrededor. Disponían mesas para formar una barrera y utilizaban todo lo que encontraban como arma: sartenes, bandejas, escobas y trapeadores. La señorita Musser y sus estudiantes luchaban contra el gélim y lo distraían mientras la señora Ford organizaba a los alumnos más pequeños en grupos más reducidos y los conducía hacia la salida de emergencia, en la parte posterior del edificio.

Localicé a Paul en el otro lado de la habitación e intenté abrirme paso hasta él, con la esperanza de que supiera dónde estaba Sam. Al llegar a su lado, me di cuenta de que estaba con Matt y Trevor y con un grupo de chicos de octavo. Se habían adelantado a la señorita Musser y habían organizado su propia barricada de mesas y sillas, pero a esas alturas ya apenas podían contener al gélim.

—¿Ya viste cómo está todo, Hector?

Una herida muy fea le cruzaba la mejilla, y vi que había otros chicos que también estaban heridos.

Estaba a punto de contestar cuando oí una voz familiar.

—¡Háganse con todo lo que puedan usar como arma!

—¿Jason?

No me contestó, así que volví a gritar su nombre, pero esta vez más alto.

Por fin asomó la cabeza de Jason. Al verme, esbozó una mueca.

—No bromeabas cuando hablabas del monstruo —me dijo.

—Lo siento.

—¿Que lo sientes? —dijo mi hermanastro—. ¡Nunca en la vida me la había pasado tan bien en la escuela!

No debería sorprenderme que Jason se la estuviera pasando bien.

—¿Qué hacen?

—Nos estamos preparando para el ataque —nos explicó, hinchando el pecho.

—¿Ustedes también? —le pregunté a Paul.

—Salir corriendo no es una opción —contestó Trevor.

—Pues a mí me parece un buen plan —dijo Matt, levantando la mano.

—Tienes buenos amigos —dijo Jason, levantando el pulgar hacia Paul—. Me salvó del estrujamiento final.

Vi que Paul se ruborizaba.

—Hice lo que cualquier *cupcake* suele hacer.

Nunca habría pensado que iba a encontrar a Jason y a sus amigos de octavo trabajando codo con codo junto a mis amigos del almuerzo; sin embargo, ese era un día especial, definitivamente.

—Deberían quedarse aquí, donde están seguros.

—Mira a tu alrededor. No estamos seguros en ninguna parte.

Jason tenía razón. El gélim estaba convirtiendo el comedor en un nuevo nido para sustituir el que yo había quemado. Había grupos de estudiantes que resistían, pero ya apenas les quedaban energías para aguantar en sus posiciones.

—Jason...

—Oye, ese chico, Sam, te buscaba...

—¿Dónde?

—Junto a los baños —dijo mi hermanastro, señalando hacia la parte de atrás del comedor.

Pensé en qué podía decirle para que reconsiderara esa decisión de liderar un ataque al gélim.

—Sabes que no tienes ninguna obligación de hacerlo, ¿verdad?

—Ese monstruo me la tiene que pagar —me contestó Jason—. Nadie que no sea yo le da una paliza a mi hermano.

Blake le dio el bate.

—Vas a necesitar esto.

Jason lo agarró al tiempo que asentía con la cabeza.

Cuanto más atrás estábamos, menos tentáculos encontrábamos, y finalmente pude ver a Sam sentada con Jackson. Se había sacado el *walkie-talkie* y estaba haciendo una llamada, pero, en cuanto me vio, se lanzó sobre mí y me abrazó como si no me hubiera visto en días. Cuando me soltó para abrazar a Orson y a Blake, me dejé caer al suelo, exhausto.

—¡Qué contenta estoy de que estén vivos! —dijo.

Me preocupó que hubiera pensado que podíamos no estarlo, pero otras preocupaciones eran más importantes.

—Ya tenemos al gélim aquí. ¿Y ahora qué? Dijiste que tenías un plan, ¿verdad?

—La ayuda está en camino —dijo Sam asintiendo.

—¿Llegará pronto? —preguntó Jackson.

Llevaba la camisa manchada de sangre por una herida abierta en la frente.

Orson parecía preocupado.

—¿Y qué hacemos si el monstruo desaparece antes? No tendremos nunca otra oportunidad como esta.

A nuestro alrededor, tanto los alumnos como los profesores luchaban contra el gélim e incluso, en algún caso, le ganaban terreno, pero Orson tenía razón. El gélim podía volver en cualquier momento a su mundo de las cosas perdidas, y entonces todo lo que habíamos logrado no serviría de nada. Pero tuve una idea. No estaba seguro de que pudiera funcionar, pero lo iba a intentar.

—¿Me ayudas?

Blake se colocó mi brazo alrededor de los hombros y así pude descargar de peso el tobillo.

—Tengo que llegar al gélim. Voy a atraparlo aquí igual que él atrapa a chicos en su mundo.

—¡De ningún modo! —dijo Sam—. ¡Es demasiado peligroso!

Tenía razón, pero, aun así, dije:

—No hay ninguna otra manera.

Orson levantó las manos.

—Yo no puedo. No puedo volver a acercarme a esa cosa.

Lo entendía.

—No vas a tener que hacerlo. —Volteé a ver a Blake—. Ni tú tampoco.

Él se echó a reír.

—Amigos para siempre, ¿verdad?

Todos los que no estaban ayudando a salir a los más pequeños estaban luchando. Incluso el entrenador Barbary estaba allí. No sabía de dónde había salido, pero empleaba un palo de golf como si fuera un garrote y se abría paso con él a través de los tentáculos.

—Por ahí —dije señalando hacia él.

Con la ayuda de Blake, avancé entre toda aquella destrucción. Los chicos que me veían gritaban mi nombre y me vitoreaban. Jason, desde donde estaba luchando, no se perdía detalle. Tenía moco verde en el pelo y salpicaduras por todas partes. Alzó el puño al aire y sonrió antes de que una oleada de tentáculos lo derribara. Jackson se acercó para ayudarme a caminar y Blake pudo echar una mano a Sam para abrirnos camino en medio de aquel caos.

—Tenemos que llegar tan cerca del centro como sea posible —dije.

Sentía el miedo del gélim. Pero no solo era el miedo. Era también desesperación. E incredulidad ante la determinación de un grupo de chicos. El monstruo había pasado décadas alimentándose de los alumnos que creía que nadie iba a echar de menos, y ahora esos mismos chicos se volvían contra él.

El gélim se convertía en nuestro depredador cuando estábamos solos. No tenía ni idea de lo fuertes que podíamos ser si nos juntábamos.

Sam, Blake, Jackson y yo nos acercamos tanto como pudimos a la masa palpitante del gélim. Yo me abracé a su cuerpo, ignorando el hedor. Hice de mí un ancla. Yo no iría a ninguna parte, y el gélim tampoco.

El monstruo se agitó cuando comprendió mi plan. Quería escapar de allí. Correr. Pero no podía. Yo no iba a permitírselo.

¡Eres un friki, Hector! ¡Siempre serás un friki! Era la voz del gélim resonando en mi cabeza, en todas nuestras cabezas.

Daba fuertes sacudidas para desembarazarse de mí.

—¡No, no lo es! —gritó Blake.

Aunque consigas ganar hoy, seguirás siendo un perdedor.

Pero eso tampoco era cierto. Porque incluso si perdíamos esta batalla y el gélim escapaba, ya habíamos ganado al unirnos y luchar por lo que era justo.

El gélim se debatía y golpeaba. Un tentáculo caracoleó para alcanzarme, pero Blake lo atacó con su navaja de bolsillo y brotó sangre gris de la herida.

¡No podrás aguantar mucho más, Hector! ¡No eres lo bastante fuerte!

En eso el monstruo llevaba razón. No sabía cuánto tiempo podría resistir. Un tentáculo se deslizó sinuoso, se enrolló en mi tobillo y estiró, intentando desplazarme. Mi abrazo perdía fuerza.

—¡Aaargh! —Orson Wellington se acercó corriendo con unas tijeras y las clavó en el tentáculo que me rodeaba la pierna. Las puntas penetraron en la carne del gélim, que aulló de dolor y me soltó. Orson resbaló en la sangre que había salido proyectada de la herida, pero Sam pudo sujetarlo antes de que cayera. Blake, Sam, Jackson y Orson, juntos, formaron un círculo a mi alrededor.

El gélim tenía razón: yo no era lo bastante fuerte, pero no necesitaba serlo, porque, si estábamos todos juntos, podíamos reunir la fuerza necesaria. Sam, Blake, Orson y yo. Los *cupcakes*, Gordi, Evan y Jason. Nuestros profesores: la señorita Musser, que no era una coronel, pero luchaba como si lo fuera; el entrenador Barbary, de quien yo sospechaba que ya se había topado con este monstruo, e incluso la señora Ford, que no luchaba, pero que tampoco había huido. Con la fuerza de toda la escuela apoyándome, podía mantener al gélim allí durante tanto tiempo como fuera necesario.

Las puertas del comedor se abrieron de golpe y entró un grupo de personas con equipos de protección individual. Iban armadas con lo que parecían palos de seguridad para el ganado. El miedo del gélim era palpable, pues finalmente había comprendido que había perdido, y yo casi sentí lástima por él.

Casi.

—Ha llegado la ayuda —dijo Sam, exhausta y aliviada.

—¡Por fin! —gimió Orson.

Por detrás de aquel escuadrón, apareció el señor Morhill con un traje negro.

—Han hecho todos un trabajo excelente —dijo—, pero nosotros nos encargamos del resto.

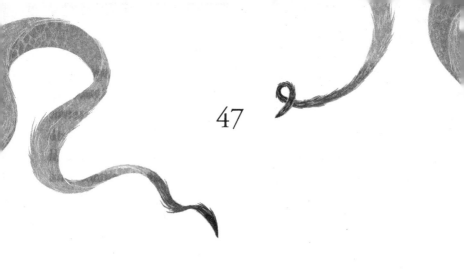

47

Cuando un paramédico pelirrojo muy simpático que tenía una brillante sonrisa acabó de curarme los cortes del hombro, me pude ir. Tras la llegada del señor Morhill y su patrulla de agentes, también habían aparecido camiones de bomberos, ambulancias y patrullas. El señor Morhill y los suyos habían cerrado el comedor y no permitían que nadie entrara.

Blake rondaba por ahí con Paul, Trevor, Jackson, Matt, Gordi y Evan. Todos tenían muchos cortes y rasguños, pero nadie había resultado herido de gravedad. Los ojos de Blake brillaron al verme.

—¡No lo vas a creer! Dicen que tuvimos algún tipo de alucinación debido a que pudimos haber inhalado gases tóxicos. —Blake y los demás chicos se echaron a reír.

—Eso no se lo cree nadie —dijo Gordi—. ¿Verdad?

Paul mostró su escepticismo negando con la cabeza.

—Los adultos sí que se lo tragan. ¡Son tan crédulos! Aceptarán lo que sea con tal de no tener que admitir que había un monstruo trabajando en la oficina del director.

No podía creer que realmente hubiéramos ganado. Habíamos derrotado al gélim. Me quedé con los chicos un rato, escuchándolos contar cómo habían vivido todo lo que había pasado. Por lo visto, todos habían desempeñado un papel importante en nuestra victoria. Los chicos de mi mesa en el comedor seguían siendo *cupcakes*, pero ahora llevaban ese nombre como una condecoración. Lo habían hecho suyo, y ya nadie lo podría utilizar como un insulto.

Localicé al entrenador Barbary apoyado en un árbol. Estaba solo y corrí hacia él.

—Humos tóxicos, ¿eh? —dijo.

—Eso dicen, sí.

Hundí la mano en el bolsillo, saqué el reloj que había encontrado en el desván de la rectoría y se lo di.

—¿Qué es esto? —Pasó el pulgar por la esfera antes de darle la vuelta. Cuando leyó el nombre en la parte de atrás, las lágrimas le asomaron a los ojos—. Siempre me he preguntado qué fue de él. Incluso volví aquí a hacer de profesor porque pensaba que algún día lo podría averiguar.

—Y por eso me dio la llave de la rectoría, ¿verdad?

El entrenador asintió.

—Sabía que en esta escuela pasaba algo, aunque no entendía muy bien qué, e intuía que la rectoría estaba en el centro de todo. Pero me habría gustado ayudarte más.

—Tiene que haber sido realmente un buen amigo si nunca lo ha podido olvidar.

Era todo muy triste, pero resultaba esperanzador que hubiera quien recordara a todos los chicos que se habían perdido durante todos aquellos años. Eso no iba a traerlos de vuelta, pero por lo menos no quedarían completamente olvidados.

—Fue mi mejor amigo, el mejor que he tenido nunca —dijo el entrenador Barbary, bajando la cabeza.

—Lo acompaño en el sentimiento.

¿Qué más podía decirle? Dejé al entrenador solo con su reloj, inmerso en el mundo de sus recuerdos.

Pasé junto a Jason, rodeado por un montón de chicos de todos los grados que lo felicitaban. Hoy era todo un héroe. Me miró sonriente. Tal vez no siempre fuéramos amigos, pero siempre seríamos hermanos.

La señorita Musser me tomó del brazo cuando pasaba por su lado.

—Por lo visto, te debo unas disculpas, Hector.

Tenía contusiones en la cara; sin embargo, parecía entera.

—¿Disculpas? ¿Por qué?

—No sé si nada de esto es posible o si ocurrió realmente, pero está claro que cuando nos dijiste que habías visto un monstruo no te lo estabas inventando, ¿verdad?

—Tal vez también había emanaciones tóxicas en el edificio principal —dije encogiéndome de hombros.

—¡Claro! —contestó riendo la señorita Musser.

Había algo que tal vez no tenía gran importancia al lado de todo lo que había pasado, pero que en aquel momento sentí que necesitaba aclarar.

—Señorita Musser, quería decirle algo…

—Te escucho, Hector.

—Blake tampoco mentía. Me refiero a su proyecto de Ciencias. Yo le prendí fuego.

La ceja de la señorita Musser se arqueó tanto que casi le desapareció en el cabello.

—Pero... Pero ¿cómo pudiste hacer eso?

—Sí, ya lo sé. Pensaba que tenía una buena razón para actuar así, pero no la tenía en absoluto. Me equivoqué.

La señorita Musser me miró, con una expresión de decepción profunda. Me la merecía.

—Bueno —dijo finalmente—. Ya había quedado con Blake y le había autorizado a rehacer su trabajo, pero le había rebajado la calificación por presentarlo tarde. A la vista de lo que me dices, te rebajaré la calificación a ti, y compensaré la de Blake.

—Me parece justo.

La rebaja de una calificación me parecía un precio barato que pagar a cambio de sobrevivir en una lucha con un monstruo, de recuperar a mi mejor amigo y de conseguir un montón de amigos nuevos.

La señorita Musser apretó los labios.

—Vamos, vete, antes de que me arrepienta.

Me abrí paso entre alumnos y profesores. Cuando me miraban, parecía que todos sabían que yo tenía algo que ver con lo que acababa de ocurrir, pero no entendían muy bien qué. Y me veían, así que no era invisible.

Buscaba a Sam para acabar de ligar todos los cabos cuando me encontré a Orson sentado en un bordillo, mirando a los agentes con sus equipos de protección que entraban y salían del comedor. Me agaché —todo me dolía— para sentarme junto a él.

—¿Tú qué crees que va a pasar conmigo, ahora? —me preguntó Orson.

—¿A qué te refieres?

—¿Crees que todos me recordarán?

—Después de lo que hiciste hoy —dije— no creo que nadie vaya a olvidarte.

—¿Y en casa, qué ocurrirá con mi familia?

No sabía qué responder. Orson había estado perdido durante tres años. No había envejecido ni un día. Sus padres no se habían dado cuenta de su falta. ¿Lo recordarían como si el tiempo no hubiera pasado o sentirían de pronto el peso de esos tres años perdidos?

—Supongo que no tardaremos en saberlo —dije.

—Estoy asustado.

Lo agarré por los hombros y le dije:

—Claro, es normal estar asustado cuando no sabes qué va a suceder.

—Sí, ¿verdad?

—Y también te asustaba el gélim, pero le diste una buena patada en el trasero.

—Pero no lo hice solo.

—Y ahora tampoco estás solo.

Los padres habían empezado a llegar. La policía intentó disponer una barrera para que esperaran detrás, pero nada pudo detener a la horda de padres buscando a sus hijos.

Volvía a pensar en localizar a Sam cuando vi que Orson se levantaba lentamente. Seguí su mirada y vi a dos adultos. Por sus expresiones, estaban viendo a un fantasma. Los dos lloraban.

—¿Mamá? —dijo Orson—. ¿Papá?

—¡Orson! —gritó la señora Wellington antes de correr hacia él, casi derribando a cuantos se cruzaban en su camino.

Orson se fundió en un abrazo con sus padres, entre lloros y risas. Me dio la impresión de que no lo habían olvidado completamente, después de todo.

Encontrarme con mamá y Pop no fue menos emotivo. Él se puso a llorar cuando nos vio a Jason y a mí y se arrodilló en el asfalto para abrazarnos. Cuando finalmente nos soltó, nos llevó a la patrulla, donde mamá nos esperaba con más abrazos. Aunque dolía un poco después de todo lo que había pasado, no me quejé. Jason les contó lo que había ocurrido en realidad en el comedor, pero no estaba seguro de que le creyeran. Si yo no hubiera estado allí, tampoco lo habría creído. Tal vez pensaron que lo que les contaba era el producto de los «humos tóxicos». O quizá estaban tan contentos de que estuviéramos bien que no le dieron demasiada importancia a lo que les dijo.

—Fue increíble —dijo Jason—. Pero aquí el héroe es Hector. Si no fuera por él, todos estaríamos muertos.

—¡Vaya, no me extraña! —dijo Pop—. Es tan valiente como su mamá.

—Bueno, la cuestión es que después de lo que ocurrió hoy, sea lo que sea —dijo mi madre—, se merecen un premio. ¿Qué se les antoja, chicos?

Antes de que pudiera decir nada, Jason saltó:

—¿Qué tal un pastel de merengue de limón para Hector?

Lo miré con la boca abierta.

—¿Hablas en serio?

Mamá y Pop se miraron sonrientes.

—Lo que digan —dijo mi madre.

Jason se inclinó para susurrarme:

—Pero sigues siendo un pianista.

Bueno, con eso podía vivir.

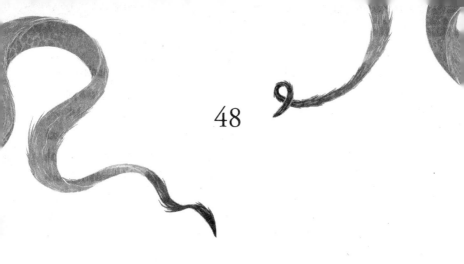

48

La escuela permaneció cerrada, por lo que los alumnos recibieron con alegría la sorpresa de un par de días de vacaciones. Tal como había anunciado Paul, los adultos se habían tragado la historia de los humos tóxicos; también lo hizo la mayoría de profesores que habían estado en el comedor y que habían visto a la señorita DeVore convertirse en gélim. Probablemente era mejor así.

Mamá y Pop me habían dado permiso para organizar una piyamada con mis amigos el sábado. Me sorprendió cuando mamá vino a mi cuarto y me dijo que había una chica en la puerta que quería verme.

—Me resulta familiar —me dijo—. ¿La conozco?

Me encogí de hombros, porque no estaba muy seguro de qué contestarle.

—¿Y tú de qué la conoces? —me preguntó.

—De por aquí, del barrio. Pero no vino por la piyamada.

Y salí a buscarla para impedir que mamá siguiera haciéndome preguntas.

Sam estaba sentada en su bicicleta, en el camino de entrada. A mí no me parecía diferente en absoluto, así que no entendí por qué mamá no la había reconocido, pero ese era solo un misterio entre los muchos que guardaba Sam Osborne.

—¡Hola! —dijo.

—Hola.

Dejó la bici en el pasto.

—¿Cómo te sientes?

—Bueno... —dije encogiéndome de hombros—. Un poco dolorido, todavía, pero bien.

—Estupendo.

—¿Y tú?

—Yo estoy bien.

—¿Has hablado con Orson? —pregunté.

—Ayer, sí —dijo—. ¿Sabes que ya parece tres años mayor? ¡En una sola noche! Su familia se autoconvenció de que todo este tiempo estuvo secuestrado.

—Es muy raro.

Me hacía sentir muy mal que Orson hubiera perdido esos tres años, pero al mismo tiempo dudaba de que quisiera seguir ni un día más atrapado en los doce. Por otra parte, eso también quería decir que empezaría a ir a la preparatoria y no volvería a verlo.

Sam y yo permanecíamos frente a frente, yo con los brazos cruzados y ella con las manos metidas en los bolsillos.

—Encontré lo que significa «gélim» —dijo Sam.

—¿Y?

—Es una vieja palabra irlandesa que significa «yo como» o «yo devoro».

Aunque gélim no fuera el nombre auténtico del monstruo, lo describía muy bien. Nunca sabríamos cuál de los chicos de los que el gélim se había alimentado se lo había puesto.

—¿Has intentado volverte invisible desde el otro día? —me preguntó.

Negué con la cabeza.

—No estoy seguro de que quiera hacerlo.

—Podría resultar útil.

—Y peligroso.

—Quizá también —dijo Sam—. Pero aunque haya más monstruos como el gélim, no creo que ninguno sea capaz de atraparte en ese mundo otra vez.

—¿Estás segura?

—Pues sí, bastante. Sí.

—Y entonces... ¿Me vas a contar para quién trabaja en realidad el señor Morhill? ¿Es de verdad tu tío? ¿Qué es Kairos?

Sam suspiró y se sentó, atrayendo las rodillas hacia su pecho.

—Kairos es una organización y tío Archie trabaja para ellos. Y no, no es mi tío, pero podría serlo. Oficialmente, es mi guardián.

—Okey, pero ¿qué tipo de organización es Kairos?

—Es una organización secreta. —Sam hizo una pausa y por fin continuó—: Existe desde hace siglos. El mundo está lleno de extrañas criaturas, de gente con habilidades increíbles y de cosas que ni siquiera puedo describir. Kairos los investiga, ayuda cuando puede hacerlo y evita que esos seres causen daños.

Unas cuantas cosas se pusieron en su lugar.

—La señorita Calloway no ganó la lotería, ¿verdad?

—Sí que la ganó —dijo Sam—. Pero solamente porque Kairos se ocupó de que así fuera.

—¿Y tú y el señor Morhill vinieron para investigar al gélim?

—No sabíamos lo que íbamos a encontrarnos cuando llegamos. Kairos oyó rumores de que había un fantasma en Saint Lawrence y envió al tío Archie a comprobarlo. No me hizo venir hasta que tú le dijiste que habías oído al fantasma. Tenía la sensación de que no se lo contabas todo y pensó que confiarías más en mí.

No estaba seguro de si debería intranquilizarme que me hubieran mentido.

—Entonces ¿tú también trabajas para esa organización?

Sam asintió.

—En Kairos siempre buscan a personas jóvenes como nosotros que tengan habilidades únicas que puedan ayudarlos.

—¿Como nosotros?

—Sí. Yo puedo hacer que la gente me vea como yo quiero. Por eso pude mezclarme con todos los chicos de Saint Lawrence, aunque sea una chica.

—Pues a mí siempre me pareciste una chica.

—Creo que eso se debe a que eres especial.

—¿Porque puedo viajar al lugar adonde van a parar las cosas que se pierden?

—No exactamente —dijo Sam—. Tú fuiste capaz de distinguir el susurro del gélim cuando ni siquiera estabas en el otro mundo. Creo que pudiste oírlo, y también ver a través de mi disfraz, porque eres sensible.

«Sensible». Vaya, dicho por Sam no sonaba mal. Parecía más un regalo que una maldición.

—Quizá eso tenga que ver con tu capacidad de viajar —dijo—, pero puede ser simplemente una parte de ti.

Me costaba procesar tantas novedades. Sam y el señor Morhill pertenecían a una organización secreta, Sam tenía poderes, yo tenía poderes, y en el universo tal vez había cosas más terroríficas que el gélim.

—Todavía no puedo creer que el gélim fuera la señorita DeVore.

Sam asintió.

—Pero era todo perfecto. Como secretaria del director, veía a los chicos que pasaban por su oficina. Sabía cuáles eran acosadores y sabía a quiénes agredían, y como se ocupaba de los expedientes de los alumnos, se aseguraba de que nadie reparara en que desaparecían algunos.

—¿Existió alguna vez una señorita DeVore real?

—Es probable —dijo Sam—. No creo que el gélim pueda viajar a través de mundos como tú. Pensamos que, al principio, tuvo que necesitar una conexión con una persona de nuestro mundo. —Sacudió la cabeza—. ¡Pero todavía tenemos que averiguar un montón de cosas sobre el gélim!

—¿Y qué hay de Conrad?

Sam bajó la cabeza.

—Sí que hubo un Conrad Eldridge. Los agentes encontraron su expediente traspapelado detrás de un cajón, en el escritorio de la señorita DeVore. —Debió de ver la expresión de mi cara, porque rápidamente añadió—: Pero en realidad no era él. El auténtico Conrad se había ido muchos años atrás. No había nada que pudiéramos hacer para salvarlo.

Pensé en lo cerca que había estado Blake de acabar como Conrad.

—¿Y qué va a pasar con el gélim? Los de Kairos no le harán daño, ¿verdad?

Por mucho que hubiera intentado comerme, no me gustaba la idea de que los de Kairos lo mataran. Solo por ser un monstruo no merecía la muerte.

—Está vivo —dijo Sam—. Pero es lo único que sé.

—Ah... —Se me ocurrió una cosa—: Y ahora que ya no hay gélim, ¿el señor Morhill se marchará?

Sam asintió.

—¿Y tú también?

—Tenemos otros «fantasmas» que investigar. —Me sostuvo la mirada—. Es una de las razones que me trajeron aquí. Con tu don, serías una gran carta para Kairos. Aunque no quieras trabajar sobre el terreno, les gustaría estudiar qué puedes hacer y cómo.

—¿Quieren que me integre en Kairos?

—Fíjate en todo lo positivo que has hecho por tu escuela —dijo Sam—. Rescataste a Orson. Salvaste a Blake. Si no hubieras expuesto a la señorita DeVore, el gélim habría continuado alimentándose de estudiantes. Eres un héroe, Hector.

Pero yo no me sentía como si lo fuera. No podía evitar pensar en todos los chicos a los que no había podido ayudar.

—Pues no lo sé. Las cosas me van bien por aquí. Incluso Pop me trata de otro modo. Puso el piano en la sala y le dijo a Jason que si no paraba de quejarse por eso, lo metería a clases.

Sam se echó a reír.

—Lo entiendo. Pero hay todo un mundo allí adonde van las cosas que se pierden, y podrías ser la única persona viva que pueda explorarlo.

Sam hacía que esa perspectiva pareciera una aventura, y la oferta era tentadora.

—¿Me dejas que me lo piense?

—¡Claro! Llámame cuando quieras, incluso si decides no unirte a nosotros y solo quieres charlar un rato. —Se levantó y se pasó las manos por los pantalones cortos—. Prométeme que tendrás cuidado si usas tu súper poder. Desconocemos por completo lo que ocurre en ese mundo, y no quiero tener que volver a salvarte.

—De acuerdo, tendré cuidado —dije riendo.

Sam me puso los brazos alrededor del cuello y me abrazó.

—Estoy contenta de haberte conocido, Hector Griggs.

Yo correspondí a su abrazo, y aunque parecía un adiós, sospechaba que no iba a ser la última vez que nos veíamos.

Me quedé en el camino de entrada viendo cómo Sam se alejaba con la bici. Mamá me esperaba dentro.

—¿No quisiste invitarla a quedarse? Blake y tus otros amigos estarán a punto de llegar.

—Tenía otras cosas que hacer.

Pensé en qué otro asunto ocuparía a Sam y al señor Morhill a continuación. ¿Otro fantasma en otra escuela?, ¿un monstruo en un campamento? Supuse que el único modo de saberlo era unirme a Kairos, pero ya había pasado bastante tiempo siendo invisible. En este momento, lo que quería era que me vieran.

Para: Dirección de Kairos
De: Samantha Osborne
Tema: Hector Griggs

Hice lo que pude para convencer a Hector de que se uniera a Kairos, pero el chico se siente un poco superado después de sus experiencias con el mundo de las cosas perdidas y los monstruos tentaculares que se lo querían comer. Recomiendo que se le dé un poco de espacio y dejar que sea él quien venga a nosotros.

Si no lo hace... Bueno, posiblemente no sea la única persona que puede viajar entre nuestro mundo y el lugar adonde van las cosas que se pierden. Ya encontraremos a alguien.

Sam

Para: Agente Strix
De: Dirección de Kairos
Tema: Activo H. G.

Mantengan vigilancia sobre H. G. Si no puede ser reclutado antes de la siguiente fase, será necesario eliminarlo.

Agradecimientos

He tenido esta historia en la cabeza de diversas formas desde hace por lo menos una década, y sin la ayuda de un montón de personas creo que no habría conseguido escribirla.

Katie Shea Boutillier, gracias por haber insistido durante tantos años en que diera forma a esta novela de la que no paraba de hablar y por ayudarme a encontrar un espacio en el que escribirla.

Liesa Abrams, gracias por invitarme a formar parte de la familia de Labyrinth Road, por ayudarme a encontrar la mejor manera de explicar esta historia que yo sabía que estaba enterrada en un montón de páginas y por guiarme cuando avanzaba por terrenos poco conocidos.

Emily Harburg, gracias por enamorarte de los personajes de esta novela y por ayudarme a desentrañar la lógica retorcida de la intriga.

También quiero dar las gracias a todos los que en Labyrinth Road y Penguin Random House me ayudaron a hacer realidad este libro: Carol Ly, Jen Valero, Rebecca Vitkus, Barbara Bakowski y muchas personas más. Sus contribuciones son inconmensurables, y aunque a menudo el suyo pueda parecerles un trabajo ingrato, yo les estaré eternamente agradecido.

Cookie Hiponia, gracias por las noches Picard y por las largas llamadas telefónicas que me ayudaron a concretar tantos aspectos de esta historia.

Quiero dar las gracias a mi familia por estar ahí, siempre.

La escuela de los niños invisibles también está muy en deuda con Madeline L'Engle y John Bellairs, cuyos libros me inspiraron tantísimo de niño y siguen inspirándome de adulto.

Por último, me gustaría agradecer a quienes desde las bibliotecas y escuelas continúan luchando para hacer visibles los derechos de todos los niños y niñas, a menudo con gran riesgo para sus carreras y para su seguridad. Cuando era más joven, no aprecié lo que esos maestros y bibliotecarios hacían por mí, pero marcaron la diferencia en mi vida, y seguro que la marcarán en la vida de los niños de hoy. Mis libros no existirían sin su amabilidad, tenacidad y coraje.

Esta obra se terminó de imprimir
en el mes de junio de 2024,
en los talleres de Litográfica Ingramex S.A. de C.V.,
Ciudad de México.